目次

鎌倉河岸周辺
鎌倉河岸
豊島屋
龍閑橋
しほの長屋
弁天湯
青物市場
むじな長屋
彦四郎の長屋
館市右衛門屋敷
常盤橋
船宿綱定
金座
金座裏
樽屋藤左衛門屋敷
龍閑川
林道場
政次の長屋
0
200m
西
北
東
南

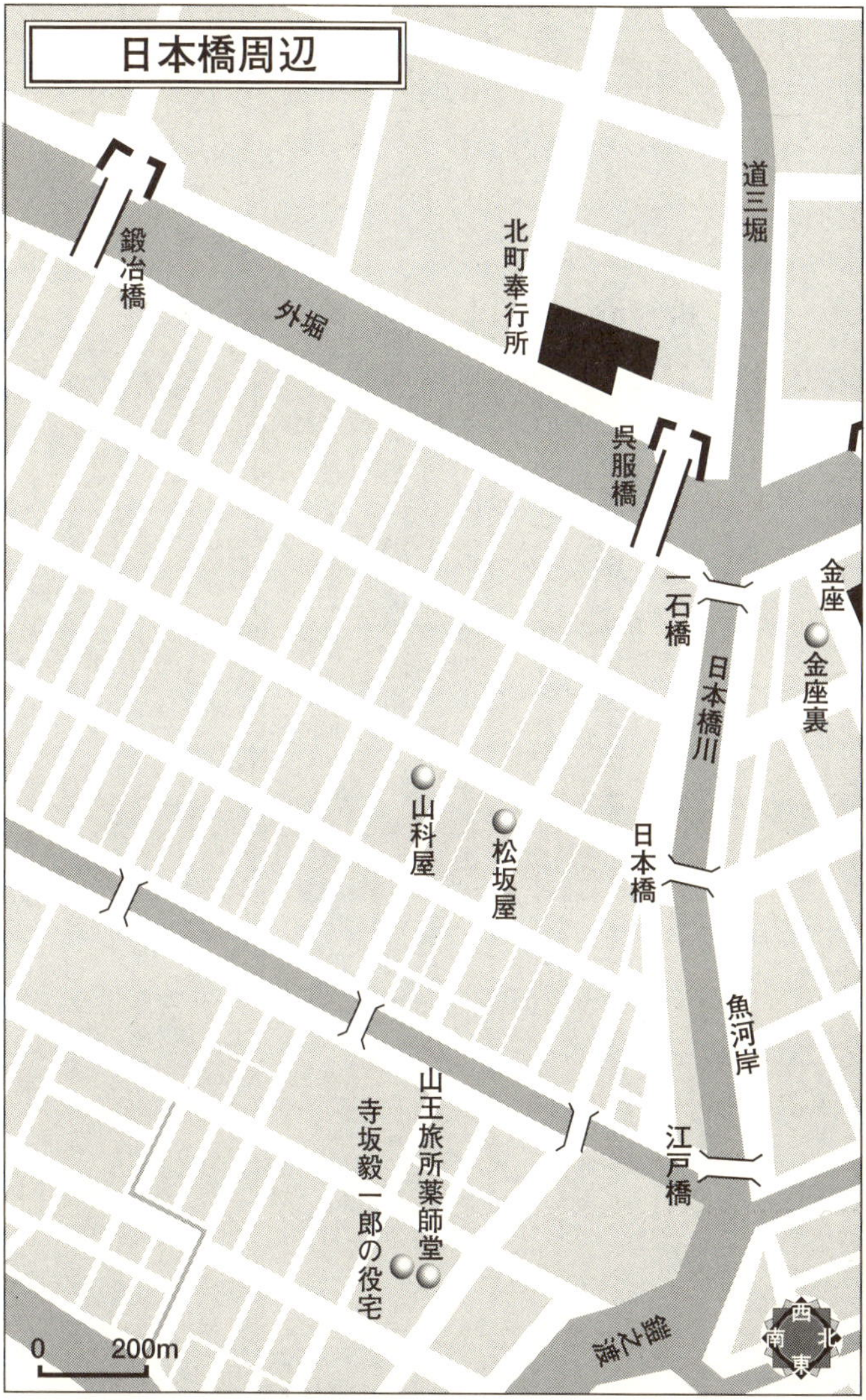
日本橋周辺
鍛冶橋
外堀
北町奉行所
道三堀
呉服橋
一石橋
金座
金座裏
日本橋川
山科屋
松坂屋
日本橋
魚河岸
江戸橋
山王旅所薬師堂
寺坂毅一郎の役宅
鎧之渡
0
200m
西
北
東
南

●主な登場人物

政次……日本橋の呉服屋『松坂屋』の手代。
亮吉……金座裏の駆け出しの岡っ引き。
彦四郎……船宿『綱定』の船頭。
しほ……酒問屋『豊島屋』に奉公する娘。
宗五郎……江戸で最古参の十手持ち、金座裏の九代目。
清蔵……大手酒問屋『豊島屋』の主人。
松六……呉服屋『松坂屋』の隠居。

橘花の仇

鎌倉河岸捕物控〈一の巻〉

序章

安永《あんえい》八年（一七七九）の神無月《かんなづき》、松平大和守直恒《まつだいらやまとのかみなおつね》が支配する武州川越《ぶしゅうかわごえ》藩十五万石の城下町に木枯らしが吹き荒れていた。

納戸《なんど》役《やく》村上《むらかみ》田之助《たのすけ》はお城の北側にある氷川《ひかわ》神社の社殿の陰で一刻《いっとき》（二時間）ほど足踏みしながら震えていた。

許婚《いいなずけ》の久保田早希《くぼたさき》の祝言《しゅうげん》が明日に迫っていた。相手は城代家老《じょうだいがろう》二千二百石の根島伝《ねじまでん》兵衛《べえ》の嫡男秀太郎《ひでたろう》である。

田之助と早希の家は遠い縁戚関係にあった。

久保田は御小姓番頭《おこしょうばんがしら》三百六十石取り、藩主のお側《そば》近くにお仕えする家柄。一方、村上家は七十石と禄高《ろくだか》が違った。だが、田之助と早希の母親同士がお茶仲間ということもあり、田之助は幼い頃《ころ》から母に連れられて久保田の屋敷に出入りしてきた。

父親武之助《ぶのすけ》が亡くなったのは田之助が二十一歳のとき、父の跡を継いで納戸役見習いとして出仕した。その折り、田之助と早希の母親同士が話し合い、二人は婚約した。

早希が長女であれば成り難い婚約であったろう。だが、早希は久保田の三女、姉たちはそれぞれ家中のしかるべき家に嫁にいっていた。なにより十六の早希が幼馴染《おさなな》じみで気心の知れた田之助との婚姻を望んだのだ。

田之助が納戸役見習いを終えたのは出仕から二年後、納戸役として勤めを始めた。

そこで両家が話し合い、二人の祝言を秋と決めた。

城代家老の嫡子秀太郎が江戸藩邸から国許《くにもと》への配置替えとなって川越に戻ってきたのは、その年の初夏であった。

秀太郎は母親に伴われて星野山無量寿寺喜多院《きたいん》に先祖の墓参りに行き、墓参帰りの早希と会った。

早希の二人の姉は、はなやかな顔立ちで久保田の二人小町と言われた。早希の顔にはいつもうすい靄《もや》がかかっているようで寂しい印象を与えた。だが、きめ細かい肌は透けるように白かった。母親はいつも、

「早希は晩生《おくて》じゃよってな、年がいって美しうなりますよ」

と慰めてくれた。

早希は十八を過ぎて、眩《まばゆ》いばかりの光彩を放つようになった。

その美貌《びぼう》に秀太郎と母親が目をとめた。そのときは一言二言、時候の挨拶《あいさつ》で別れた。

　数日後、御小姓番頭久保田修理太夫《しゅりだゆう》は城中で城代家老根島伝兵衛に呼ばれ、早希のことを問い質《ただ》された。

「そなたの三女はまだ嫁入り前であったな」

「ご家老、早希は祐筆《ゆうひつ》の村上田之助の許婚にござります」

「村上田之助……昼行灯《あんどん》のように影のうすい男か」

「はい、遠い縁戚にあたりますれば、田之助が納戸役見習いとして出仕しました二年前に婚約を成しましてございます」

「久保田、早希の姉たちはしかるべき家に嫁いだと聞いておるがな」

「はあ、長女は御番頭の園村《そのむら》様、次女は勘定奉行《かんじょうぶぎょう》の佐々木《ささき》家に」

「園村権十郎《ごんじゅうろう》は六百石、佐々木は四百六十石か。七十石では釣り合いがとれんのう」

「もはやいかんともし難く……」

　根島の考えがどこにあるのか摑《つか》めず、修理太夫は言葉を濁《にご》した。

「久保田、秀太郎が江戸より戻って参ってのう。過日、喜多院に墓参に行って早希と会ったそうな」

「ご嫡男秀太郎どのの国許出仕のこと、聞きましてございます」

「秀太郎が早希を嫁に欲しいと言っておる」

「…………」

「倅《せがれ》と一緒にその場にいた母親もな、早希をぜひうちの嫁にと願っておる」

修理太夫は絶句したまま、顔を伏せた。

城代家老の根島は横紙破《よこがみやぶ》りの伝兵衛と異名を持つくらい強引な人物として知られていた。それだけにやり手でもあり、藩主の直恒の信頼もあつかった。

「久保田、娘を七十石取りの家にやって、貧乏させたいか」

この年、四月になっても異常な寒さが続き、大寒波の後には大洪水と天災が続いて疫病が流行《はや》り、不況に怯《おび》える日々であった。

七十石を四公六民に照らせば、村上の家の取り分は二十八石。修理太夫には早希のつつましやかな暮らしぶりが目に見えていた。だが、早希自身が田之助との婚姻を望んだものであり、修理太夫は三女の暗い性格を勘案して気心の知れた田之助へ嫁ぐことを許したのだ。

「久保田、縁戚同士の婚姻は俗に血が深く混じって家系によくないと申すではないか。この際じゃ、破談にせえ」

根島は横紙破りの伝兵衛ぶりを発揮していきなり命じた。

「はあっ、それは何分……」

「何分も何もない。久保田、根島の家と縁戚となるのじゃ、もそっと喜べ」

修理太夫はその場をなんとか取り繕い、下城した。

「おまえ様、なんぞ城中で……」

青い顔をした修理太夫に妻の染女《そめじょ》が聞いた。事情を聞いた染女は、困惑と喜びに心が揺れた。

「困りましたな……」

という言葉もどこか弾んでいた。

家老の根島家との縁組は修理太夫の出世を意味した。

染女は内心ではよき話と思いながらも、修理太夫と計らって新たな縁談話の回避へとうごいた。だが、染女の予測どおりに城代家老の威光を以《もっ》て押し切られた。

田之助と早希の二人に相談のないまま、染女が田之助の母親八重《やえ》に破談を伝えることになった。恒例の茶会が終わった後、帰り道、話を聞かされた八重は、

「城下でその噂《うわさ》が流れていると伝える者もありましたが……」

と肩を落として呟《つぶや》き、

「染女どの、承知仕《つかまつ》りました」

とあっさり承諾した。

「おお、承知いただけまするか。じゃが、田之助どのには」

「それは母親の務め、久保田様に迷惑をかけるようなことは致しませぬ」

「このとおりじゃ、八重様、恩にきまする。いつの日か、お返しは……」

路上で染女は両手を合わせた。

「染女様、そのようなことは止《や》めにしてくだされ」

と威儀を正した八重は、

「田之助ばかりを哀《かな》しませるわけにもいきますまい。染女様、村上と久保田の家の付き合いはただ今をもって絶縁とさせていただきまする。このことをしかと修理太夫どのにな、お伝えくだされ」

と言い切ると染女をその場に残して立ち去った。

田之助は婚約破棄の話を八重から伝えられたとき、何も答えなかった。ただ、部屋に戻り、碁盤に向かうと石を置きはじめた。

碁と田宮平兵衛《たみやへいべえ》業正《なりまさ》が流祖の田宮流抜刀術の二つが田之助の道楽であった。が、二つの実力を知る者はいなかった。それは田之助が独り稽古《げいこ》に徹して、人前で立ち合ったり、技を披露したりすることはなかったからだ。

(早希の意志ではない、ならば必ず連絡をくれる)

田之助はそう信じていた。

田之助と早希の婚約破談と村上、久保田の家の絶縁は数日を経ずして川越城下に広まった。城を下がれば田之助の姿を見るとこそこそと噂し合う同輩もいた。だが、田之助は素知らぬ顔で出仕を続けた。

夏が過ぎ、秋が来て、木枯らしの吹く冬になった。

田之助は野菜を売りに来る百姓女を通じて、早希から手紙をもらった。

今宵《こよい》四つ（午後十時）、氷川神社社殿前にて会いたい、というのだ。

それは祝言の迫った前の日に来た。

田之助はこの数か月の間に運命を甘受することを決めていた。だが、早希の口から破談の理由を聞きたいという欲望を棄《す》てきれずにいた。

九つ（午前零時）も近いと思われた。

すでに田之助の体は凍りついたように硬直していた。

田之助がそう思ったとき、玉砂利を踏む音がした。

（無駄であったか）

「田之助様……」

早希の声が密《ひそ》やかに流れた。

石灯籠《いしどうろう》の明かりが漏れる社殿に姿を見せた早希は菅笠《すげがさ》を被《かぶ》り、綿入れの上に道行衣に竹杖《たけづえ》をついていた。

「早希どの」

「明日は祝言というにどうなされた」

「だれが祝言にございますな」

「そなたに決まっておるわ。城代家老の嫡男秀太郎どのの嫁に行かれる手筈《てはず》……」

「どなたが決めなすった。田之助様か早希か」

田之助は思わぬ展開に言葉に窮《きゅう》した。

「私の旦那《だんな》どのは村上田之助ひとり」

「ならばなぜ早《は》ように手紙をくれぬ」

「座敷牢《ざしきろう》に入れられた身で手紙など書けようか。このときを待って忍従してきたのです。ささ、田之助様、川越を出奔《しゅっぽん》しましょうぞ」

早希は二人だけで川越を脱け出し、駆け落ちする気で身支度してきていた。

「早希どのはそれがしに脱藩せよと申されるのですか」

「川越にいては二人は添い遂げられませぬ」

早希は三女だが、跡取りの田之助には養うべき母がいた。

「なんと……」

「臆《おく》されたか、田之助どの」

と非難の声を早希が上げたとき、通りに足音が響いた。

慌てた田之助は早希の手を引くと回廊下の床に身を潜め、腰を屈《かが》めた。すぐかたわらから早希の鼓動が伝わってきた。

深夜、宮参りか。羽織袴《はかま》の町人が社前を歩いてきた。

田之助にはそれがだれかすぐに分かった。

川越城下一の豪商檜本屋甚左衛門《ひもとやじんざえもん》であった。

檜本屋は新十間川の舟運を使って、江戸より塩を運び、下り船には米穀など積み込んで商った。内陸に位置する川越では赤穂《あこう》の塩などは江戸の数倍の値で取り引きされ、檜本屋の巨万の富を築く基になった。

その六代目甚左衛門が社前に歩みよるとかたちばかり参拝した。すると通りに再び人の気配がした。駕籠《かご》が止まった様子でせかせかとした足取りで別の人物が境内に入ってきた。

なんとその人物は横紙破りの伝兵衛こと、川越藩の城代家老根島伝兵衛であった。

「ご家老、なんともだらだらとした会にございましたな」

納戸役の田之助にはその一言で城の重役方と城下の商人の会合と入札《いれふだ》が近くの料亭であったことを思い出した。

この入札で翌年の城中の畳替えから食料調度品の店と仕入れ値が決まった。

「武州屋《ぶしゅう》め、ごちゃごちゃと吐《ぬ》かしまして」

根島は懐《ふところ》から書き付けの束を出すと、

「これがそなたの分、明日にも役所に届けよ」

と渡すと、檜本屋が袱紗《ふくさ》包みを伝兵衛の袂《たもと》に素早く入れた。

「これはほんの前祝い……」

田之助にはその行動の真意が読み取れた。城代家老と城下一の豪商が組んで、入札を操作し、自分たちの都合のよい店と仕入れ値を取り決めたということではないか。

そのとき、早希の手から杖が落ちた。

「何奴《なにやつ》じゃ」

伝兵衛の鋭い声が誰何《すいか》した。

「出てまいれ」

田之助が制止する間もあらばこそ、早希が床下から出ていった。

伝兵衛が目を見開いて見ていたが、

「そなたは久保田早希ではないか」

と思わぬ展開に驚きの声を漏らした。

「横紙破りの伝兵衛どのは氷川神社の社前で商人《あきんど》から賄賂《まいない》を受け取られますか」

「な、なんと申すな」

伝兵衛の狼狽《ろうばい》の声が真実を告げていた。

「明日は祝言というに、秀太郎様の花嫁様がかような時刻にかような場所で何をしておられますな」

檜本屋が背後の床下を透かし見るように言った。

田之助は三人の前に姿を晒《さら》した。

「そちは祐筆の村上ではないか。何用あって……」

と言いかけた伝兵衛が思案するように黙り、

「おお、そうか、そなたらはかつて許婚同士であったな。祝言の前夜というに花嫁は昔の許婚と乳繰り合っていたか」

「品のないお方にございますな。村上田之助は昔も今も早希の許婚にございます」

「おのれ！　不届き者めが。この場で成敗してくれるわ」

根島伝兵衛は刀の柄《つか》に手をかけた。

「根島様、そなたは賄賂をもらった場を見咎《みとが》められて、私ども二人を始末されると申されますか」

「おお、成敗してくれるわ」

そのとき、田之助は早希の体を背後に回して、伝兵衛の前に進み出た。

「ご家老、われらの事情を申し開き致しまする」

「密会の現場を押さえられたそなたらの言い訳など聞きとうないわ。村上田之助、そなたは屋敷に戻って謹慎しておれ。後日、沙汰《さた》を致す」

伝兵衛は咄嗟《とっさ》に密会を理由に村上田之助に厳罰を下し、賄賂受け取りの一件をもみ消そうとしていた。城代家老の力を以《もっ》てすればさほど難しいことではない。

田之助は自らが陥った立場を素早く理解した。もはやどう足掻《あが》いても川越で生きていくあてはなかった。

「根島様、それがしの謹慎、承《うけたまわ》ってございます」

早希が悲鳴を上げた。

「よう言うた、屋敷に下がっておれ」

「いいえ、その前に城代家老どのと檜本屋の二人、それがしと御目付《おめつけ》屋敷まで同道していただきまする。そしてな、檜本屋の懐の書き付けとご家老の袖の袱紗包みの謂《いわれ》をとくと説明なされませ。また本日の入札《いれふだ》、改めさせてもらいまするぞ」

「おのれ、祐筆の分際で城代家老に命令いたす所存か」

横紙破りの伝兵衛が癇癪《かんしゃく》を破裂させ、刀を抜き放つと田之助の肩を袈裟《けさ》斬《ぎ》りにしようとした。

田之助の体が咄嗟に反応していた。腰を沈めて刀を抜き打ちにしながら踏み込んだ。流れるように白い光の円弧を描いた切っ先が伝兵衛の喉許《のどもと》を襲い、

「狼藉者《ろうぜきもの》にございます！」

と自らの立場を忘れて叫んだ檜本屋甚左衛門の肩を深々と斬り下げていた。

表通りに駕籠を止め、主の戻りを待っていた根島の供侍《ともざむらい》たちが鳥居の前に姿を見せた。

「早希どの、それがしの手を……」

「待って」

早希は咄嗟に行動した。根島の懐と檜本屋の手にあった書き付けを摑《つか》み取ると、

「さあ、行きましょうぞ」

と早希は田之助の手を握り、氷川神社の裏口に走った。そこには新十間川が流れていたが、田之助は城下橋の方に下っていった。

田之助が目指す釣船は、城下橋の先に舫《もや》われていた。

早希を乗せると舫い綱を解き、伊佐沼からの流れに竿《さお》を差した。

翌朝、村上田之助と久保田早希の二人の逐電《ちくでん》と、城代家老と檜本屋甚左衛門が斬り殺されるという事件の発生に川越城下は騒然となった。

が、この事件、裁きが公《おおやけ》にされないまま、闇《やみ》に葬られた。そして、茫々《ぼうぼう》十八年の歳月が流れていこうとしていた。

第一話　仇討ち

一

江戸城の御堀に架かる常盤《ときわ》橋は城東方の外郭正門で、浅草口橋《あさくさぐち》とも称された。常盤橋の西には親藩譜代《しんぱんふだい》の大名屋敷が連なり、橋を渡った東側は町家が雲集して、江戸の賑《にぎ》わいを示していた。

常盤橋際から丑寅《うしとら》（北東）の方角に本町《ほんちょう》一丁目と本両替町《ほんりょうがえちょう》が延びて、二つの通りの間に御長屋門に黒板塀《くろいたべい》を巡らした建物がある。

代々後藤《ごとう》家が世襲して長官を務める金座《きんざ》である。金座は元々京にあって後藤家が司《つかさど》ってきた。江戸の金座はそれを家康が文禄《ぶんろく》二年（一五九三）に後藤庄三郎《しょうざぶろう》を江戸に召し出して、金銀改《きんぎんあらため》役《やく》に任命したときに始まる。

奥行きおよそ七十二間（約百三十メートル）、間口およそ四十六間（約八十三メートル）、三千三百余坪（約一万三千五百平方メートル）の敷地には金局、吹所《ふきどころ》、御金改役屋敷の建物があって、小判を鋳造していた。

本両替町の通りの中程に金座の裏口があり、その正面に北町奉行所定廻《じようまわり》同心寺坂《てらさか》毅《き》一郎《いちろう》から鑑札を頂く金座裏の親分九代目宗五郎《そうごろう》の住まいがあった。

奉行所の下部組織として江戸の治安を守る岡っ引《おかぴ》きは小者《こもの》と呼ばれ、給金はせいぜい一月に一分二朱《ぶ》が上の部、給金だけでは手先《てさき》の一人すら使えない。そこで岡っ引きは女房に湯屋や小料理屋などをやらせている者が多かった。

だが、金座裏の宗五郎は女房のおみつを働かせることなくお役目を果たしていた。

北町奉行所とは御堀をはさんで目と鼻の先、古町《こまち》町人の金座裏の宗五郎は御城に一番近い岡っ引きとして知られ、縄張りの日本橋界隈《かいわい》の大店《おおだな》とは何代も前から付き合い、盆暮れの付け届けだけで手先の八、九人はかるく養うことができた。

古町町人とは芝口《しばぐち》から筋違見附《すじかいみつけ》の間の町家に、幕府が開かれたときから住む町人のことだ。その中でも角屋敷に住む者は御目見《おめみえ》屋敷と称して、年賀、将軍宣下《せんげ》、将軍家の婚礼などの際に将軍家との拝謁を許された者であった。金座裏も古町町人、御目見屋敷の一人だ。その上、宗五郎には金座の元締の後藤家と深いつながりがあった。

宗五郎の先祖は後藤庄三郎が江戸に移ったとき、一緒に出てきた一人であった。

その後藤家の雇人が、なぜ金座勤めを辞めたか、金座裏に家を構えて岡っ引きになったか、もはやその事情は判然としない。だが、小判を鋳造する金座裏の門番代わりの警護を長年にわたって務めてきたことだけは確かなことだ。

寛永《かんえい》十年（一六三三）、二代目の宗五郎の代に金座は夜盗の群れに押し込まれ、鋳造を終えた小判や金塊が強奪されようとした事件が起こった。そのとき、宗五郎は手先たちを鼓舞して夜盗たちと渡り合い、自分は左手首を斬《き》り落とされ、手先が二人殺されたが、強奪を阻止して、夜盗の大半をお縄にした。この一件から後藤家と宗五郎の結び付きはさらに深いものになった。

金座の働き手は手代《てだい》以下、吹所棟梁《ふきどころとうりよう》、棟梁手伝《とうりようてつだい》、年寄方《としよりがた》、触頭役《ふれがしらやく》、勘定役《かんじようやく》、平役などがいたが、これらの者たちは後藤一族か、累代二十戸から世襲で選ばれてきた。この一族が一年一度、祝いの席をともにした。正月である。このとき、宗五郎も呼ばれて末席に座すようになった。

寛政《かんせい》九年（一七九七）の春先の宵《よい》、宗五郎の居間にめずらしく手先八人が顔を揃《そろ》えて、酒を飲んでいた。庭の桃の蕾《つぼみ》も膨らみかける季節だ。

おみつと新米の手先の亮吉《りようきち》が台所で酒の燗《かん》をつけていた。

「姐《あね》さん、これぐらいでどうかね」

亮吉が徳利の尻《しり》を触った手を耳たぶにもっていった。

「亮吉、そわそわして落ち着かないね。いいからお前も座敷に行ってな」

「へえ」

と返事した亮吉は徳利を提げて居間に行った。

「亮吉、燗はついたか」

兄貴分の八百亀《やおかめ》が亮吉の手から徳利を奪った。

亀次《かめじ》は青物役所《やっちゃば》近くの横大工町《よこだいくちょう》で女房に八百屋をやらせているので、八百亀と呼ばれる。手先の中でも先代以来は八百亀だけ、五十二と最年長だ。

「まあ、おめえも座れ。酒は豊島屋《としまや》からの頂きものだ」

親分の宗五郎が執り成すようにいった。この年、宗五郎は三十七、働き盛りだ。

「親分、亮吉のやつ、その豊島屋に入りびたりでね」

稲荷《いなり》の正太《しょうた》が親分に言いつけた。長屋が稲荷の社と接しているのでこう呼ばれる。年は三十、女房に子供が四人もいて、いつも懐《ふところ》は閑古鳥《かんこどり》が鳴いている、そこで、空《から》っけつの正太とも陰口を叩《たた》かれている。

「酒の味を覚えたか」

「それもありましょうが、豊島屋に勤めるしほって娘にぞっこんだ。そんで毎晩のように通ってるんですよ」

「正太兄い、そんなんじゃねえや」

顔を赤らめた亮吉に年上の仲間たちが笑った。

金座裏のすぐ近く、鎌倉河岸《かまくらがし》の酒問屋豊島屋では桃の節句を前に白酒《しろざけ》を売り出す。

豊島屋の白酒は春の風物詩、江戸じゅうから客が押し寄せる。河岸に長い行列ができて、暑い日には気分を悪くして倒れる者が出るほどだ。そればかりか、掏摸《すり》やかっぱらいが横行して、北町奉行所では同心を出して警戒にあたる。もちろん縄張りうちの金座裏の親分、宗五郎も手先を従え、出張るのがならわしだ。そこで豊島屋では奉行所と金座裏に、

「今年もよろしく……」

と節句が近付くと下《くだ》りものの酒を届けてくる。

金座裏では手先たちを集め、打ち合わせを兼ねて、飲み会を催すというわけだ。

「亮吉、ならば桃の節句にゃあ人一倍精出して働け」

親分までもがからかった。そこへおみつも顔を出して、

「しほちゃんは今どきめずらしく実《じつ》のある娘ですよ。あれならうちで養女にもらいたいくらいだ。亮吉、しっかりと頑張りな」

と亮吉をけしかけた。

金座裏に足りないものが子供だった。

宗五郎もおみつも子供好きだが、とうとう授からなかった。江戸の目明《めあ》かしでも一番の古手の金座裏の後継をどうするか。宗五郎とおみつの悩みごとであった。

宴が終わったのが五つ(午後八時)過ぎ、亮吉は金座裏から龍閑橋《りゅうかんばし》を渡って鎌倉河岸へと小走りに走っていった。鎌倉河岸裏のむじな長屋に母と暮らしている亮吉は通いの手先だった。

鎌倉河岸は江戸城構築の折り、建築資材の荷揚げ場として選ばれた土地であった。本丸に近くて水運の便もある。そのせいか鎌倉河岸界隈に住む住人には家康《いえやす》公以来、将軍家への身内意識があって、将軍様のお膝元《ひざもと》の気位が高く、情にもあつい。

この河岸にある酒問屋豊島屋に麹町《こうじまち》や青山近辺の屋敷からも馬を引いて買いに来るのは、酒醤油現金掛け値なしを看板に掲げ、安くてうまいせいだ。

豊島屋では大量に消費される酒の空樽《あきだる》を一つ七十文ほどで売る。これが豊島屋の儲《もう》けにもなっている。いまひとつの名物は、豊島屋の店の半分で焼かれる味噌田楽《みそでんがく》である。大豆腐一丁を十四に切り分け、味噌を載せてこんがり焼く。これも掛け値なしの二文で売った。

酒醤油、空樽、田楽を求めて豊島屋には行列ができるほど客がつめかける。それを目当てに路上で野菜や魚を商う百姓やぼて振りもいる。そんなわけで酒の香りと味噌の香ばしい匂《にお》いがたちこめる豊島屋界隈は終日賑わいを見せている。

しほは田楽を盆に載せて、まだ冬の名残りを思わせる筑波《つくば》下ろしに耐える八重桜に話しかけた。

（今年も咲いてくれるよね）

享保《きょうほう》二年（一七一七）に八代将軍吉宗がお手植えされた桜とか、寛政九年の今ではもう八十年になる老桜だ。

豊島屋で働こうと決めた理由のひとつは河岸に立つ桜の木と一緒に毎日過ごせると思ったからだった。それほどお城を背景に鎌倉河岸の八重桜が花を咲かせる風景は、見事だった。

「しほちゃんよ、ぼっとしてるとおめえの尻ばかりか田楽まで冷えちゃうぜ」

常連の馬方《うまかた》がしほを冷やかした。

「はい、いま行きます」

しほは豊島屋にあつまる船頭、馬方、中間《ちゅうげん》、職人たちの威勢のいい言葉を聞くのが好きだ。

男たちの言葉は飾らず、荒っぽい。だが乱暴な物言いのなかに人情と照れが隠されていることをしほは知っていた。

「しほちゃん、こっちに冷酒をくんねえな」

「おれっちの田楽が先だぜ、唐変木《とうへんぼく》」

十六歳のしほは、男たちの間を独楽《こま》ねずみのように走り回る。一口では頬張《ほおば》りきれない田楽の皿を運び、二合はたっぷり入る空徳利を引き下げ、男たちの野卑《やひ》な冗談をかわす。

しほが武州浪人江富文之進《えとみぶんのしん》の一人娘志穂《しほ》であることを知っているのは、豊島屋の主人清蔵《せいぞう》とお内儀《かみ》のとせだけだ。

一年半前、親子の住む三河町新道《みかわちょうしんみち》の長屋の差配百兵衛《ひゃくべえ》を仲介に豊島屋への通い奉公を願ったとき、清蔵は、

「お侍のお嬢さまに馬方相手の下女が勤まりますかな」

と首をひねった。

「侍と申しましても永の浪人暮らしにございます。長屋のお住まいの方々となんら変わりはございません」

「それそれ、そのような丁寧な言葉では勤まりませんぞ」

「郷《ごう》に入れば郷に従い、あらためます」

百兵衛も清蔵に口を添えてくれた。

「旦那《だんな》、おしほちゃんはおっ母さんが亡くなられた後、炊事洗濯から提灯《ちょうちん》張りの賃仕事までよう働かれておられます。長屋のかかあどもに見習わせたいほどです」

文之進は旦那衆を相手にした賭碁《かけご》で身過ぎを立てていた。

相手に花を持たせ、一家が食べる程度の勝ちをそこそこにおさめて、不安定な仕事を支えてきた。だが、しほの母の房野《ふさの》が流行病《はやりやまい》にあっけなく斃《たお》れて以来、文之進の暮らしぶりはおかしくなった。

文之進は蔵前《くらまえ》の札差《ふださし》大八島《おおやしま》の隠居の代理で何晩にもおよぶ大手合を戦っていて、房野が高熱に倒れたことも亡くなったことも知らなかった。季節は夏のこと、亡骸《なきがら》をそのままにしておくこともできない。長屋の者たちが大家に相談して弔《とむら》いを出したのだ。

しほが十一歳のころだ。

文之進には大金のかかった大手合の代理打ちで大金は稼いだ。だが、その留守の間に長年連れそった妻を死なせ、弔いまで終わっていた。持っていきようのない怒りと後悔が文之進に酒を飲ませた。そして、酒に酔って碁を打つようになり、気分次第でお客を完膚なきまでに負かすと思えば、大負けもした。それでまた酒を飲む……悪循環の日々が始まり、一軒二軒と出入りの家を無くしていった。

二年前の冬には中気《ちゅうき》に倒れ、左手が不自由になった。

しほは自分が稼ぎに出て、暮らしを安定させるしかないと長屋差配の百兵衛に相談したのだ。勤めが決まったとき、浪人の娘志穂からしほに名を改め、長屋で育った町娘を通そうと心に決めた。

「しほちゃん、酒を持ってきてくんねえ」

鎌倉河岸東端の船宿綱定《つなさだ》の船頭、彦四郎《ひこしろう》が縁台から叫んだ。

熱燗を運んでいって、注意した。

「飲みすぎちゃだめ」

空の徳利と新たな酒を交換していると、しほの尻を撫《な》でた者がいる。

「亮吉さん、親分に言いつけるわよ」

しほは後ろも見ずに尻を触った手をぴしゃりと叩いた。亮吉はいつの間にか豊島屋に駆けつけて、彦四郎のかたわらに座りこんでいた。

「そいつだけは勘弁してくんな、親分に大目玉を食うのはこりごりだ」

彦四郎と亮吉、いま一人日本橋通二丁目の呉服屋松坂屋《まつざかや》に勤める政次《せいじ》の三人は鎌倉河岸裏のむじな長屋で育った幼馴染《おさななじ》み、十九になったばかりだ。

　彦四郎と亮吉は、毎晩のように豊島屋に顔を見せる。だが、松坂屋でいちばん若い手代の政次は、たまさか外回りのついでに友だち二人の顔を見に立ち寄り、二人の馬鹿話を聞きながら田楽を食べていくだけだ。

「どうしてそんなに仲がいいの」

　と聞くしほに亮吉は答えたものだ。

「政次は頭がいい、読み書きだってそろばんだって、だれにも負けねえ。敏捷《びんしょう》な上にいざというときにも動じねえ。彦とおれはさ、読み書きは苦手だ。寺子屋のお師匠さんにいつも彦とおれは、政次を見習えって怒られていたっけ。体が大きくてよ、力のある彦は、水練から魚釣りまで川のことなら、滅法《めっぽう》くわしい。船頭になるために生まれてきたようなものだ。なりが小せえおれはがきんときからよ、おっちょこちょいで、尻軽だ。こいつはな、手先には大事なことなんだ。つまりは……」

「……三人三様、気性も得手なこともちがう」

「だからうまが合う」

　三人は独り者の気楽さでしほに何かとちょっかいを出す。なんとなく三人がしほのことを張り合っていると察していた。

「政次さん、近頃、顔を見せてくれないわね」

「伊勢《いせ》商人の店はきびしいからな。なんたって政次の上にさ、手代が三十人、番頭が二十人もいてよ、目を光らせてんだ。手を抜くこともできねえよ」

手先の亮吉が田楽を手に言った。

「しほちゃんは政次が好きなのか」

彦四郎が聞く。

「好きよ。政次さんも彦四郎さんも」

「おれは」

のけ者にされた亮吉がふくれた。

「お尻を触らなきゃあ、好きよ」

こいつは弱ったと亮吉が笑った。

「明日あたりさ、御用のふりして松坂屋をのぞいてくらあ」

「幼馴染みってうらやましいな」

「そうかな、払いはいつもおれだぜ」

「彦四郎さんは稼ぎがいいんですもの」

綱定は上客をなじみに持つことで知られ、腕のいい船頭はご祝儀だけで月に一両を超えることもある。

「そうだな、亮吉はいつも懐は空っけつだし、政次は給金は積み立てだ。小遣いもままならねえよな」

「そういうこと。はい、百三十文いただきます」

しほの言葉に人のいい彦四郎は巾着《きんちゃく》を出した。

二月も中旬になると鎌倉河岸一帯には甘酸っぱいような独特の香りが立ちこめる。

「山なれば富士、白酒なれば豊島屋」

と言われる桃の節句を目あてに豊島屋が売り出す白酒の仕込みが始まったのだ。売り出しの十数日も前から仕込まれた何石《こく》もの白酒を一気に売りさばく。雛《ひな》祭りの時期ばかりは豊島屋の軒先に、

「酒醬油相休み申候」

の大札がかかって、白酒販売一色になる。

間口の広い豊島屋の左手に入口と表札が掛かり、櫓《やぐら》が組まれて鳶《とび》の者と医者が待機していた。怪我《けが》人が出ると鳶口で櫓へ吊《つ》り上げる、それほど手桶《ておけ》や天秤棒《てんびんぼう》を担いだ客でごった返した。

その日の夕暮れ前、寛政九年の白酒売りもなんとか無事に終わりそうだった。

豊島屋が設けた竹矢来《たけやらい》の向こうに行列の尻っぽも見えてきた。何人か立ちくらみや怪我人が出たが大過なく済みそうで、主の清蔵は医師と鳶の者を櫓から下ろした。

しほは邪鬼をはらうため軒に飾られた桃の花の下の売り場から、

（この次は、あなたの季節よ）

とさらに蕾が膨らんだ老桜を振り見た。

「しほ、ご苦労だったな」

清蔵がしほにねぎらいの言葉をかけた。清蔵は江戸一番の酒問屋の主にはめずらしく、客に接しているのが何より生きがいという気さくな人物だ。その分、内儀さんのとせが帳場の奥ででーんと控えていた。

「日和《ひより》もよくて何よりでした」

「寺坂様や金座裏の親分はどうなされたな」

鎌倉河岸に集まる白酒買いの客の懐をねらう掏摸《すり》が横行する。長い行列に業を煮やした客同士で喧嘩も起こる。奉行所では同心と鎌倉河岸を縄張りにする金座裏の宗五郎らを派遣してにらみを利かした。

「寺坂毅一郎様も金座裏の親分も先ほど急なことが出来《しゅったい》したとか、引き上げられました」

いつもは白酒売りが終わった後、同心や親分、鳶の者、医師を店の奥座敷に呼ぶ。慰労の席は今年も設けてある。

「事件じゃしようがないな。明日にでも八丁堀《はっちょうぼり》と金座裏にはご挨拶《あいさつ》にうかがうとしよう」

清蔵は店の者たちに片付けを命じた。

桃の枝が軒から下ろされ、白酒を入れた最後の樽も空になった。

客の去った鎌倉河岸にごみが散乱していた。

男の奉公人は竹矢来や葦簾《よしず》をばらし、女たちは河岸をきれいに掃除する。

しほはまず老桜の下から箒《ほうき》で掃きはじめた。

そのとき、血相を変えた亮吉が夕暮れの鎌倉河岸に駆け込んできた。もはや豊島屋の勤め人しかいない河岸を眺め回した亮吉は、桜の木の下のしほに目を止め、歩み寄ろうとした。だが、思い直したように清蔵の方に走っていった。

(どうしたのかしら、いつもの亮さんらしくもない)

しほはそう思いながらも箒を動かし続けた。

「しほ！」

清蔵の落ち着きを失った声が鎌倉河岸に響いた。

しほが小走りに清蔵と亮吉のところに行くと、

「しほ、お前のお父つあんが殺されなすった」

と主人が告げた。しほは清蔵を、そして知らせを持ってきた亮吉を見た。

「しほちゃん、そうなんで。親分がおめえを呼んでなさる。おれといっしょに来てくれるかい」

しほはうなずくと姉さまかぶりにした手ぬぐいを取り、たすきにしたしごきを外した。

「旦那様、早引けさせていただいてようございますか」

しほはいつの間にか言葉を改めていた。清蔵が何度もうなずくと、

「お調べが終わったら、店に戻ってくるんだぞ」

と許しを出した。

亮吉に伴われたしほは、龍閑橋を渡った。

「父はどこで殺されたのですか」

「本船町《ほんふな》の加賀湯《かがゆ》の二階だ」

「相手はどなたです」

「どうも御家人《ごけにん》らしいが、身許《みもと》までは分かっちゃいねえ」

御堀に沿って道を急ぐ亮吉は金座屋敷前から北鞘町《きたさやちょう》の路地に入った。

「しほちゃんはお武家の娘だったのかい」

亮吉が詰《なじ》るように聞いた。

「武家ったって浪人の娘よ」

「お武家さまはお武家さまよ」

路地は日本橋の北側に出る。さらに芝河岸から中河岸、地引河岸と堀端の道を急いだ二人は、本船町に暖簾《のれん》を出す加賀湯の前に出た。

二

湯屋の前には野次馬が集まり、子供も混じっている。

桃の節句の日、風呂屋は桃の葉を入れて桃湯を沸かす。それのせいで子供たちがいつにも増して風呂に行く日だ。だが事件のせいで風呂屋は客止めにされたらしい。

亮吉は暖簾を分けるとしほを二階に案内した。

「親分、しほちゃんを連れてきましたぜ」

二階の板の間では加賀湯の主人が、北町奉行所定廻同心の寺坂毅一郎、金座裏の親分宗五郎と話していた。

「おお、来たかい」

寺坂も宗五郎もしほの顔を知っている。なにしろ先ほどまで鎌倉河岸で警戒にあたっていた顔ぶれだ。

「お前さんが浪人の娘とはな」

宗五郎は、そう言うとお父つあんを改めてくれと命じた。

文之進は板の間の奥にござをかけられて横たわっていた。碁盤のかたわらには白と黒の石が散り、血を拭《ふ》きとられたような跡が残っていた。

しほは板の間に正座すると加賀湯の主人とおぼしき男に、ご迷惑をおかけしましたと頭を板の間にすりつけて詫《わ》びた。

「しほちゃん、挨拶はあとだ」

亮吉がそう言うとござを持ち上げた。

文之進は肩口から胸を袈裟《けさ》に斬られて、絶命していた。さらに一太刀、腹部をえぐられて血まみれだった。

しほは無念の形相《ぎょうそう》にどこかほっと安堵《あんど》の表情を宿している父を見てとった。房野が亡くなった後、生ける屍《しかばね》のように過ごしてきたのだ。

しほにはこんな最期の予測がついていた。

「お父つあんだな」

宗五郎が念を押す。うなずいたしほは、だれともなく詫びた。

「ご迷惑をおかけします」

「父上がな、激昂《げっこう》されて最初に脇差《わきざし》を抜かれたようだ。だが相手の反撃が素早かった」

同心の寺坂毅一郎が説明した。

「相手は御家人風の男とは分かっている。それでお前さんを呼んだのだが、三十四、五の細面《ほそおもて》の侍に心あたりはないか。腕は立つ、斬り口からみてもかなりの遣い手だ」

「お役人様に申し上げます。父の稼ぎのことは亡くなった母もわたしも見ないように生きてまいりました。どなたとお付き合いがあったのか、父も話しません。わたしどもも尋ねようとはしませんでした」

「賭碁で食べてこられたようだな」

うなずいたしほは聞いた。

「斬り合いになった原因は賭金のことでございますか」

宗五郎が首を横に振った。

「御家人とは橘《たちばな》の鉢のことでもめたらしい」

「橘の鉢……」

しほはぽかんとした。しばらくして二、三日前、父親が不自由な体で抱きかかえるように持ち帰った、あの鉢のことだろうかと思った。

文之進は鉢には絶対に触るなと厳命し、

「しほ、長いこと苦労をかけたが、もはや金に困ることはない」

とわけの分からぬことを言った。

「そなたが分からんのも無理はない。最近な、橘の花が四十両、五十両という高値で取り引きされておる。大坂で熱病のように流行《はや》りはじめたのが江戸にも伝わってきた。食えもしねえ果実のどこがいいのか知らねえが、実が白いだの、葉が縮れてるだの能書きいってさ、法外の値をつける。そいつをまた買う客がいる。なかには何百両、何千両という値の鉢もあるという話じゃ」

同心が説明し、宗五郎が聞いた。

「そなたのお父つあんも橘の鉢を持っていたかい」

「はい、三日ほど前に持ち帰り、わたしには絶対に触るなと申しました。あの鉢もそのような名花でございますか」

「二人の諍《いさか》いを聞いた者の話だとそんな塩梅《あんばい》だな」

と言った宗五郎は二階の隅に控えた娘を呼び、もう一度話してくれまいかと頼んだ。

水が何度も通った黄八丈《きはちじよう》を着た娘は、湯上がりの客に茶を出す小女《こおんな》だ。年の頃はしほと同じだろう。しほに気の毒そうな会釈をみせると話し出した。

「二階に上がってこられたとき、二人とも酒に酔っておられましたよ。碁を打つよりも口喧嘩を繰り返されているほうが多かったなあ。ところがさ、年寄りの浪人がふいに脇差を抜かれてねえ、でも斬る気はなかったと思いますよ。何か分からないことを叫ばれて、よろよろと脇差を振り回そうとした矢先に、もう一人のお侍が『年寄りと思って情けをかけておれば……』と叫び返されてさ、抜く手も見せずに肩口を斬りつけられたの。倒れた浪人は必死で鉢の方ににじり寄っては抱え込もうとしておられた。すると斬ったお侍が片膝《かたひざ》で浪人さんの腹を押さえておいてもう一度刺したの、もう怖いのなんの……」

なんという情けない最期であろうか。しほは恥ずかしくて、娘の顔をまともに見ることができなかった。

「しほ、おめえのお父つあんが刀を抜いても太刀打ちできる相手じゃなかったようだ。それに片膝で押さえて止《とど》めを刺すなんぞはかなりの悪侍《わる》だぜ」

止めを刺した御家人風の侍は、逃げたという。

（鉢植えの花をめぐって争ったのか）

なんとも情けない。しほは恥ずかしくて顔も上げられない。

宗五郎が寺坂と相談していたが、

「お父つあんの亡骸はおめえさんに下げ渡す」

と途方に暮れるしほに言った。すると亮吉が、

「おれがよ、手伝うからよ、心配するねえ」

と小声でしほの耳許に囁《ささや》いた。

豊島屋と百兵衛長屋の者たちが協力して湯灌《ゆかん》から通夜、弔いまで一切を仕切ってくれた。

しほは、ただ会葬の人々に頭を下げていればよかった。手伝うと言ってくれた亮吉も彦四郎もこまめに走り回ってくれた。

「しほちゃんは、しっかり者だね。涙ひとつ浮かべずによ、気丈に応対してるぜ」

差配の百兵衛が通夜の酒に酔って繰りごとのように言った。だが、しほが涙をこぼさなかったわけではない。通夜の客の大半が引き上げた刻限、政次が長屋に顔を見せ

た。

文之進の枕辺《まくらべ》に線香を上げた政次はしほに悲しげな顔を向けて、また来るからと小声で言った。店が終わって駆けつけてくれたのだろう。慌ただしく店に戻らねばならない政次をしほは長屋の木戸口まで送っていった。

「ひとりで大丈夫かい」

「心配しないで、政次さんの方こそお店は大丈夫だったの」

「旦那様に断ってきた。亮吉が知らせに寄ってくれてね、びっくりしたよ」

「彦四郎さんと亮吉さんには世話になったわ。政次さん、もう気にしないで」

「おれがさ、お店勤めじゃなきゃあ、彦や亮吉たちと一緒に手伝えるんだけど、すまない」

「政次さんが謝ることなんかないわ」

しほの目頭がふいに熱くなって涙がこぼれた。

「しほちゃん……」

政次は手をうろうろさせたあげくに震えるしほの手を握った。政次のぬくもりがじんわりと伝わってきた。

「なんでも困ったことがあったら彦と亮吉に相談するんだぜ。おれもさ、できるだけ顔を出すからさ」

無理をしないでというしほに未練を残して、店勤めの政次は長屋から姿を消した。

文之進は房野と同じ上野稲荷《いなり》町の善立寺《ぜんりゅうじ》に葬られた。

しほは迷惑をかけた加賀湯、金座裏の宗五郎親分、それに長屋の人たちに挨拶に回った。

翌日から豊島屋の仕事に戻った。主人の清蔵も店の者もいままで同様に迎えてくれた。

鎌倉河岸に立ったしほは、八重桜を見上げた。

蕾はさらに大きくなっていた。今にもはじけてあでやかな紅色の花弁が顔をのぞかせそうな気配だ。

ふと思いついた。亡き母が手慰みに絵を描いていた。筆も絵の具も残っている。

(私も絵筆をもってみようかしら。最初に描くのは、鎌倉河岸の桜よ)

「しほちゃん」

振り向くと手先の亮吉が立っていた。

「わたしのことならもう心配ないわ」

うなずいた亮吉が言った。

「お父つあんを斬った相手が分かったんだ」

しほは黙って亮吉を見た。

「小石川広小路《こいしかわひろこうじ》に屋敷をもらう小普請《こぶしん》、現米百石取りの市川金之丞《いちかわきんのじよう》って御家人だ」

俗に旗本《はたもと》八万騎というが二百石以下の者は御目見《おめみえ》以下、御家人と呼ばれる。

「小普請組ってのは非役、役料ももらえねえから侍の暮らしもまともに立てられねえ。御家人の屋敷じゃ傘張りから総楊枝《ふさようじ》けずりまでやっているが、市川は器用でね、碁将棋指南から鉢植えまで幅が広い。そのうえ目先が利《き》くんでさ、近ごろじゃ盆栽から鞍《くら》がえして、高値の橘の鉢植えを手掛けているらしいや。お父つあんに橘のことを教えたのも市川さ」

「うちにあった橘の鉢も高いものなの」

「実は真っ白で葉は縮緬《ちりめん》葉、あの世界ではめずらしい逸品でね。安値でも五十両する、雪の波とかいう、名のある代物《しろもの》だ」

「そんなもの、どこから手に入れたんだろう」

「やはり鉢植え仲間に四谷御門《よつやごもん》外に屋敷をもつ旗本三百石のお武家がおられる。この侍が大坂の絹物問屋の主人から譲りうけたものをさ、お父つあんは賭碁で勝ち取ったらしいや」

「父は五十両の鉢ものに値する品など持ってなかったわ」

賭碁には双方が金か、折り合った額の品物を用意しなければならない。

「だから、市川から橘を借りうけて、勝負をやんなすったのさ」

さすがに金座裏の手先だけあって、亮吉はなんでも知っていた。だが、しほは事情を知れば知るほど、父の生き方に反発を感じた。

「加賀湯のもめごとの発端はどうやら橘の鉢を貸した金をどうしろこうしろから始まったらしい」

「情けないったらありゃしない」

「そういうなって。この世はよ、金が敵《かたき》の世の中だ」

「亮吉さんも橘の鉢をめぐって命を落とす気」

「そんなんじゃねえけどさ。こんな商売をやっていると三百文の貸し借りで斬り合いをやらかす手合いをたくさん見てきたからな」

あっ、いけねえ、と亮吉は頭をかいた。

「しほちゃんとお喋《しゃべ》りしていてよ、肝心の話を忘れるところだった」

「肝心の話って」

「そのさ、市川って御家人が小普請の組頭に伴われて、目付《めつけ》屋敷に参上して加賀湯の一件を述べたてたそうだ」

なんと文之進を惨殺した相手が自ら役所に出頭したという。

「喧嘩両成敗が定法だからな、親分は市川金之丞も切腹させられて一件落着になるんじゃないかと言ってなさる。そいつをさ、おいらは知らせに来たのさ」

しほには父を斬った相手がどうなろうと、もはや関心のないことだった。

「何か進展があったらまた来らあ」

亮吉は金座裏の親分の家に小走りに戻っていった。

しほは、いままで以上に豊島屋で働いた。体を動かすことが独り住まいの寂しさを消してくれる、そう思って働いた。

翌日から寒い日が二日ばかり続いた。

河岸の桜はふくらみを止めている。

しほは豊島屋に出る前に仕舞ってあった絵筆と顔料を出し、障子ごしに漏れてくる光のなかでまだ固い桜の蕾を描いてみた。しほが考えたよりも絵筆がなめらかに動き、ぎこちないが凜《りん》とした桜の蕾が仕上がった。

その夕暮れ、亮吉は彦四郎と連れだって豊島屋に顔を出した。

酒と田楽を注文した二人のところに折り敷（足のない膳）に徳利と香ばしい田楽を運んでいくと、

「あれからな、急展開しやがった」

と亮吉がすまなさそうに言った。

「市川家は断絶と決まって、近々拝領屋敷を出る。だがな、市川はお構いなしだ」

「亮吉、おめえは喧嘩両成敗が幕府の法って言ったじゃないか。片っ方に肩入れすると赤穂浪士の討ち入りのようなことが起こるって」

彦四郎の反問にはすぐに答えず、亮吉は手酌で酒を飲んだ。

「あの御家人な、金を持ってやがるのさ」

「それがどうした」

「どうしたもこうしたもあるけえ。上司方から目付までさ、要所要所に金を配った上で出頭したのよ。目付役所に顔を出したときには処分は決まっていたようなもんだ」

「金で命を買ったってわけだな。おしほちゃんのお父つあんの立場はどうなる、殺され損かい」

彦四郎が亮吉に文句をつけた。

「彦、そう怒るねえ。御目見以下とはいえ相手は徳川様の直参《じきさん》だ。おれたち町方はどうやったって手が出せねえ」

「亮吉さん、彦四郎さん、もういいの。わたしのお父つあんが馬鹿だったんだから、どうにも仕方ないわ」

「おしほちゃん、市川って野郎はよ、薬研堀《やげんぼり》にでかい屋敷を買って移りすんできたというぜ」

船頭の彦四郎が知らせてきたのは、鎌倉河岸の桜が一輪二輪と咲き始めた頃合《ころあい》だ。船に乗り合わせた大店の旦那が話しているのを小耳にはさんだという。

「もういいの」

「それがよくねえのさ。なんでも市川金之丞はさ、屋敷とは別に鎌倉河岸に橋の鉢とか盆栽を商う店をかまえる気らしい」

「それがどうしたの」

「おめえは敵と毎日顔を合わせることになる」

「お父つあんは、自分で自分の命を縮めたのよ。それだけのこと……」

彦四郎はつまんなそうに河岸に舫《もや》った猪牙《ちょき》舟に戻っていった。

市川金之丞の行動は素早かった。豊島屋から半丁ばかり離れたところに空家になっていた紺屋（染め物屋）を買い取るとその日のうちに大工を入れて造作を替え、橘の鉢植えと盆栽を並べた店を出した。

鎌倉河岸は味噌、醤酒、酒、油、大根、いわし……何文、何十文の世界に何十両だ、何百両だという商いが成り立つかどうか、河岸に集まる人々は疑いのまなざしで見ていた。だが、市川金之丞は江戸じゅうの読売屋を借り切り、派手な宣伝で店開きを告げた。その呼び物のひとつが、店先に飾られるという雪の波が変じて血染めの橘になったという鉢物の展示だ。その橘は、文之進の血を浴びた白い実が赤く染まって変化したというのだ。

「そんなもん、嘘《うそ》に決まってらあな。しほちゃんのお父つあんの持っていた鉢に似たものをどこかから探してきたのさ。それでもよ、人には奇怪なものを見たいという心が備わっているんだと。たとえは悪いがよ、蛇女だって、のぞきからくりだって造りものだって決まっているのにさ、見物に押し掛けるじゃねえか」

亮吉はしほにそう報告してくれた。

そのとき、しほの胸に小さな黒い、憎しみの影が差した。父の死を商売のたねにして弄《もてあそ》ぶ市川金之丞という御家人が許せない、と思った。

しほは鎌倉河岸に出入りする荷船や猪牙舟に目をやりながら、八重桜の下のごみを片付けていた。すると屋根船に乗りかけた総髪の男が河岸に上がってきた。

「江富志穂とはそなたか」

「ここではしほと呼ばれております」

「それがしは市川金之丞、そなたの父上と喧嘩口論してな、仕方なく抜き合わせた者だ」

しほは言葉もなく派手な長羽織をぞろりと着流した相手を見た。腰には蒔絵《まきえ》塗りの脇差を差し、手にした金泥《きんでい》の扇子を口にかるくあてている。

市川金之丞の出した店は、狂乱高騰する橘景気を背景に漆塗りの乗物で乗りつける高家《こうけ》の武士や屋根船でやってくる豪商たちで賑わっていた。

いまや金之丞の鼻息が荒く、となりの乾物屋を買い取りたいと申し出たとかで、古くからの鎌倉河岸の人間たちを怒らせていた。だが、相手はもと御家人だった男だ。そうそう文句もつけられない。

「何かご用事ですか」

「聞けばそなたは独り暮らしとか、理由があったとはいえ気の毒なことをした。でな、何か助けになることがあったら、いつでもそれがしを訪ねて参られよ」

「あなた様は父の敵、そのお方にすがれと申されるので。まかり間違っても鎌倉河岸の人間はあなたのような方には世話になりません」

市川金之丞が扇子で首筋を叩いて、

「気が強い娘じゃな、おもしろい。そのうちな、手桶に飾ってみせようか。策もないことはない」

と高笑いを上げた。

「市川様、父のことは仕方のないことと思うております。ですが血染めの橘などと宣伝されて父の死を商いに使われるのは不快に存じます」

「そなたの父上との喧嘩の始末に大金を費消した。なんとしてもそれだけは取り返さんとな。血染めの橘を店から下げたくばそなた一人、薬研堀の屋敷に参れ」

金之丞は声を潜めてしほの耳許に囁くと船に戻っていった。

(父の無念を晴らしたい)

しほの心に殺意が湧《わ》いたのはその瞬間だ。

河岸の猪牙舟からやり取りを見ていた船頭の彦四郎が水面に唾《つば》を吐くと、しほのそばに来た。

「しほちゃん、気にするな」

しほはぼってりと蕾を膨らます八重桜を見上げた。

(お父上はあのような男が仲間でしたの)

「話があるんだけど」

いつまでも桜を眺めるしほに彦四郎が遠慮がちに話しかけた。

「どうしたの、あらたまって」

「うん、今度の二十五日は、政次の店が始まった日だとかでさ、半日休みがとれるのだと。そんでさ、亮吉とも話し合ったんだけど、四人で船遊びに行かないか」

小さな歓声を上げたしほは豊島屋の方に目をやり、肩を落とした。

「政次さんのお店は休みでもうちは違うの、無理ね」

「ぬかりはないって。政次の指図で亮吉が豊島屋の旦那に談判したのさ。しほちゃんに気晴らしをさせたいんだけど、半日だけ休みをもらうことはできないだろうかって」

「呆《あき》れた。わたしに内緒でそんなこととして」

「怒るなって。旦那がよ、しほちゃんは普段からよく働くからって二つ返事で許しを出してくれたんだよ」

「ほんと、ほんとなのね、亮吉さんも大丈夫なの」

「ああ、おれもさ、親方に船を借りることを断ってあらあ」

しほは三人の気持ちが無性にうれしかった。

市川金之丞のぬるりとした不快感などどこかに吹っとんでいた。

「大川をさ、どこまでも上ってみようよ。天気がいいといいな」

「もっと働かなきゃあ、皆に申し訳ないわ」

こぼれそうになる涙を彦四郎に悟られないようにしほは、箒《ほうき》を慌ただしく動かして河岸の掃除を始めた。

三

宗五郎が長火鉢の前で茶を飲んでいると八百亀が面を出した。住み込みの手先たちは町廻りに出かけて、金座裏が夫婦ふたりでのんびりできる四つ（午前十時）過ぎ時分だ。

「なんぞ聞き込んだだか」

「いやさ、おめえさんも知ってはいなさると思うがねえ、鎌倉河岸に派手な店開きをした市川金之丞のことさ」

「おれも気にはしている。寺坂の旦那も太《ふて》え野郎と怒っていなさるが、事件は目付役所で済んでいる。それに鎌倉河岸に店を出したからって引っ張るいわれもねえからな」

「おれが気にかけているのは鎌倉河岸の住人と諍《いさか》いを起こさなきゃあいいがということさ。事が起こってからじゃ遅いからな」

老練な手先は市川金之丞の強引な商いが何か起こさないかと危ぶんでいた。

「八百亀、金之丞をあぶり出す種はねえかい」

「うーむ、豊島屋のしほにちょっかいをかけたようだ」

「斬り殺した相手の娘にだと……」

「なんでも手桶の花に飾りたい、策もないこともねえって吐《ぬ》かしたって話だ。二人の話を亮吉の幼馴染みの彦四郎が聞いていてな、おれに漏らしたってわけだ」

「策がないこともないか」

宗五郎は煙管《キセル》を摑《つか》むと無意識のうちに刻みを火皿に詰め、長火鉢に埋《い》けられた炭火で火を点《つ》けた。宗五郎が考えに沈んだときの癖《くせ》だ。
二、三服、煙を吐き出した宗五郎が命じた。

「金之丞から目を離すな」

「へえっ」

八百亀が合点をした。

「八百亀、当分な、この話、おれとおめえだけにしといてくれ」

宗五郎は何か考えがあるのか、八百亀に釘を刺した。

その日の夕暮れ、町回りから戻ってきた亮吉が親分にその日の行動を報告したあと、

「親分、二十五日だが、休みをもらえねえか」

と言い出した。

「おっ母さんと墓参りにでも行くのか」

「いやさ、豊島屋のしほちゃんを誘って、松坂屋の政次と船頭の彦四郎とよ、花見に行こうっていう算段だ」

「馬鹿《ばか》野郎!」

親分の宗五郎が返事する前に、隣の部屋に控えていた稲荷の正太の怒鳴り声が響いた。

「亮吉、半人前のくせして花見だと。よくもぬけぬけと言えたもんだな」

「駄目かねえ、兄い」

しょんぼりした亮吉は空っけつの正太をうらめしそうに見た。

「亮吉、しほを元気づけようと三人が相談したか」

「親分、そうなんで、政次の発案でさ」

「松坂屋は二十五日は休みだったか」

金座裏が出入りする一軒が呉服屋の松坂屋だ。

「そうなんで、豊島屋もよ、しほちゃんに休みくれてよ、綱定の女将《おかみ》さんも彦に猪牙を使っていいって許してくれたんだが、おれは駄目か」

亮吉はがっくりと肩を落とした。

「稲荷の正太、こんどばっかりは大目に見てやんな」

台所から顔を出したおみつが執《と》り成《な》してくれた。

「姐《あね》さん、甘やかしすぎるぜ」

「お父つあんを亡くして天涯孤独になった娘を慰めようという話だ。お前さん、どうだろうね」

「外堀をすっかり埋められちゃあ、うんと言うしかあるめえ」

何か考えがあるのか宗五郎が許しを出した。

「ほんとうかえ、ありがてえ」

「親分も姐さんもこれだ……」

稲荷の正太がぼやいたがあとの祭りだ。

旧暦三月の中旬、江戸は初夏の様相を朝から見せていた。

四人が船宿綱定のある龍閑橋際の河岸から、弁当や酒を賑やかに猪牙舟に積んで出発したのは六つ半(午前七時)。江戸橋から鎧《よろい》の渡しを過ぎて湊橋《みなとばし》下をくぐり、霊岸島《れいがんじま》新堀をぬけると、豊海橋《とよみばし》先で日本橋川は大川に合流する。

彦四郎は慣れた櫓《ろ》さばきで長さ百二十間の永代橋《えいたいばし》を上に見て、大川を上流へと漕いでいく。

「墨堤《ぼくてい》十里花の山っていうけどよ、花は散ったのがなんとも残念だぜ」

「わたしにとって桜は鎌倉河岸の八重桜だけよ。葉桜で十分、なんとも気持ちいいわ」

しほは胸につかえていたもやもやが一気に晴れたようで清々《すがすが》しい心持ちになった。

「なあっ、おれが言ったろ。水の上に出ればどんな気分もすかっとするってさ」

桜の散ったのを惜しんだ彦四郎が胸を張った。

「御用でさ、船に乗らねえでもねえが、土左衛門だなんだって無粋《ぶすい》な同乗者ばかりでよ。彦に漕がせて寝っ転がっているなんて極楽だぜ」

政次は、舳先《へさき》に座って都鳥《みやこどり》が波間を低く高く飛ぶ光景を飽きずに眺めている。

「おれたちがこうして船に乗り合わせるなんてよ、初めてだな」

彦四郎が言い、左手の岸を指した。

霞んだ空に浅草寺五重塔が聳《そび》えている。

「政次、お店奉公ってのはどんなもんだい」

寡黙な政次に亮吉が話しかけた。

「まあ、亮吉や彦じゃ務まるまい。何十人もの番頭がこちらの一挙一動を見張っているんだ、息の抜く暇もないさ」

「そりゃあ半日だって無理だな。そんなところにさ、目はしの利くお前みてえな男がなんで辛抱するんだい」

「世間を動かしているのはお武家じゃない、商人だ。おれも早く一軒店を持って、大きな商いをやってみたい。いまの辛抱は先できっと役に立つ、そのための勉強さ」

「そんなもんかね」

「いつ暖簾分けしてもらえるんだい」

彦四郎が口をはさむ。

「下っ端の番頭になれるのにあと六、七年は辛抱しなきゃあなるまい。その後、松坂の本店に里上がりの修業だ。どう頑張っても十五、六年はかかるな」

「それまで所帯も持てねえんだな」

「まあ、無理だな」

しめた！　と亮吉が手を打った。

「何がしめただい、亮吉」

政次がめずらしくからんだ。

「いやさ、政次がそんな風《ふう》なら、しほちゃんと所帯持つのは無理だとさ」

「亮吉と彦のふたりで張り合おうというのかい」

政次がにこにこ笑いながら聞いた。

「まあ、わたし、だれとも所帯なんか持たないわよ」

「それ見たことか。しほちゃんを怒らせた」

四人を乗せた猪牙舟は、まだ散り残った山桜の植わった土手に出た。

「須崎村《すざきむら》の桜がおれっちを待っててくれたぜ」

彦四郎はさらに溯《さかのぼ》った寺島村《てらしまむら》の、桜の花が猪牙舟にうすい影を落として風に揺れている岸辺に船をつけて舫《もや》った。

土手にはたんぽぽやすみれやよめなの花が春を競うように咲き誇っている。

「少し早いけどよ、一杯いこうぜ」

「船旅は喉《のど》がかわくもんな」

亮吉と彦四郎が掛け合いのように冗談を飛ばしながら酒、肴《さかな》の包みを開いた。

「わあっ、ごちそうだわ」

若い四人の船遊びを聞いた綱定の女将さんが用意してくれたものだ。

三段の重にはぜの天ぷら、さわらの焼きもの、野菜の炊き合わせ、こぶしめまで色とりどりのご馳走だ。

「しほちゃんは客だから」

と三人はしほに用意させたのはおにぎりだけだ。

「まずは酒だ……」

亮吉と彦四郎は豊島屋で飲みなれている。政次は店勤めもあって酒はほとんど口にしない。政次としほはもっぱら肴をつまんで、亮吉と彦四郎の話に笑っていた。

「ちょっとな、気になることがある」

と手先の亮吉が言い出したのは、酒にも飽きた頃合だ。

「気になることってなんでえ」

胴の間に敷いたござの上に寝っ転がっていた彦四郎が酔眼を船尾の亮吉に向けた。

「市川金之丞のことだ」

「野郎がどうしたって」

「常兄《つね》いが聞き込んできた話だがな。金之丞のやつ、おしほちゃんのお父つあんの証文を持っているんだと」

金座裏の二階に住み込みの常丸《つねまる》は、二十四歳と若いが丹念な探索で親分に目をかけられていた。亮吉の兄貴分で、捕物のあれこれを教えてくれる。

船べりから政次とならんで水に白い足を浸していたしほは、びっくりして亮吉を振り返った。

「十八両って借用証文だ」

金之丞が高笑いしながら、策がないこともないと言ったのはこのことか、としほは足先から寒さが体じゅうに広がるのを感じた。

「ほんものかね」

彦四郎の疑問に亮吉が答える。

「常兄いの聞き込みはしっかりしてるからな、まず間違いあるまい」

「お父つあんの借金だぜ。それをなんでしほちゃんがかぶらなきゃあならない」

「証文の書き方しだいだな」

水から足を上げた政次が声に不安を滲《にじ》ませて言った。

「わたし、十八両なんて持ってない」

「しほちゃんの器量なら金はいくらでも作れる」

亮吉が言った。

「どういうこと」

「吉原の女郎に売り飛ばすとか、野郎の妾《めかけ》にするってことだ」

「馬鹿野郎、そんなことさせてたまるか」

彦四郎が怒鳴った。

「まあ、常兄いの調べが不確かかもしれねえしな、そう心配することもないか」

言い出した亮吉が矛《ほこ》を納めようとした。しばらく沈黙して考えこんでいた政次が、

「その話がほんとなら、しほちゃん、覚悟をしなきゃならんな」

と彦四郎と亮吉を見た。

「覚悟って、どうするんでぇ」

「身売りして金を作れというのか」

二人が口々に応じた。

「証文ってのは、おれたちの情なんか通じないほどに残酷なものだ。お上も口をはさめない」

商人の手代として証文の重要さを身に叩き込まれている政次が言い出した。

「いいか、亮吉、彦四郎、ここは市川金之丞が十八両の証文を持っているとみて、策を考えておかなくちゃならない」

「策ったって、どうすんだい」

亮吉が困惑の顔を政次に向けた。

「しほちゃんは十八両なんて金は持ってない」

政次の念押しにしほは首を縦に振った。

「市川金之丞が証文を盾にしほちゃんを妾にするとか、女郎に売るとか言い出したら、どうする、しほちゃん」

しほは即座に叫んでいた。

「いいわ、大川に身を投げるか、おっ母さんの形見の短刀で喉を突いて死ぬわ」

「亮吉、彦四郎、おれたちはしほちゃんをそんな目に遭わせたくはないな」

「あったりまえのことを聞くねえ」

亮吉が口をとんがらせて答え、

「政次、おめえは頭がいいんだ、何か考えろ」

と言った。

「考えはある」

「なら早いや」

「亮吉、それほど簡単なことじゃない。おれたちもお店や勤めを棒に振るほどの覚悟がいる。それでも話を聞かせろというのか」

「やめて、わたしのことで」

「しほちゃんはこの際、黙っていてくんな」

としほを黙らせた亮吉が彦四郎を見た。

「おれっち四人は悩みも楽しみも話し合える仲間だ。しほちゃんが女郎になるのを見過ごしたり、死ぬのを止められないようじゃあ、友だちじゃねえ」

「彦、よく言った。おれも同じ考えだ。政次、話してくれ」

亮吉が政次を正視した。

政次が大きくうなずくと切り出した。

「市川金之丞は、おしほちゃんの父親の敵《かたき》だ。仇《あだ》を討つ」

仇討ち？

しほはぽかんと政次を見た。

「政次、仇をうまく討ったとしてもさ、奉行所に届けなくちゃならねえ。となれば入牢のあとに吟味がある。その場合だ、証文があったとしねえ、借金の棒引きのために相手を斬ったかと吟味与力《よりき》が考えたとなると厄介《やっかい》だ。おしほちゃんに島送りとかさ、きびしいお裁きが申し渡されるぜ」

「島送りなんていやよ、やっぱり死ぬわ」

亮吉の言葉にしほが反応した。

政次が改めて幼馴染み二人を見た。

「いや、金之丞を倒すしか、しほちゃんが鎌倉河岸で生き残れる途《みち》はない」

「だから駄目だと言ったじゃないか」

「聞けよ、亮吉、彦」

政次が低い声音で言った。

「おれたちがおしほちゃんを助けて、金之丞を殺《や》る。だがな、奉行所には届けない」

「おい、政次。おれはお上に仕える手先だぜ」

「だから奉行所の情報も筒抜けだ」

「本気かい、政次」

「いいか、あんな野郎だ。商売敵だなんだって憎んでいる人間も多いだろう。そいつをさ、探り出して仕掛ける」

「待って、わたしのためにそんな危ないこと……」

「しほちゃん、鎌倉河岸に育った人間は、あんな虫酸《むしず》が走るような野郎を許すわけにはいかないんだ。そうだろう、亮吉、彦四郎」

亮吉がふうっと重い吐息をついた。

「政次はいったん言い出したら聞かねえからな」

「仕方あるめえ、絵図面を描くのはお前の役だ。おれたちは走り回るからよ」

彦四郎が言って三人の若者はうなずき合った。

「政次さん、わたしは何をすればいいの」

「真打ちは仇討ちのときが出番だ。それまでで―んとしててくれればいい。いいかい、しほちゃん、いや、彦も亮吉も聞け。こいつは殺しじゃねえ、ご公儀も認める仇討ちだ。ただ、お役所に届けないだけのことだ」

「分かった」

「そうだな」

と政次の誠実そうな顔の裏に秘められた敵愾心《てきがいしん》に煽《あお》られた彦四郎と亮吉がうなずき

合った。

金座裏の宗五郎は手先の常丸から市川金之丞がしほの父親の借金十八両の証文を持っていると聞いて、八百亀に念を押させた。すると八百亀は数日を経ずして、江富文之進が蔵前の札差大八島の隠居新兵衛《しんべえ》に碁の賭金に窮して借りたときに書いた証文であることを調べ上げてきた。それを新兵衛から橘の鉢と交換に手に入れたという。

「親分、亮吉もこのことを常丸から聞き知ってましてね、なんぞやらかす算段ですぜ」

「軍師は松坂屋の政次か」

「へえ、あいつしか絵図面は描けねえよ」

「八百亀、常を引き込んでな、亮吉らの動きを見張らせろ。若い奴《やつ》らのことだ、無鉄砲をやらかさねえとも限らねえ」

へえっ、と八百亀が畏《かしこ》まって承知した。

その夕暮れ、豊島屋に亮吉と彦四郎が顔を見せた。しほがいつものように酒と田楽を運んでいっても、すぐには手を付けなかった。

「政次が来るんだ」

亮吉の言葉が終わらないうちに風呂敷包みを背に担ぎ、額に汗を浮かべた政次が姿を見せた。どこか得意先を回った帰りらしい。

「長居はできない。亮吉、何か摑んだか」

政次は縁台に腰を下ろすやいなや聞いた。

「めっけたぜ。金之丞を殺したいほど憎んでやがる人物がよ。池之端《いけのはた》によ、香具師《やし》の乾三《かんぞう》ってのがいる。銭にからむことなら殺しにまで首を突っこむ毒蛇みてえな野郎だ。こいつがさ、つい四か月前、橘の売り買いで金之丞ともめ事を起こしている。なんでも金之丞が百二十両で譲った橘がすぐに枯れたんだと。乾三はかんかんになって金之丞の屋敷に乗り込んだ。だが、金之丞も一筋縄ではいかねえ、おめえの手入れが悪いってんで追い返したらしいや。乾三は以来、金之丞の弱みを握ろうと虎視《こし》眈々《たんたん》と狙っている」

「おもしろい」

政次はそう言うと考え込んだ。

亮吉はお役目がすんだとばかり徳利に手を出し、彦四郎と自分の杯を満たした。

「金之丞の店の間取りが分かるか」

政次がひそみ声で亮吉に聞く。

「前は染め物屋だぜ。おまえだってがきの自分から庭みたいに走り回っていたじゃねえか」

「金之丞が買って、どう改装されたか聞いてるんだ」

「あっそうか、すぐにも調べるよ」

「政次」

と呼んだのは彦四郎だ。

「おまえが何を考えているか知らねえが、あそこにはよ、金の字と植木職人が戻ったあとよ、腕っぷしのつよそうな浪人者が三人も来て、夜番してるぜ。なんたって橘の鉢と盆栽が何百鉢と置いてあるんだ。安いので二分、高いのになると何百両という鉢だからな」

「昔から高値で売られる橘の花を守る番人を守部と言ったそうだが、金之丞も無粋なものを飼ってるな。となると仕掛けるのは薬研堀《やげんぼり》のほうかな」

政次が考え込むのを見て、しほは他の客の注文を聞きに行った。

しほが次に亮吉らのところに戻ってきたとき、もう政次の姿はなかった。

「お店勤めはつらいな、ゆっくりしてもいられねえんだと」

そう言った彦四郎の顔に緊張があった。

「どうかしたの」

「おれにもさ、役が振られたんだ」

「難しいの」

「どうかな、やってみねえと分からねえ」

彦四郎が言ったとき、ほら、早速出番だぜと市川金之丞の店の方角を見ていた亮吉が幼馴染みの膝をつついた。

「よし来た」

彦四郎は立ち上がると河岸に舫った自分の猪牙舟に走っていった。

店からはいつもの着流しにぞろりとした長羽織を着た市川金之丞が出てきて、待たせた屋根船に歩いていった。

「彦はさ、薬研堀の屋敷を調べる役を政次に仰《おお》せつかったんだ」

「亮吉さんたち、本気の本気なの」

亮吉が顔をしほに向けた。

「しほちゃん、金之丞が持っている借用証文な、蔵前の札差大八島の隠居にお父つあんが借りた金の分だ。そいつを金之丞が橘の鉢と交換して手に入れたんだ。野郎、最初からしほちゃんを妾にしようってんで狙《ねら》っていたんだよ。政次はあいつが動き出すのは、近々だと読んでいる。しほちゃん、迷っている暇なんかないぜ」

いつもの亮吉に似合わず、きびしい顔で言った。

「ごめん、わたしのことでみんなを引き込んで」

「世の中にはどうしたって気の合わねえ野郎はいるもんだ。それにさ、掃除をすると鎌倉河岸がすっきりする」

「わたし、あの御家人を討てるかな」

「そんな弱気でどうする、おれたちも手伝うからよ」

亮吉はしほを激励すると立ち上がった。

「今日の勘定は気にしないで。わたしが帳場に払っておく」

「すまねえ、払いをどうしようかと思っていたんだ」

亮吉はほっとしたような顔で豊島屋から姿を消した。

三人の友だちが消えた鎌倉河岸をこんなにも寂しく感じたことはなかった。しほはぼってりした花を三分ほどつけた八重桜の下に立った。

(お父つあんが残した借金を三人の友だちが命を張って帳消しにしようとしてくれてんのよ、聞いてるの。三人の命だけは助けて……)

四

四つ（午後十時）、彦四郎の猪牙舟は大川と薬研堀との間にかかる元柳橋詰めの石垣の暗がりにつながれてあった。

亮吉が舳先《へさき》に、政次が釣道具がおかれた胴の間に座って、艫《とも》には彦四郎が膝に櫓《ろ》をおいて待機している。顔をまっくろに塗った三人の視線の先には黒板塀に囲まれた市川金之丞の住まいがひっそりとあった。

大川から櫓の音が響いて屋根船が薬研堀に入ってきた。

鎌倉河岸の店では棚卸《たなおろ》しが行われ、金之丞の帰りが遅くなることは亮吉の調べで分かっていた。

「金之丞様のお帰りだ」

薬研堀の柳の木の下からふわりと女が姿を現わした。

島田まげに桜吹雪の模様の振袖《ふりそで》で着飾ったしほだ。遠目にはとても古着とも思えない。しほの振袖と三人の黒い衣装は政次が富沢町《とみざわ》の古着屋で買ってきたものだ。

河岸に上がった金之丞がしほを見て、おまえは、と言った。

「市川様は、父の借用証文をお持ちとか」

「どこで耳にはさんだか知らねえが、たしかに持っている。そいつがどうしたってんだ」

「父は死で贖《あがな》いました。返してはいただけませぬか」

「今晩は妙ちきりんな夜だぜ。乾三の奴が枯れた鉢の代金を取りに押し掛けてきやがるというし、きれいに化粧したおめえまで現われた。よかろう、屋敷に入りねえ、相談しようじゃないか」

河岸に向けられた通用口が開けられて二人が中に消えた。

「政次さ、大丈夫かい、しほちゃんはよ」

亮吉が不安そうな声を上げた。

「乾三さえ顔を見せりゃ、大丈夫だ」

消えないように火縄の火を手で囲った政次が答えた。

「ほんとに来るのかい」

彦四郎も聞く。

「枯れた橘のことを話し合おうという金之丞のほうからの申し出だからな」

「金之丞がそんな殊勝な気持ちになったのかい」

「馬鹿、政次が偽の手紙を書いて、おれが乾三のうちに投げ込んできたのさ」

亮吉が政次に代わって答えた。

「偽の手紙に釣り出されるってわけか」

「政次は市川のほうにも乾三の名で手紙を出したんだ。百二十両の金を受け取りにいくから用意しておけってね」

「まず刻限に姿を見せるようなら、策はあたったも同然だけどな」

政次の言葉にも不安が滲《にじ》んでいた。

市川の家には夕暮れから乾三の来訪に備えて、いつもは店の張り番をしている浪人の仲間三人が待機していた。

「ともかくしほちゃんが四半刻《しはんとき》（三十分）ばかり、間を持たせてくれることだ」

そう政次が言ったとき、薬研堀に乱れた足音が響いた。

「来たぜ」

乾の字を浮かせた提灯《ちょうちん》の明かりが水面に映り、六、七人の人影が現われた。

通用口がどんどんと叩かれた。

「忘れものはないな」

政次の注意に亮吉と彦四郎が懐を触り、手早く黒手ぬぐいで頬《ほお》かぶりをすると用意していた心張棒《しんばりぼう》を手にした。最後に火縄の火だねを口で一吹きした政次が亮吉に渡し、自分は糸もついてない釣竿を手にした。腰には油の入った竹筒がぶら下げられている。

三人は石垣伝いに市川の屋敷に接近した。

木戸口が開けられた気配がして、

「なんだ、大人数で押し掛けやがって」

「そっちこそ、呼んでおいて物騒《ぶっそう》な浪人者が応対かい」

と押し問答が続いた。そして乾三一味が屋敷内に押し込んだ気配だ。

三人は岸辺から飛び上がった。亮吉が木戸口を押すとすうっと開いた。

「ありがてえ、閉めるのを忘れてやがる」

三人が潜り込むと庭先で金之丞の雇った浪人者と乾三一味の押し問答が続いていた。

「よし、二手に分かれる。彦と亮吉はあおれるだけ二派をあおれ」

「政次、しほちゃんを頼むぜ」

政次がうなずくと庭木伝いに屋敷に近付いていった。

「親分、どうしたもんで」

亮吉らの行動を薬研堀の対岸の暗がりに舫った猪牙舟から見張っていた八百亀が金座裏の宗五郎を見た。船頭は常丸だ。

「政次の野郎が描いた絵図面がもう一つ分からねえ。しばらくお手並み拝見といくか」

「親分は分かったうえで政次らを泳がせているとみたがね」

「八百亀、おれは千里眼じゃねえや」

「そうかね」

常丸は心配そうに屋敷を見ている。


しほは座敷で金之丞と対面していた。

庭先では小競り合いが続いていたが金之丞は平気《へいき》の平左《へいざ》だ。

「一皮むけばいい女だと思っていたが、このままでもなかなかのものだな」

「父の証文とはどれでございます」

「切り口上がまたかわいいぜ」

金之丞は違い棚から手文庫を持ってきて、証文を出して見せた。

借金十八両の宛名は札差大八島の隠居の新兵衛だ。

（なんとしても証文を奪いとらなきゃ）

「江富文之進はおめえの父親、親が返せないとなると娘が都合するのが世間の約束ごとだ」

「わたしには十八両なんて大金はございません」

「十八両と利息の二両と三分。まあ三分はいいとして二十両は吉原に身を沈めるなりなんなりして、なんとかしてもらうぜ」

金之丞が借用証文を自分の懐に入れ、

「まあ、その前に味見って手もある」

としほに手を伸ばしてきた。

そのとき、庭先で爆発音が響いた。

亮吉は爆竹に火縄の火を移すと小競り合いの足許に次々に投げた。

それが弾けた。

「殺《や》られた！　短筒《たんづつ》をぶっ放しやがった」

派手な悲鳴を上げた亮吉をよそに、暗がりを忍び寄った彦四郎の心張棒が立ちすくんだ乾三の子分どもの向こうずねを殴りつけた。

「やりやがったな！」

「なにをそっちこそ」

金之丞の雇った浪人者どもと乾三の子分たちが刀と匕首《あいくち》を抜いてぶつかり合った。

「八百亀、常、忍んでこい」

金座裏の親分の命に猪牙舟から二人が河岸に飛び上がった。

「八百亀、飲み込んでるな」

「へえ、亮吉らが危なくならねえかぎり手を出すなってことでしょ、承知してまさあ」

二人の手先が闇に消えた。

「いってえ何が起こったんだ」

しほに伸ばしかけた手を刀掛けの大刀に移した金之丞が、

「おめえのほうは後口だ。待ってな」

と障子を開けた。するとそこに顔を黒塗りにした政次が釣竿を手に立っていた。

「薬研堀に河童《かっぱ》が出るって話は聞かねえが、おめえはだれでえ」

「しほちゃんの助太刀さ」

草履を履《は》いた政次が低い声で言った。

「市川金之丞、父の敵、覚悟せよ」

名乗りを上げたしほを振り見た。

「なんて猿芝居をうちやがる」

しほは背の帯の間に隠し持っていた母の形見の懐剣の鞘《さや》を払った。

そのとき、短刀を包んでいた錦の袋が畳に落ちた。

「池之端の乾三の騒ぎもてめえらが仕組んだか」

しほと政次を交互に見ながら金之丞が刀を抜いた。

しほに視線が向けられたとき、政次が釣竿の先端を金之丞の総髪にぺたりとつけた。

「何しやがる！」

鳥餅《とりもち》をべったりつけた竿の先が総髪にからんだ。

「おのれ！」

金之丞が政次に刀を振りかざして迫った。すると釣竿の根元を片手に持った政次は廊下をするすると後退した。

廊下には政次が竹筒に入れて持ってきた油が撒《ま》いてある。その油に足をとられた金之丞が滑って転んだ。政次は草履履きの分、足許がしっかりしている。

「くそっ、待ちやがれ」

金之丞はよろよろと刀を杖に立ち上がる。

「さあ、ここまで来な」

金之丞が追えば政次は竿の分だけ身もかるく逃げ、金之丞がつるつるする足裏を気にしながら止まれば、政次も動きをとめて、竿を上に下に総髪をぐるぐるとからめては引っぱる。

「ほれ、金の字。追っておいでな」

「おのれ、武士を愚弄《ぐろう》しおって！」

市川金之丞は竿を両断しようと刀を振り上げた。注意がしほから離れた。

「しほ、いまだ」

「父の敵、覚悟！」

政次の激励の声にしほが懐剣を両手に抱え込むと必死の形相で金之丞にぶつかっていった。

「くそっ、子供だましに……」

よろける金之丞としほは絡み合うように油が流された廊下に転んだ。それでもしほは身を起こして懐剣を振りかざそうとした。

「ああっ！」

金之丞は腹に自分の刀の切っ先を突き立てて、呻《うめ》き転がっていた。転倒した拍子に突き立てたらしい。それを見たしほは尻餅《しりもち》をつくようにへたりこんだ。政次が、

「しほちゃん、止《とど》めだ!」

と叫ぶと転がり回る金之丞の上体に覆いかぶさって押さえた。

「さあ、お父つあんの敵を討つんだ!」

政次の叫びに励まされ、再び懐剣を振りかざしたしほは必死の思いで金之丞の胸を突き刺した。

「ぐえっ!」

金之丞の体が二人の下で痙攣《けいれん》した。

二人にはいつまでも続くと思えるほどの時間が過ぎた。

「……しほちゃん、もう大丈夫だ」

動かなくなった金之丞の息を確かめた政次は、

「よし、引き上げだ」

としほの手を引き、廊下を走り出した。

七つ半(午前五時)前、鎌倉河岸に彦四郎の漕ぐ猪牙舟は戻ってきた。

薬研堀を逃れた四人は大川の河口の越中島《えっちゅうじま》沖で夜釣りを装いながら、着ていた古着を自分の衣装に替えた。そして、古着、懐剣、心張棒、竹筒、火縄など犯行に使ったものはすべて江戸湾に流して処分していた。

しほが水上から見ると朝霞がぼんやりと川面から河岸に流れて、ぼってりとした花を満開につけた八重桜が艶麗に浮かび上がっていた。

「今朝は鎌倉河岸がさ、一段ときれいに見えるぜ」

亮吉が舳先から河岸に飛び上がり、猪牙舟を舫った。

「子持ちはぜでも釣れたか」

石段の上から金座裏の宗五郎親分が顔をのぞかせた。

「からっきしの坊主だ、親分」

そう答えた亮吉は、聞いた。

「朝早くから何か出来《しゅったい》しましたかい」

「おおっ、市川金之丞が香具師との金銭のいざこざに巻き込まれてな、殺されやがった。池之端の乾三の手下が行きがけの駄賃とばかり金之丞の店を破ってさ、橘の鉢を持ち出そうとして張り番の浪人者とまた一悶着だ」

「そいつは申し訳ねえ。のんびり釣りなんぞに行ってよ」

「鳥餅がえさじゃ釣れもしめえ」

そう言いながら、宗五郎が猪牙舟のそばに下りてきた。

政次の体がぴくんと痙攣して躍った。

「政次、てめえはがきの時分から目から鼻に抜ける利口者だったたな。彦四郎や亮吉を手先につかって大人顔負けの手妻《てづま》を使いやがった」

（親分はすべてを知っていなさる……）

政次の背に悪寒《おかん》が走った。

「おまえは昨晩からおっ母さんをだしに暇をもらったらしいな。普段の働きが働きだ、松坂屋の番頭どもも信用したってわけだ」

「親分、店に顔を出されたので」

政次の言葉に不安が滲む。

「心配するねえ、おまえのおっ母さんが病気だってのは、口裏は合わせてきたぜ。彦四郎、亮吉、おめえらの役回りはなんでえ。ちったあ、ましな出番をもらったか」

「親分、なんのことだか、ちんぷんかんぷんで分からねえや」

「亮吉、絵解きを所望してるのか」

「いえね、なんのことだか……」

「馬鹿野郎！　おれが何十年、奉行所の御用を務めてきたと思っているんだ」

しほが、親分さん、と前に出た。宗五郎はそれを手で制して言った。

「鎌倉河岸に生まれ育った馬鹿野郎どもが、お父つあんの仇討ちの手伝いをしたようだな」

「申し訳ございません。わたしがこの三人をそそのかして誘ったまでです。金之丞を刺し殺したのは、わたしでございます」

「しほ、今になって仇討ちだってお上に名乗り出るというのか。そいつはちっとう都合がよくねえか」

「親分、申し訳ねえ」

亮吉が河岸に座り、両手を差し出した。

「なんの真似《まね》だ。それじゃあ、政次の芝居にも出してもらえめえ。おい、亮吉、おめえらがしほを手伝って仇討ちをやりましたと名乗りをあげれば、奉行所も動かねえわけにもいくめえ。文之進の一件もあることだ、おめえらはかよわい娘を助けて仇を討った男たちと江戸じゅうで騒がれる。しほはしほで孝行心の強い娘と褒《ほ》めそやされるかもしれねえ。奉行所だって、そいつをほうってもおかれめえ。まあ、せいぜい江戸十里四方所払いか何かでかたをつける……だがよ、政次、おめえはもう松坂屋には戻れねえぜ。亮吉、おめえも十手を振りまわすわけにはいかねえ。それが世間というものだ。どうするね」

四人の若者は思いもかけない展開に黙り込んだ。

「親分さん、小賢《こざか》しい策を弄して申し訳ございませんでした」

政次が腹を括《くく》ったように頭を下げた。

彦四郎はおろおろして、政次と親分の顔を交互に見ている。

「八百亀と常丸が薬研堀の現場の後始末をしたからいいようなもんだ。殺されたのが評判の元御家人、叩けばいくらでも埃《ほこり》は出ようというもんだ。寺坂の旦那もおれに任すとおっしゃっておられる」

宗五郎は短刀を包んでいた錦の袋と取り忘れた十八両の証文をしほに手渡した。

「おっ母さんの形見だ、大事にしねえ」

しほは二つのものを両手で押し頂いた。

「親分、おれたちはおかまいなしで」

「亮吉、了見ちげえをするな！」

宗五郎が火の出るような言葉を吐いた。

「しほ、おめえはお父つあんの敵とはいえ人ひとりを殺《あや》めたんだ。三人はそいつを助けた。政次の書いた田舎《いなか》芝居にのっかった乾三の手下の一人が死に、四人ほどが怪我《けが》をした。政次、おめえはこの痛みをかかえて商人にならなきゃあならねえ。亮吉も彦四郎もそのことを生涯忘れるな」

しほが最初に泣き出した。続いて亮吉と彦四郎のまぶたからぼろぼろと涙がこぼれた。

政次の拳《こぶし》を握った手がぶるぶると震えている、それでも歯を食いしばって泣き顔を見せなかった。

「政次、急いで店に帰れ。おっ母さんの高熱は、今日の昼間にも下がる。おれが店に知らせて辻褄《つじつま》を合わせてやろう」

頭を下げた政次が鎌倉河岸の石段を駆け上った。

「彦は、猪牙を綱定に返しねえ。亮吉、てめえは、自分で蒔《ま》いた種の始末をしなきゃあなるまい」

「へえっ、親分」

金座裏の親分も彦四郎も亮吉も去って、鎌倉河岸にしほだけが残された。

朝の光が満開の八重桜を照らした。薄紫をわずかに紅色に溶かし込んだような八重の花弁があでやかだ。

しほはまだ店の戸も開けていない豊島屋に向かって走っていった。

第二話　逢引き

一

寛政《かんせい》九年（一七九七）四月、陽気が一転して夏の様相を見せた日、しほは上野東叡《とうえい》山寛永寺《ざんかんえいじ》をお参りして不忍池《しのばずのいけ》に下りた。岸辺に葦簾《よしず》を張った茶店を目にして、おだんごと茶をたのんで四半刻《しはんとき》（三十分）ばかり休んだ。

父の死後、こんなにのんびりしたこともない。

茶店を出たしほは、池に突き出した小島を見ながら、東から北へと池の周りをそぞろ歩いた。

にわかに夏空が曇り、雲行きが怪《あや》しくなった。

どこか雨宿りするところはないか。古びた寺の山門が目についた。

しほが走り込むと同時に暗くなり、雨が激しい音を立てて落ちてきた。乾いた路面にはねて飛沫《しぶき》が上がる。

この日は父親文之進《ぶんのしん》の四十九日にあたった。

上野稲荷《いなり》町の善立寺《ぜんりゆうじ》の住職に墓の前で経をあげてもらった。参会者とてない一人だけの法要だが、賭碁《かけご》の諍《いさか》いで斬《き》り殺された父には似つかわしいものだった。住職が墓前を去ったあと、五年前に流行病《はやりやまい》にかかって歿《ぼっ》した母と父に引っ越しを報告した。

父が存命のとき、三河町新道《みかわちようしんみち》の長屋は間口二間半の二階屋であった。階下はせまい三和土《たたき》にへっついと流しのある台所に八畳間、二階は押入れと物干し台のついた六畳間と八畳間の二間あった。

文之進は賭碁を生業《なりわい》にしていた。二階には碁盤と碁石があって、仕事のないときは、日がな一日、碁盤に向かうか、定石を記した書物を広げていた。

独り残された十六歳のしほに二階屋は広すぎる。

だいいち鎌倉河岸《かまくらがし》の豊島屋《としまや》でいただく俸給では店賃《たなちん》が払いきれない。そこで皆川町《みながわちよう》二丁目の裏長屋に引っ越したのだ。九尺《くしやく》二間《にけん》の長屋のどんづまり、東南に位置した奥だ。これまでよりも手狭だが、長屋の奥には竹藪《たけやぶ》が広がり、小さな庭に気持ちのよい緑陰を投げかけてくれる。

豊島屋の主人清蔵《せいぞう》も内儀《かみ》さんのとせもしほに、

「どうだ、うちに住み込みで働いてはみないか。寂しさもまぎれるかもしれないよ」

と親切に勧めてくれた。だが、しほは長屋暮らしを選んだ。

「そうだな、しほは痩《や》せても枯れても武家の生まれだ。山だしの姐《ねえ》やと布団を並べてというわけにはいかんな」

と清蔵はしほが断った理由をかってに察した。

しほは別に朋輩《ほうばい》と枕を並べて寝るのが嫌《いや》さに住み込みを断ったわけではなかった。

文之進が突然非業の死を遂げたあと、しほは五年前に病死した母の房野《ふさの》の遺品といっしょに父の残したものを整理した。

母は、普段着や裁縫道具や絵の道具や絵草紙と題された作品集の他に、まだ袖《そで》を通してない白無垢《しろむく》一式と古い錦の布袋に入れられた守り刀とを形見に残していた。

父は、商売道具の碁盤と碁石、塗りのはげた大小が遺品といえた。

しほは母の残した守り刀を袋から出した折りに裏地に封じ込められた紙片を見つけた。六つ折りにされた紙には、
武州川越藩納戸《ぶしゅうかわごえはんなんど》役《やく》七十石村上田《むらかみた》之《の》助《すけ》
同藩御《お》小姓番頭《こしょうばんがしら》三百六十石久保田《くぼた》修理《しゅり》太夫《だゆう》
と細字で記されていた。

房野の字だ。

しほは両親の口から二人の実家について聞かされたことはなかった。どうやら村上と久保田両家は文之進と房野の関係した家のようだ。

二人はゆえあって川越の地を離れ、江戸の裏長屋でひっそりと暮らしてきた。しほが生まれたのも江戸と聞かされていた。だが、しほには記憶の底に母親に手を引かれて旅をする光景がおぼろに残っていた。

だが、両親はその謂《いわれ》をしほに話さないままに他界した。しかし母は守り刀の袋にいわくありげに書き付けを残していた。このことがしほに豊島屋住み込みをためらわせた。

(母上、あの書き付けをどうしろとおっしゃりたいのですか)

しほは胸のうちで問いかけると墓の前から立ち上がった。

篠突《しのつ》く雨をついて二人の男女が山門に走り込んできた。

男は若侍で、女はいくつか年上のように思えた。かいがいしく男の濡《ぬ》れた着物の裾《すそ》などを手ぬぐいで拭《ふ》いている。男が伝法な口調で言い放った。

「いいかえ、おめえの旦那《だんな》がかじの屋敷に出かけるときは知らせるんだぜ」

「わたしだって長くは待てないもの」

女は人妻だった。しほがいると知らぬげに次の密会の約束をしていた。

しほの胸がきゅんと引き締まった。

男の左手が女の細いうなじにかかり、女も男の胸にすがると両手を背に回して自分から顔を寄せた。

しほは立ちすくんだまま、動けない。

沛然《はいぜん》と降り出した雨と同じように激しい口付けを繰り返し、短い言葉を掛け合った。

「やって」

「いいんだな」

雨はふいに止《や》んだ。

あたりに明るさが戻った。

女が男の体から離れたとき、しほのほうに顔が向いた。だが、女の目からしほのいる場所は死角になって見えない。細面の整った顔にそれほどの激情を秘めているものか。

しほの心に女の顔と切ない性《さが》がくっきりと刻印された。

男女は許されざる恋の一瞬を眺められていたとも知らず、夕立のあと、薄い靄《もや》が立ちのぼる江戸の町へ消えていった。

金座裏《きんざうら》の親分、宗五郎《そうごろう》の前に八百亀《やおかめ》以下、総勢十数人の手先《てさき》、下《した》っ引《ぴ》きが雁首《がんくび》を揃《そろ》えていた。神棚には灯明が点《とも》り、金流しの十手が三方《さんぼう》におかれてあった。

二代目が金座に入った夜盗を捕縛したとき、後藤《ごとう》家では感謝のしるしとして玉鋼《たまはがね》に金を混ぜた十手を造って贈った。一尺六寸（約四十八センチ）の金流しの長十手は将軍家の金座を守った証《あかし》として代々宗五郎だけが使うことを奉行所から許されてきたのだ。

この朝、温厚な宗五郎の顔が怒りをのんで紅潮していた。

「知ってのとおり、荒稼ぎが因《もと》でとうとう死人を出してしまった。なんとしても男女二人連れの強盗を捕縛せよとの奉行所からのお達しだ……」

このところ日本橋から京橋にかけて掛け取り帰りの番頭《ばんとう》や手代《てだい》を狙《ねら》う事件が頻発していた。下手人は男女の二人連れ、女は絶世の美人でつい見とれた隙《すき》に後ろから男が後頭部を殴りつけて集金の金を奪うという乱暴な荒稼ぎだ。

昨日も京橋の染物店、藍屋《あいや》の手代太助《たすけ》が集金の八十両を奪われ、太助は大川に身を投げて死んだ。奉行所に呼ばれた十手持ちの宗五郎らは同心の寺坂毅一郎《てらさかきいちろう》らといっしょに筆頭与力《ひっとうよりき》の新堂宇左衛門《しんどううざえもん》から、

「いつまで荒稼ぎをのさばらせておくつもりだ、一刻も早くつかまえよ」

と督励《とくれい》されたばかりだ。そこで八百亀ら手先、下っ引きが金座裏に集められたというわけだ。宗五郎は、

「日本橋から京橋筋の事情に通じた者の仕業とみた。近ごろ、暮らし向きが派手になった若い夫婦者か、渡世人を洗い出せ」

と八百亀らの尻《しり》を叩《たた》いた。亮吉《りょうきち》は常丸《つねまる》と組んで聞き込みに回ることになった。

「髪結《かみゆい》、てめえら下っ引きも聞き耳立てて、二人の尻尾《しっぽ》を嗅ぎつけてきねえ」

下っ引きとは亮吉らのように十手持ちの身分を明らかにせず、髪結やぼて振りの本業の最中にいろいろと情報を集めてくる者たちだ。髪結と呼ばれた新三《しんざ》も代々金座裏の下っ引きを務めてきた。

「江戸の者ならなんとしても引っ張り出しやすぜ」

髪結新三の言葉を最後に十数人が江戸の町に散った。

裏の竹藪を透かす光がしほの長屋の畳に淡い影を落として揺れている。

軒先の風鈴が鳴った。前の住民が忘れていったものだ。

しほは母が残した絵筆と顔料を畳の上に出して、竹林が風にそよぐ光景を描き始め

た。

母が存命のときは、まだ幼くて絵心も湧かなかった。だが、父母が亡くなり、一人暮らしをしてみると無聊《ぶりよう》を慰めるものが要《い》った。

ふと思いついて絵筆と顔料を出して、絵筆を走らせてみた。

最初に描いたのが鎌倉河岸の老桜の蕾《つぼみ》だ。以来、暇をみては筆をとってきた。母の絵心がしほにも伝わっているかもしれない。まだ母の残した作品を見る勇気はない。母の絵は細密で達者だった。その絵を見て、絵心が萎《な》えることを恐れたからだ。いま少し上手になってから見よう……そう、しほは考えていた。

九つ(正午)の時鐘が鳴った。

(あら、大変……)

しほは、絵筆や絵の具を慌てて片付けると、店に出かける支度に掛かった。格別化粧をするわけでもない。お仕着せに前掛けをかければ支度は出来上がった。

ぼて振りの嶋八《しまはち》の女房、はつに声をかけた。油障子は開け放たれたままだから、部屋の様子は丸見えだ。

「今からかい、精が出るね」

はつが内職の手を休めて応じた。まわりには熊手に飾られる、七福神やら宝船やら鯛やら小判などが散らばっている。はつは下谷の鳳《おおとり》神社の酉《とり》の市で売られる熊手の飾りものの絵付けを内職にしていた。

「この前の田楽はおいしかったよ」

しほは、時折り売れ残った田楽を土産《みやげ》にもらってくる。

「また旦那にたのんでもらってくるわ、留守をたのみます」

しほは長屋を出ると皆川町の通りを西に向かった。

昼下がりの光が白く町並みに落ちていた。

三河町を抜けると視界が開ける。鎌倉河岸前の荷揚げ場だ。

豊島屋はその一角に店をかまえて、酒と田楽の匂《にお》いをあたりに漂わせている。

しほはいつもどおりにお堀に向かった。大小の船が行き来する川面《かわも》の向こうには出羽鶴岡《つるおか》藩十七万石の上屋敷の甍《いらか》が見え、右手には千代田のお城が望めた。

しほは日盛りを遮って影を落とす老桜を見上げた。

鎌倉河岸の名物は、豊島屋の酒と田楽ばかりではない。馬方《うまかた》が馬をつなぎ、船頭が日影で休んでいく桜の木もまた知らない者はなかった。

（今日も一日無事暮らせますようおねがいします）

しほは胸のうちで老桜に手を合わせる、それが日課だ。

「しほちゃん、暑いな」

水面から声がかかった。猪牙舟《ちょき》に大店《おおだな》の番頭風の客を乗せた、綱定《つなさだ》の船頭彦四郎《ひこしろう》がお堀を常盤橋《ときわばし》の方に下っていこうとしていた。日焼けした額には汗が光って、大柄の体が力強く動いた。

「彦四郎さん、気をつけていってらっしゃい」

しほは手を振ると豊島屋に向かった。

「おしほちゃん、竹の子長屋に引っ越したって。言ってくれりゃ手伝ったのによ。友だちがいがないぜ」

夢中で働いているところに、久しく顔を見せなかった手先の亮吉が顔をのぞかせて不満を述べ立てた。亮吉はなりも小柄でちょこまかとよく動く。

「だって引っ越し荷物なんて何もないもの。それよりこれからもよろしくおねがいします、親分さん」

「親分だって、おいらまだ新入りの手先だぜ」

とまんざらでもない顔をした亮吉が、聞いた。

「竹の子長屋のいわれを知っているかい」

「竹藪があって竹の子が採れるからでしょ」

長屋の住民たちは職人やらぼて振りやら辻占《つじうら》売りなど気のよさそうな人ばかりだ。しほが引っ越した翌朝にも裏の竹藪に左官職富三《とみぞう》の女房はまの姿があって、

「いまの季節はね、竹の子が顔を出す。早いもん勝ちだよ」

と手にした朝掘りの竹の子を振ってみせた。

「それもあるがな、お定まりの貧乏長屋だろ。三十日《みそか》になるとよ、着ているものをも質にいれてしのぐからさ、竹の子長屋と呼ばれてるのさ」

「みんな働き者のように見えるけど」

「梅雨どきにはぼて振りも職人も仕事がねえ。見てみねえ、そのうち駕籠《かご》かきの参吉《さんきち》がかかあの単衣《ひとえ》で井戸端に面を出すぜ。そのとき、おどろくんじゃねえぜ」

亮吉は、金座裏の宗五郎親分の手先だけにいろいろと詳しかった。

「もっとも貧乏はおれのうちだって変わりはねえがよ」

と頭を掻《か》いた亮吉は、そうだ、大切なことを忘れるところだったとしほの顔を見た。

「天下祭りの日によ、政次《せいじ》が半日暇をもらって戻ってくるんだ。祭り見物に行こうと思うんだけど、しほちゃんもこねえかい」

将軍様も江戸城内の上覧所で山車《だし》の行列を見物なさるところから天下祭りと呼ばれる山王日枝《さんのうひえ》神社の祭礼は、旧暦の六月十五日、夏の盛りの祭りだ。

「えっ、天下祭りに政次さんが戻ってくるの」

「ちぇっ、しほちゃんは政次のこととなると目の色を変えるんだから」

「だって亮吉さんと彦四郎さんにはいつだって会えるもの」

政次は、日本橋の呉服屋松坂屋《まつざかや》の手代だ。そうそう簡単に休みなどとれない。ところが亮吉も彦四郎もこの界隈をねじろにして、夕暮れになると毎日のように豊島屋に顔を出し、しほと無駄話をしていく。

「天下祭りは豊島屋も休みだろ」

「そうだけど」

「ならば久しぶりに四人で会おうぜ」

手先の亮吉は、そう約束するとすぐにも引っ返そうとした。

「ここんとこな、親分に尻を叩かれているんだ。日本橋から京橋にかけてよ、決まって夕暮れ時に荒稼ぎが出没するんだ」

「荒稼ぎ?」

「ああ、掏摸《すり》ほどに芸はねえ。いきなり集金帰りの手代や番頭の後頭部を殴りつけて懐《ふところ》の金をかっさらっていこうという乱暴な手口だ。昨晩よ、京橋の染物屋の手代が八十両ばかりの集金を盗られてよ、大川に身を投げた」

「まあ、政次さんは大丈夫かしら」

「ほらみねえ、おしほちゃんは二言目には、政次さん、政次さんだ」

「だって彦さんも亮吉さんも集金には縁がないもの」

「ともかくその女を引っくくらなきゃあ、祭り見物もないもんだ」

「えっ、女なの」

「女と男が組んでいやがるのさ。あの世に行こうという年寄りまでもがぽっとするくらい様子のいい女らしいんだ。年の頃《ころ》は二十一、二の年増《としま》でな、夕暮れに白く浮かんだ女を見ているうちに男が後ろから殴りつける。それが一発で決まってよ、気がついたときには懐の金が消えてなくなっている。その間に一言も口をきかねえ」

　亮吉はあたりで荷待ちをする馬方や職人たちを見回し、

「店仕舞いまでには彦の野郎を誘って面を出さあ」

と言い残すと陽が城向こうの西空に傾きはじめた龍閑橋《りゅうかんばし》のほうに小走りに消えていった。

　七つ（午後四時）、豊島屋の店先に立ったしほは、小腹の空《す》いた荷船の船頭やら河岸に野菜売りに来た葛西《かさい》近辺の百姓を相手に豆腐一丁を十四に切り分けた田楽を運び、その合間には空樽《あきだる》を売る。

豊島屋の儲《もう》けは、酒を詰めてきた空樽を七十から八十文で売ることで十分に上がる。なにしろ江戸じゅうの大名《だいみょう》や旗本《はたもと》屋敷や大店から馬を引いて酒を買いに来る豊島屋は、毎日大量に酒を消費する。空樽がいくつも出る。その儲けが莫大で、酒は元値で田楽からも利は上げない。酒が安く田楽がうまいとなれば、客は自然と集まる道理だ。

しほは独楽鼠《こまねずみ》のように客の間を走り回って働いた。

夕暮れ、お堀から川面を渡ってきた風がしほに時間が経過したことを教えてくれた。

昼から夜へ鎌倉河岸が装いを変える時分だ。

「しほちゃん、冷やをくんねえ。喉《のど》がからからだぜ」

老桜に馬をつないだ馬方の三次《さんじ》が豊島屋の軒先で胴間声《どうまごえ》を張り上げたのを皮切りに二合はたっぷり入る徳利が飛び交い始めた。

しほたちは店の内外に陣どる、汗くさい男たちの間を走り回って注文を聞き、酒を運んだ。

五つ（午後八時）を過ぎてお堀からいい塩梅《あんばい》の風が吹いてきて、しほの頬《ほお》をなでる。

客がぼちぼちと減りはじめた刻限、しほちゃん、と声がして振り返ると、政次が立っていた。

「小袋町《こぶくろちょう》に掛け取りに行った帰りなんだ。今晩は彦も亮吉もまだかい」

小袋町は鎌倉河岸の北側に位置し、そのそばには神田川が流れて千石から二千石の旗本屋敷が門を連ねる一帯だ。

「政次さん、少し休んでいって」

政次は懐を片手で押さえてもじもじした。

「今、田楽を持ってくるから」

酒の匂いをさせて店に戻るわけにはいかない政次のためにしほは田楽を二つのせた皿を急いで運んできた。

「今日はあたしのおごり、お父つあんの葬式では世話になったもの」

「食べていいのかい」

腹を空かせていたらしい政次は、田楽にかぶりついた。豊島屋の田楽はなかなか大きい。若い政次にも食べがいがある。

「天下祭りの日には宿下がりできるって、たのしみにしているの」

「おれもさ」

「それに相談もあるし」

「なんだい、三人雁首《がんくび》揃わなきゃ話せないことか」

母が守り刀の袋に残した紙片の書き付けのことを三人に相談しようと思っていた。

「そういうわけでもないんだけど」

店先で客たちの用事の合間にきれぎれに話すというのも落ち着かない。

「それもそうだな、今度会ったときにするか」

政次があたりを見回した。

「二人連れの荒稼ぎが流行《はや》っているそうよ。政次さんも気をつけてね」

「まあ、おれの掛け取りの金なんてたいした額じゃないからな」

「だって相手は五両持っているか、百両懐にしているか分からないでしょ」

「しほちゃん、百両って金がどれだけ重いか知るまい」

「そりゃそうよ、五両だってまとまって持ったことはないもの」

「百両を懐にするとな、大袈裟《おおげさ》にいやあ、前かがみになるくらい重い。荒稼ぎをやろうという手合いはな、目星をつけた相手がいくら懐にしているか、歩きぶりを見ただけで分かるそうだ」

まあ、としほが言ったとき、河岸がにぎやかになった。そして亮吉の姿がちらちらと見えた。船から何かを運び上げている様子だ。

二

「あいつらの顔を見ていこう」

政次が立ち上がった。しほも客がまばらなことを確かめて政次に従った。

鳶《とび》の連中が戸板を河岸に運び上げた。筵《むしろ》をかけられた下には遺体が横たわっていた。

戸板に従っていた番頭風の男が亮吉に頭を下げて、歩き出した。遺体も続き、血が河岸の石畳に滴《したた》り落ちた。

彦四郎が悄然《しょうぜん》と肩を落として河岸に上がってきた。顔には泣きじゃくった痕跡《こんせき》があった。大男の彦四郎は力持ちだが、気が弱くて泣き虫だ。

「どうした、亮吉」

政次が彦四郎を顎《あご》で指しながら聞いた。うなずいた亮吉は、

「しほちゃん、酒をくれねえか」

とかたい声で言った。

「何があったの」

しほも豊島屋に戻る様子を見せながら聞いた。

「彦が供をしていた井筒屋《いづつや》の番頭さんが荒稼ぎに胸を一突きに殺《や》られたんだ」

「まあ」

しほは足を止め、彦四郎を見た。

昼下がり、彦四郎が乗せていた客が井筒屋の番頭の成蔵《せいぞう》かと合点した。蔵前の札差《ふださし》井筒屋を二十数年勤め上げた成蔵は、ようやく通いを許されたところだ。家は鎌倉河岸近くの三河町新道にあって、内儀《かみ》さんをもらったばかりと聞いたことがある。

「彦四郎さん、たいへんだったわねえ」

しほの慰めを聞いた彦四郎がわあっと泣き出した。慌てて彦四郎をいつもの席に座らせ、料理場に走った。酒と田楽を盆に載せて急いでもどった。すると政次がどこで被害にあったかと泣きやもうとしない彦四郎に尋ねていた。

「どこってよ、番頭さんの供でよ、内神田近辺のお屋敷を数件まわって最後に入堀《いりぼり》の山吹井戸の下に猪牙《ちょき》をつけたんだ」

しほは茶碗に注いだ酒を泣きじゃくりながらも話す彦四郎に渡した。

彦四郎は無意識のうちに茶碗の酒をぐいっと半分ほど飲んだ。

「番頭さんは、おれによ、旗本の梶《かじ》様の屋敷を訪ねると言い残されて、船を下りられた。まだ明るく陽が残っていたから、暮六つ（午後六時）の頃合《ころあい》だ。おれは猪牙でよ、小半刻《こはんとき》（一時間）も待っていたか。あたりが薄暗くなりはじめた刻限に番頭さんの叫び声を聞いた気がしたんだ、そんでおれは河岸にはい上がった……」

彦四郎は息を継ぐと、残った酒を飲んだ。

「見ると山吹井戸の向こうの土塀の間で女と男が成蔵さんともみ合っているじゃねえか。おれはよ、必死で走った。河岸から半丁（約五十五メートル）も先だ。野郎、番頭さんに何をしやがるってよ、叫びながらおれは走った。二人の格好がおぼろに見えるところまで駆け寄ったときよ、女の手が白くきらめいて成蔵さんがずるずると地面に崩れ落ちなすった。そんでよ、二人は番頭さんの懐から布包みを引き出すと屋敷町の奥に逃げていきやがったんだ。番頭さんは、成蔵さんは、必死で立ち上がろうとしていなすった。だが、足がもつれて、おれが番頭さんって呼びかけると、やられたとだけ言い残しなさって、また倒れられたんだ」

話し終えた彦四郎は、また泣き出した。

「彦、みっともねえぜ、やめねえな」

と亮吉が怒鳴った。

しほは慌てて空の茶碗に酒を注いだ。

政次が亮吉に話の続きを促《うなが》した。

「たまたまな、彦の叫び声をおれっちの同僚が聞きつけてよ、呼子を吹き鳴らしたんでな、親分の供をして江戸橋際の番所に立ち寄っていたおれたちも駆けつけたってわけだ。するてえと、彦がいまみたいにわあわあ泣いているじゃねえか、おれもぶったまげたぜ」

「彦四郎、荒稼ぎの顔は見たのか」

政次が聞いた。店に帰るのを政次も忘れたらしい。彦があんまりと顔を横に振った。

「亮吉、これまで荒稼ぎが人を殺《あや》めたってのは聞いたことがないが」

「そのことよ、親分もそのへんに頭を痛めてなさる」

「おれがよ、叫んだりしたからよ、番頭さんは殺されなすった」

彦四郎が泣きじゃくりながら繰り返す。

「彦、おめえのせいじゃねえと何度言ったら分かるんだ。殺《や》ったのは荒稼ぎ一味なんだ」

「そうよ、彦四郎さんは番頭さんを助けようとしたんだもの」

事情が飲み込めたしほも言った。

「井筒屋の番頭さんはいくら盗《と》られなすった」

政次が亮吉に聞く。

「井筒屋から別の番頭たちがかけつけてうちの親分に予定を申し上げたのと、彦の報告を付き合わせると、四軒の屋敷をまわって集金した額は、およそ三百八十両と見当がついている。いまな、八百亀の兄いたちが集金した屋敷を確かめて歩いているところだ」

「三百八十両……」

政次がうめき声をもらした。

「おれが声を出さなきゃあ」

彦四郎が残った茶碗の酒を飲み干すと、その手で頭を叩いた。

「馬鹿《ばか》野郎、おめえの責任じゃねえことは、寺坂様もうちの親分も承知なんだ」

亮吉が怒鳴った。

寺坂毅一郎は北町奉行所の定廻同心《じょうまわりどうしん》、金座裏の宗五郎に鑑札を与えている旦那だ。

「彦の野郎がこんな風《ふう》だからよ、親分がおれを探索から外して、番頭さんの亡骸《なきがら》を運びがてら、船宿の綱定に戻せって命じなさったんだ」

河岸の騒ぎを聞きつけた豊島屋の清蔵がやってきた。

「しほ、井筒屋の番頭さんがひどい目に遭《あ》いなすったたって」

しほがうなずくと手短に話した。

「そうかい、成蔵さんは通い番頭になりなすってこれからだというときにな」

そう言った清蔵は、

「政次さんも集金の帰りじゃないのかい」

と心配げに聞いた。

いけねえ、と政次が慌てて立ち上がった。亮吉が、

「旦那、もう一杯だけおれに飲ませてくれねえ。彦を龍閑橋まで送ったあとさ、松坂屋まで付き添っていくからよ」

「おお、そうしてくれるかい。豊島屋で油を売って被害に遭ったと言われたんじゃ、寝覚めが悪いからな」

清蔵は、しほに酒を持ってくるように命じた。

翌朝、亮吉は金座裏の親分の家に顔を出した。

江戸の目明かしは大概が女房に料理屋、湯屋など商売をやらせていた。お上から頂く給金が少ないせいだ。金座裏ではおみつは住み込みの手先の世話をするだけで、商いに手を染めていない。宗五郎には特別な実入りがあった。

幕府公認の御《お》金《きん》改役《あらためやく》後藤家の屋敷の警備を賜《たまわ》って、後藤家から毎年かなりの礼が

あった。金座に何かあったとき、駆けつける予備軍でもあった。だから宗五郎の家の二階には常丸ら手先たちが何人も住み込んでいる。また宗五郎は代々日本橋、京橋を縄張りうちにして大店に出入りを許され、盆暮れの付け届けだけでも大した額になった。

（金座裏には金の大黒様がついていなさる）

と同業の親分たちにうらやましがられた。だが、金座裏の親分にも足りないものがあった。夫婦に子がないことだ。

「こればっかりは授《さず》かりもんだ、仕方ねえ」

と宗五郎もおみつも諦《あきら》めている。

「おお、亮吉、いいところに面を出した。昨晩な、聞き忘れたことがある。彦四郎に成蔵が荒稼ぎともみ合う現場に駆けつけたとき、香の匂いがしてなかったかどうか聞いてこい」

「そうか、荒稼ぎは香の匂いを振りまいていやがったな」

これまで被害に遭った全員が女の体から強い香の匂いが漂っていたと証言していた。

昨晩は彦四郎があまりにも泣きじゃくるもので、親分もそいつを確かめるのを忘れたらしい。

「彦四郎の頭の血も下がったろう。ほかに思い出したことがあれば、聞き出してくるんだ」

へえっ、と答えたときには亮吉は親分の家を飛び出していた。身軽尻軽だけは金座裏一だと親分がいつも褒《ほ》めている。

今日は江戸の空はどんよりと曇っていた。

金座裏から龍閑橋際の綱定まではほんの一足だ。

鎌倉河岸のあるお堀から丑寅《うしとら》（北東）に向かって、小さな運河が口を開いて龍閑橋が架かっていた。

亮吉が川風に吹かれる藍染めに、船宿綱定、と染め抜かれたのれんをくぐると、白地の紬《つむぎ》を粋に着こなした女将《おかみ》のおふじが土間に立っていた。龍閑橋でも評判の美人女将で昔は遊里で名を売っていたという。そのおふじを亮吉はまぶしく見つめて聞いた。

「彦の野郎、どうしてます」

「亮さんかい、ほとほと手を焼いているよ。大きななりで思い出したようにめそめそ泣いては、おれが悪い、おれが叫ばなきゃあと念仏みたいに繰《く》り言《ごと》いってさ、仕事にも何もなりはしない。それで今日は一日船の手入れでもしていろって親方が命じなさってね」

「河岸にいるんですね」

「ああ、大方、お堀見てめそめそ泣いているだろうよ」

「そうですかい。おれは親分に言われてさ、問い直しにきたんだが、役に立たねえかな」

「おまえさんが付き合ってさ、立ち直らせてくれないかい。なんにしても今日は仕事は外してあるからさ」

亮吉はおふじに頭を下げて船着場に降りた。

柳の枝が水面近くまで垂れている岸に屋根船が五、六隻舫《もや》ってあって、その一隻の舳先《へさき》に大きな体が座って、黙念としていた。

「彦」

亮吉が声をかけると、のっそりと彦四郎が振り向いた。

「また涙なんぞ流していたな」

「だってよ」

「だってよもへちまもあるけえ。いつまでも女々《めめ》しいことやるねえ。江戸っ子がみっともねえぜ」

叱《しか》りつけるように言った亮吉は、友のかたわらに腰を下ろした。

「親分がな、おめえに聞いてこいだと」

彦四郎はゆっくりと顔を上げた。

「おめえが二人に追いすがったときよ、女の体から香の匂いがしなかったか、どうだ」

「追いすがったといっても五、六間は離れていたからな」

「それでも香の匂いは残り香とか移り香とかいってな、しばらくはあたりに漂うものなんだ」

亮吉は親分の受け売りを披露した。

「残り香な」

「ああ、おめえがいくら長屋住まいといってもよ、香くらい知ってるだろう」

「馬鹿にするな。おめえもいっしょのむじな長屋生まれじゃねえか。客のなかに香道の師匠がいるんだ。耳学問だが、おめえより明るいくらいだ」

「香道？　なんだいそりゃあ」

「おめえ、知らねえのか。伽羅《きゃら》だ、白檀《びゃくだん》だという香木の匂いをかぎ当てる遊びよ」

「へえっ、そんな間抜けな遊びのどこがおもしれえかね。まあいいや、で、どうなんだ」

彦四郎は水面を飛ぶ燕《つばめ》を見るともなく見て考え込んでいたが、

「いや、しなかったな」

ときっぱり言い切った。

「おめえは気が動転してよ、気がつかなかったんじゃねえか」

そんなことあるけえ、と怒ったように答えた彦四郎は、続けて言った。

「ただな、ここんとこによ、何か突っかえていてよ、おさまりが悪いんだ。さっきから考えていたんだが、番頭さんが殺されなすった山吹井戸の路地に戻ってみようかと思っていたところだ」

「おれも付き合うぜ。その前に金座裏に寄ってさ、親分にいまの一件を報告しなきゃならねえ」

「彦四郎さん、どう」

河岸の上からしほの声が降ってきた。

二人が見上げると朝風呂の帰りらしいしほとおふじが見下ろしていた。

「しほちゃんが彦のことを心配して顔をのぞかせてくれたんだよ」

「ちったあ元気になったようだ。いまも現場に戻って何か胸に突っかえていることを思い出したいなんぞと言い出したとこだ。女将さん、彦を借りていいかね」

「さっき言ったとおりさ、今日は空けてあるよ。彦四郎にはこれでも彦じゃなきゃという客がいるんだよ、早く元気になって仕事に戻ってもらわなきゃあね。入堀に行くんなら猪牙をつかいな」

「いいのかい、ありがてえ」

彦四郎がおふじにぺこりと、頭を下げると、屋根船から屋根船へと身軽に飛んで猪牙舟に渡った。

「どうだい、しほちゃん。豊島屋に出るまでまだ時間もあらあ、山吹井戸まで行かねえか」

しほは朝風呂のほてりを川風で冷ましたいという要求にかられた。しかし亮吉は御用の筋で行くのだし、船は綱定のものだ。

しほは迷った。するとおふじが、

「行っておいでな、しほちゃんもたまには気晴らしがいるよ。遅くなるようなら、豊島屋の清蔵さんに謝っておくからさ」

と勧めてくれて、しほも河岸から彦四郎の用意した猪牙舟に乗り込んだ。

「よし、行くぜ」

おふじに見送られて彦四郎が漕《こ》ぐ猪牙舟は運河から龍閑橋をぐってお堀に出た。

右に上がれば鎌倉河岸だ。しかし三人を乗せた小船は、左に曲がって三丁ほど下った。

常盤橋際で亮吉一人が岸に飛び上がり、彦四郎の答えを報告するために金座裏の親分の家に駆けていった。

「しほちゃん、成蔵さんのご新造はどうなさっているかな」

「そりゃもう……でも、彦四郎さんが考えることじゃないわ。それより番頭さんを殺した荒稼ぎのことを少しでも思い出すことよ。そしたら下手人を宗五郎親分や亮吉さんがきっとお縄にしてくださる。それが番頭さんへの何よりの供養だわ」

息せききって亮吉が戻ってきた。

「親分が許しをくれたぜ。彦の胸のつかえが引き出せれば、探索の糸口になるかもしれねえと言っていなさった」

さすがに大力の彦四郎だ。小船はすいすいと水面を突き進んで一石橋《いっこくばし》で東に向きを変えた。両岸には蔵地が並び、長さ二十七間の日本橋が前方に見えた。

「匂いなんぞしなかったそうですぜと親分に報告したらよ、考え込んでおられた」

「だってよ、香の匂いなんかしなかったもの」

「香の匂い？」

しほは理解できない二人の会話に割って入った。

「これまで荒稼ぎに遭った番頭たちはよ、下手人の女から強い香の匂いを嗅《か》いでいるんだ。だが、彦はそうじゃねえ。親分は匂袋を懐にしのばせているって言ってなさる」

亮吉がしほに説明すると、

「でもよ、香の匂いのことは世間には内緒なんだ。喋《しゃべ》んないでくれよな」

と二人に念を押した。

しほは人の往来のはげしい日本橋を眺め上げた。水上から橋上を見るのは政次を加えた四人で花見に行ったとき以来だ。

川風に魚の匂いが混じり、喧騒が伝わってきた。

元和《げんな》二年（一六一六）に大和《やまと》の助五郎《すけごろう》が本小田原町本船町《ほんふなちょう》に魚市場を開いた。以来、日本橋には江戸湾から採れた魚が水揚げされ、将軍様をはじめ、江戸の人々の台所として賑《にぎ》わいを見せる魚河岸となった。さすがに水面に荷船や漁船が増えた。

彦四郎は船の間を巧みに分けて、江戸橋をくぐり、鎧《よろい》の渡しをあっという間に過ぎて、大川の本流に入る前に崩橋の下を抜けると左折した。

「商売とはいえ、大金を懐にしている人をよく見分けるものだわ」

「荒稼ぎの大半が日本橋から神田界隈で起こっている。奴《やつ》らはよ、両替商や大店から出てきた番頭や手代たちに狙いをつけて襲いかかっているんだ。懐に集金の金や屋敷に届ける金を持っている見当をしっかりつけてな」

猪牙舟は永久橋を過ぎて大川の右岸の縁を流れに逆らって進み、川口橋をぐって入堀に入った。井筒屋の番頭の成蔵の殺された現場はすぐだ。

「おかしいじゃねえか」

しばらく考えていた彦四郎が呟《つぶや》いた。

「入江橋なんてお屋敷ばかりだぜ。どうしてよ、うまい具合に番頭さんが大金を持って歩いてくるって見当つけたんだ」

「そこよ、荒稼ぎの一味はどうして成蔵さんに狙いをつけたのかしら」

しほも同調した。

「いいところに目をつけたな。親分もな、なんでこの一件だけが日本橋や京橋から離れた屋敷町で起こったか気にしていなさる」

そう言った亮吉はしばらく黙り込んでいたが、やがて口を開いた。

「彦、気を悪くするんじゃねえぞ。親分は、おめえも荒稼ぎの下働きの仲間と疑われた……」

「なんだと、おれが成蔵さんを殺した一味だと」

猪牙舟が大きく左右に揺れた。

「気を鎮《しず》めろ、彦。探索なんてものはすべての人を疑ってかかるもんなんだ。だれが井筒屋の番頭の行動を知っていたか、店の者、供をしたおめえ、すべての人間を探索の対象に考える。だからこそよ、おれも調べから外されて、おめえを送る役目を仰《おお》せつかったんだ。おれとおめえは、がきの時分からの友だちだからな、調べが甘くなっちゃいけねえと考えられたからだろうよ。今朝方な、長屋の井戸端でふと思いついたことなんだ」

なんてこった、とぼやいた彦四郎は聞いた。

「まだおれを疑っていなさるのか」

「いいや、さっきの話しぶりじゃ、それはねえ」

「あたりまえだ」

彦四郎はそう言うと、猪牙を山吹井戸下の岸辺によせた。

「おれはよ、ここに船を舫《もや》っていた。そんで番頭さんの悲鳴を聞いた……」

彦四郎は手早く船をつなぐと岸に飛んだ。そしてしほのために手を差し出した。

「ありがとう」

御小姓組頭取水野《みずの》河内守《かわちのかみ》二千石と小《お》笠原《がさわら》弥《や》八郎《はちろう》四千五百石の屋敷の土塀の間をぬけ

る小道が東に向かって真っ直ぐ一丁ほど続き、鉤《かぎ》の手に右に曲がって消えている。

彦四郎は土塀の間を現場に向かってゆっくりと進んだ。

「おれは岸に上がって初めて三人がもみ合う光景を見た。そんでよ、叫びながら走り出した。ここが荒稼ぎが番頭さんを襲ったところだ……」

鉤の手に曲がる手前の地面には争った痕跡が残っていた。成蔵の血は箒《ほうき》で掃かれたような跡を見せて、消されていた。

彦四郎は黙ってあたりを見回していたが、猪牙舟をつないだ入江橋に戻り、何度か現場との間を往復した。

「番頭さんはおれの顔を見るとよ、何か訴えようとなさった。だが、こんな風に力尽きて倒れなすった……」

身振りを交えた彦四郎の仕草をしほと亮吉はただ眺めている。

昼前というのに通りかかる人もない。

夕暮れはさらに人の往来は少なかった。それだけに大金を持った井筒屋の番頭が通るというのをどうして荒稼ぎは目につけたか。

「番頭さんが集金に上がったお屋敷はどちら」

亮吉はしほを鉤の手に曲がった路地の奥に連れていった。まだ首をひねる彦四郎も二人に従った。その道は御小姓組頭取の水野様の裏塀に接していた。その真向かいが小普請組四百石梶壮之助《そうのすけ》の屋敷だった。門も塀も手入れがされておらず、荒れた感じだ。

「水野様と比べるとな、役料の入らない梶様の懐は苦しい。だからよ、井筒屋から扶持米《ふちまい》を三年先まで前借りしていなさる」

亮吉が小声でしほに言った。手入れの行き届いた庭木や土塀と、荒れた門構えとを見れば石高以上の違いがあった。役付きの旗本と無役の者の差は大きい。

「よく返しなさるお金があったわね」

「梶様ではお嬢さまが分限者のうちに嫁入りなさるとかでな、利息だけでも返しておきたいと井筒屋に連絡があったそうだ。用人様の話では、昨晩、五十両を返済なされた。成蔵さんが書きおかれた証書もある」

三人は元の現場に戻った。

「彦、成蔵さんは荒稼ぎと黙ってもみ合っていたのか、それとも何か声を出して」

「離れていたんだ。聞こえるかえ、そんなもの」

「いやさ、気配でよ、三人は何か言い合っていたかどうかと聞いているんだ」

「何か叫び合っていたような気がするぜ」

「荒稼ぎも声を出していたんだな」

「ああ、そんな気配だ」

と答えた彦四郎がふいに叫んだ。

「やっぱりそうか」

しほも亮吉も大きな腕を振り回す彦四郎を注視した。

「女がな、短剣をこう持ってさ、左手で番頭さんの胸を刺しやがった」

「左手？　たしかだな」

「ああ、たしかだとも。女は左手で短剣を使った。そんでよ、大股にこの鉤の奥に消えたんだ。女にしてはでけえ図体でよ、亮吉、足にはうっすらとすね毛が生えていたぜ」

「なにっ、すね毛だと」

亮吉が叫び、しほがぽかんと彦四郎を見た。

「ああ、まちげえねえ。あれは女じゃねえ、男が女に化けてやがったんだ」

三

この夜、しほがそろそろ暖簾《のれん》を下ろす刻限だわと考えていると、亮吉が兄貴分の常丸を伴い、豊島屋に姿を見せた。

「しほちゃん、徳利を二本ばかりたのまあ、冷やでいい」

二人の顔には飛び歩いた証拠の汗と埃《ほこり》がにじんでいた。だが顔には疲れはなく、猟犬が獲物に狙いを定めたような精悍《せいかん》さが漂っている。

どこで見ていたか、主《あるじ》の清蔵自身が盆に徳利と田楽を山盛りにして運んできた。しほはびっくりして旦那を振り返った。

「二人して井筒屋の成蔵さんの一件で走りまわっていたんだろ。好きなだけ飲み食いして頑張ってくんな」

「ありがてえ。おれな、兄貴を誘ったはいいが、飲み代の持ち合わせがなくてよ、どうしようかと考えていたところさ」

亮吉が正直に懐具合をばらし、常丸が苦々しく言った。

「旦那、半人前を甘やかしちゃいけねえ」

「いやさ、今度ばかりは特別だ。鎌倉河岸の人間が殺されたんだからな」

そう言うと奥に消えた。

亮吉は常丸の茶碗を酒で満たし、自分は田楽に食いついた。

「ああ、しほちゃん、今朝方はありがとうよ。おかげでよ、探索の方針が立ったって親分に褒められたんだ」

「わたしは何もしてないもの。彦四郎さんが思い出してくれたのよ」

「いや、彦の野郎はよ、なりはでけえが肝っ玉は小せえ。しほちゃんがいたからよ、落ちついて昨晩のことを思い出してくれたのさ」

「そうかな、役に立ったとは思えないけど」

「おれっちはよ、親分の指図でもう一度、これまでの被害者をあたりなおしたところだ」

「何か分かったの」

しほは常丸を気にしながら聞いた。

「うん、匂いだがな、だれもが気づいている。そのなかで仏具屋の番頭さんが少々香木にくわしいんだ。そいつの受け売りだとな、香木は沈香《じんこう》、伽羅など七種を大事にするそうだ。そのほかの木は沈外というそうだが、紫藤香の代用品でな、太泥《たに》とよばれるものがある。その番頭さんは女が身につけていた匂いは、太泥だと言っている」

「たに？」

「ともかくさ、これまでの荒稼ぎは、太泥の匂袋を懐にしのばせていた。だが彦の見た男女には匂いがねえばかりか、女は左利《ひだりき》きの男の変装と分かった」

「つまりは荒稼ぎを真似《まね》た別ものということ」

「ああ、常丸兄いとおれは明日からちょいと方角を変えて、親分の探索に従う」

「亮吉、話はそこまでだ」

常丸が釘を刺し、亮吉が、へえ、兄貴、と頭を下げた。

翌日の夕暮れ、金座裏の宗五郎親分の前に常丸と亮吉の姿があった。

「梶の家の娘の嫁入り先がはっきりしねえと」

「へえ、そうなんで。出入りの商人どもに聞いてまわったんですが、いまひとつ」

常丸が首をひねった。

「親分、お美弥《みや》様といわれましてね、十九の娘がいることはいるんですよ。でも病気がちで嫁入りどころじゃねえって話なんで。それに梶の家は出入りの米屋や味噌《みそ》屋に掛けがだいぶたまってまして、火の車ですぜ」

亮吉も言い添えた。

「井筒屋に返金した五十両はどこからひねりだしたんだ」

親分は煙管《キセル》をもてあそびながら子分どもに聞いた。

「それがどうもはっきりしなくて」

「用人が成蔵に支払って書き付けをとったことははっきりしてんだな、常」

「へえ、親分。あの用人は気のきいたことができる年寄りじゃありません」

「五十両の出所か、殿様はどんな人物だ」

「殿様も奥方も日当たりの悪い長屋の庭で育ったうらなりみてえに影のうすい夫婦らしいですぜ」

　亮吉が答え、常丸も口を揃えた。

「どうやら梶の殿様は幕府が近々発布なされるという相対済《あいたいすま》し令《れい》を心待ちにしている様子だそうで」

　金銭貸借・売掛金の紛争の訴訟に幕府が立ち入らず、当事者間で解決せよという法律が相対済し令だ。つまりは借金の帳消しだ。この種の訴訟が南北の奉行所に山積しているために五十一年振りに強行しようという安直な策であったが、背後には窮乏《きゅうぼう》にあえぎ、負債を抱える旗本・御家人を救済しようという、隠された目的があった。

「これまでの借財をちゃらにしようという魂胆《こんたん》かい」

　宗五郎が呆《あき》れたように言い、

「美弥様の嫁入り先ははっきりしねえが、ともあれ外に出られる。となると跡継ぎはだれだ」

と話題を変えた。

「へえ、梶様の叔父《おじ》が御使番《おつかいばん》九百石野村小左衛門《のむらこざえもん》様とおっしゃられて、羽振りがいいんですよ。こいつの次男坊が梶の家に入るとかで」

「なら五十両も野村からだろう」

「それが野村の家ではこれまでだいぶ梶に融通しているらしく、最近では貸し渋っているそうで。こいつは人のよさそうな用人がふと漏らしたんですがね」

「それにさ、親分」

亮吉がせき込んで二人の会話に割って入った。

「最初は美弥様に野村の次男をくっつけて梶を継がせる話があったそうで。でもね、美弥様が相手を嫌ったって話で」

「臭いな。もう一度、そのへんのこんがらがった糸をほぐしてこい。五十両がどこから借りられたか、そいつが肝心な話だぜ」

親分の指図に常丸も亮吉もへえっとかしこまった。

そこへ二人の同僚たちが汗を浮かべて戻ってきた。これまで続いて起こった六件の荒稼ぎの男女を追っかける組だ。

頭分は宗五郎の手先で八百亀に次いで年季の入った下駄《げた》屋の貫六《かんろく》だ。貫六は下駄屋の倅《せがれ》だが、酒と捕物が好きで家業を捨てた中年男だ。

「ご苦労だったな」

亮吉は兄貴分たちのために台所に行き、茶を淹《い》れようとした。そこへ湯に行っていた上さんのおみつが戻ってきて言った。

「亮吉、茶より酒がいいよ。冷やで持っていってやんな」

亮吉が人数分の茶碗と徳利を盆に載せて居間に戻ると、下駄屋の貫六が鼻をくんくんさせてうれしそうな顔をした。

「貫六兄貴、どうぞ」

「おめえも目先が利くようになったな」

「なあに姐《あね》さんの指図だ」

どうりでと言った貫六は茶碗酒を一気に喉に落とすと、親分に向き直った。

「最前も言ったけどよ、常盤町の親分が派手な探索をやっててよ、おれっちの行く先を歩いてまわっているんだ。こっちは後手後手でよ、どうにもならねえ」

南町《みなみまち》の定廻同心西脇忠三《にしわきちゆうぞう》に手札をもらっている常盤町の宣太郎《せんたろう》親分は、同じ年配の宗五郎に異常なほどの敵愾心《てきがいしん》を抱いている男だ。親分が親分だけに、手先たちも何かといえば、金座裏と張り合う傾向にあった。

「常盤町は京橋の染物屋の手代が被害にあって身投げしているからな、出入りの店の不幸だ。ここはなんとしても自分の手で引っくくりてえと思っているだろうよ」

「それにここんところ姿を見せねえ、江戸を離れたってことはねえと思うがな」

「いや、掛け取りにいく手代や番頭はどこも出入りの鳶《とび》のものなんぞを連れて歩いているからな。二人もなかなか手を出せねえのさ」

「なんとか知恵をかしてくんねえな、親分」

「香木を売る店はあたったか」

「江戸じゅうを走りまわったがよ、太泥なんてものを買った男女に心あたりはないだと。それに宿という宿もあたったがよ、匂いをさせた男女連れはな」

「気にいらねえのは二人が一言も言葉を発しないことだ」

「口がきけねえのかね」

しばらく煙管をもてあそんでいた親分は長火鉢の縁にこつんと雁首を叩きつけ、言った。

「野郎どもをおびき出してみるか」

「おれっちが懐に金を忍ばせた番頭や手代に化けようというのかい。親分、そりゃ無理だ。これほど日焼けした店者《たなもの》はいないぜ」

　貫六が言った。

「何もおめえらを仕立てようというんじゃねえや。餅《もち》は餅屋だ、亮吉、おめえの幼馴《おさなな》染《じ》みに一役買ってもらおうか」

「松坂屋の政次ですかえ」

「あいつは胆力もあるし、機転も利く。実際に掛け取りに歩かせようじゃねえか。意外と食いついてくるかもしれねえ」

「おれたちが見え隠れにあとを尾《つ》けようってんですね」

「そういうことだ、貫六。松坂屋の旦那にはおれが断ろう」

「他に策はなし、やってみますか」

　亮吉はおれの組もなんとか下駄貫に先を越されねえようにしないと、と残った茶碗酒をくいっと飲んだ。


　二日ばかり顔を見せなかった亮吉が豊島屋に姿を見せたのは店仕舞《じま》いの刻限で、外にはしょぼついた雨が降っていた。

　唐傘《からかさ》をすぼめた亮吉は店のなかを見回し、客のいない隅に座った。しほが行くと、腹が減ったと疲れた顔で言った。

「お酒はいいのね」

「いや、一本だけ燗《かん》をつけてくれないか」

亮吉はそう言うと考え込んだ。

しほが田楽と燗酒を運んでいっても、いつもの亮吉とは違ってすぐには手を出さなかった。

「探索がうまくいかないの」

うん、と顔を上げた亮吉は、いや、そうじゃねえと答えた。

「梶の親戚筋に野村って御使番がいたろう。この次男坊が梅次郎《うめじろう》と言ってな、男にしてはやさしい顔立ちで前髪時分には屋敷の女中衆が大騒ぎしたそうだ。その頃な、女たちが梅次郎に女装させて芝居見物などに連れ出した。だが、だれひとりとして男だって気がつかなかったそうだ。こいつをさ、野村では梶の娘とくっつけて跡を継がせようとしたが、美弥様が遊び人を嫌ってうんと言わねえ。だが、野村家からかなりの借金をしていることもあって、梶では梅次郎を養子にいれて跡継ぎにすることをいや承知した……」

「美弥様とは義理の兄妹になるということ」

「そういうことになる。この野郎な、小さい頃から女にちやほやされて育っただけに、女を扱うことになれてやがる」

「梅次郎さんが女装して成蔵さんを襲ったというの」

「こいつの道楽は博奕《ばくち》でな、どうやら賭場《とば》にかなりの借金があるらしい。追い込まれていたことも確かだ。それに左利きだ、と、ここまでは常兄いと見当はつけてみたが、なにひとつ証拠がねえ。問題は集金の金を懐にした井筒屋の成蔵さんが梶の屋敷に来ることをどうして知ったかだ」

「五十両を梶家に用立てた人物は、分かったの」

「うん、そこもはっきりしねえ。というのはよ、旗本《はたもと》屋敷はおれたち町方が聞き込みもできねえところだ。そんで同心の寺坂様が知り合いの幕府の目付《めつけ》を通じて、問い合わせているところだ」

「それでごはんも食べずに走り回っていたのね」

「うん、おれと常兄いがよ、交替で梅次郎を張っているのさ。ところが屋敷にこもったままだ。あいつが下手人なら、いつかはきっと尻尾《しっぽ》を出す」

　そう言った亮吉は、ようやく酒に手をつけた。一杯飲んだら、気持ちも鎮《しず》まったか、にやりと笑い、声を潜《ひそ》めて言った。

「政次がうちの手伝いをしているのを知っているかい」

「政次さんが捕物の手伝いを」

しほはびっくりして声を上げた。

「大きな声を出さねえでくれよ」

「ごめん」

「親分の考えで松坂屋に頼んでな、夕暮れから政次に掛け取りに歩かせているんだ。うん、客筋のいいところばかりでよ、帰りには懐に百両以上の金が入っている算段だ」

「そんなこと、あぶないわ」

しほは声をまた張り上げた。

「政次のこととなるとしほちゃんはむきになるんだから。心配ねえよ、下駄貫の兄貴たちが政次を見え隠れに守っているんだからよ」

それなら安心だけどと、ほっとしたしほは語を継いだ。

「早く荒稼ぎをお縄にしないと天下祭りに行けないわよ」

「あと六日か」

亮吉は今度は大きな溜《た》め息をついた。

政次の懐には御側衆《おそばしゆう》七千四百石稲葉《いなば》丹後守《たんごのかみ》様の用人から受けとった百五十両が入っていた。稲葉家は御側衆だけに実入りもいい。奥方と姫君が春先にあつらえた着物の代金を支払うというので屋敷にうかがったところだ。

普段は先輩格の番頭の市蔵《いちぞう》がうかがうところだが、今日は縞《しま》ものの小袖《こそで》に羽織まで着こんだ政次が代理で参上した。政次は市蔵の供で何度か屋敷にうかがっていたから、用人もすんなりと代金を支払ってくれた。話好きな用人の相手をしているうちに、五つ（午後八時）近くになっていた。

大川河口に近い仙台橋際の屋敷から運河にかかる三之橋、二之橋と渡って信濃《しなの》高島《たかしま》藩の諏訪《すわ》家の上屋敷の門前を抜け、木挽橋《こびきばし》を渡ると町屋に出た。

さすがに夏とはいえ、江戸の町にも夕闇が濃さを増そうとしていた。

三十間堀《さんじつけんぼり》の河岸沿いに東を目指す。

政次は、ここ三日ばかり金座裏の親分のたのみで掛け取りに歩かされている。荒稼ぎを誘い出すためだが、一向に現われる気配はない。最初こそ緊張してきょろきょろしながら日本橋の店まで帰ったものだが、四日目ともなると宗五郎親分の知恵も空《から》ぶりに終わりそうで気も緩《ゆる》みはじめていた。

それにしても商売人だ。下駄屋の貫六らが政次を見張っているはずだが、その気配はまったくない。

川風が急に涼しくなり、暗い空から雨がぽつりぽつり落ちてきた。

夕涼みの男女が慌てて家に戻っていく。

流しの白玉売りが振り分け荷を鳴らして走る。

政次も懐を押さえて走り出していた。大金を持って雨宿りする気はない。

つい荒稼ぎの誘い出しという役目を忘れて走っていた。

路面を大粒の雨が叩き、政次の着物の裾を濡らす。

紀伊国橋を右手に白魚屋敷の間を抜けて、三年橋を渡ろうとしたとき、いつもとは違う気配を感じた。だれかに見張られているような感触が政次をぞくりとさせた。

雨のなか、走りを止めた。

役目を思い出した。楓川《もみじがわ》沿いにゆっくり歩き出した。

行き交う人もいなくなっていた。松幡橋から越中橋《えっちゅうばし》へ政次は濡れそぼちながら歩いていった。日本橋平松町の店は新場橋の先を左折すれば、すぐそこに見える。

ふいに女が河岸に植えられた柳の下から現われた。

濡れそぼった女の顔に橋際の常夜灯の明かりが漏れてきた。ぞくりとするほどの美人だ。女はゆっくりと政次のほうに歩いてきた。

（荒稼ぎの女……）

そうは分かっていても金縛りにあったようで動けない。

政次は女の美貌と鈍く光る目に魅入られたように立っていた。

背後に風音を感じた。

（仲間が……）

政次は必死で後ろを振り向いた。いつの間に接近したか、白い布ぎれをぐるぐるまわした大男がいきなり奇妙な得物を振り下ろした。

政次は反射的に顔を背《そむ》けた。

先端に重いものが詰めてあるのか、肩を直撃した。

激痛が走り、全身がしびれた。

女の手が懐に差しこまれた。

親分の言いつけを思い出した。

（政次、貫六たちが駆けつける間、女を押さえてくれ）

政次は女の腕を脇で押さえると自らとんぼ返りに地面に転がった。

女が悲鳴を上げ、二人は宙に舞う。

雨に濡れた地面に叩きつけられた二人は、間近で顔を見合わせた。

女の顔が歪《ゆが》み、野卑《やひ》な表情があらわれた。同時に政次は強い臭《にお》いを感じた。

腋臭《わきが》だ。

それが政次の呪縛《じゅばく》を解いた。

「た、助けてくれ。荒稼ぎだ！」

政次の叫びは雨をついて一丁ほど先にある三四《さんし》の番屋まで届いた。

女は政次の腕で暴れながら、懐から手ぬぐいでくるんだ出刃包丁を出した。そいつを政次に振りかざしながら、丸出しの田舎《いなか》なまりで叫んだ。

「兄さ、さ、早く。こやつを殴り殺せ！」

「貫六さん、荒稼ぎだ！」

政次の腕を痛打が襲い、出刃に胸を浅く切られた。それでも女の片腕は放さなかった。

雨を蹴散らして足音が響いた。

「御用だ！」

「荒稼ぎ、年貢の納めどきだ！」

数人の男たちが折り重なるようにもみ合う政次らの体にのし掛かってきた。

男が組み敷かれ、女も地面に顔を押しつけられた。

「貫六さん、遅いじゃないか」

雨の地面に腰を抜かしたようにへたり込んだ政次は、尾行していた金座裏の親分の手下たちを睨《にら》んだ。だが、興奮した男たちは、貫六たちとは違っていた。

四

天下祭りの日は旧暦六月十五日、江戸はすっきり夏空に晴れ上がった。

しほ、政次、彦四郎、亮吉の四人は、連れ立って麴町《こうじまち》まで遠出すると山王日枝《さんのうひえ》神社にお参りした。日吉山王権現とも称される神社の祭神は大山咋神《おおやまくいのかみ》、元来比叡山鎮守を江戸に勧請《かんじよう》したのは太田道灌《おおたどうかん》とか。

家康《いえやす》が城内の紅葉山に祭って将軍家と江戸の産土神《うぶすながみ》としたものだ。

四人はたくさんの人と押し合いへし合いしながらお参りした後、御堀沿いに東に下って各町内自慢の山車《だし》が練り歩く光景を見物して回った。

将軍様も江戸城内で見物する天下祭りの山車は、一番大伝馬町《おおでんまちよう》の鶏、二番南伝馬《みなみでんま》町《ちよう》の猿、三番麴町の猿、騎射人形から四十三番南大工町《みなみだいくちよう》の幣に槌《つち》、最後の四十四番常盤町の僧正坊牛若まで絢爛《けんらん》豪華を極めている。それにどこも太神楽《ふとかぐら》などの芸を見せる付屋台や町内の小町娘が踊る踊り屋台が続いて、いつまで見ていても飽きなかった。

しほはその日のために豊島屋の内儀《かみ》さんに教わりながら仕立てた浴衣《ゆかた》を着ていた。白地に花あやめの紫の模様が映えて、しほの細身に似合っている。

政次は肩から三角布で腕を吊《つ》っている。荒稼ぎの男に砂を詰めた布袋で殴られた肩と腕は腫《は》れあがって、胸には浅手を負っていた。

しほが政次の怪我《けが》を気にしながら行列に目をやると京橋筋を二十一番、新大坂町の龍神が視界に入ってきた。見物から歓声が上がった。その歓声に混じって亮吉の溜め息がもれ聞こえてきた。

「まだ気にしているの」

元気のない手先の亮吉は人込みを離れた。

しほはその後に従った。

「常盤町の親分の手柄になったっていいじゃない。荒稼ぎを誘い出したのは宗五郎親分の知恵と政次さんの役者ぶりだもの」

「そうだけどよ、貫六兄いたちがまさか政次を見失うとは考えもしなかったぜ」

荒稼ぎの男女は、政次の叫びを三四の番屋で聞いた常盤町の宣太郎親分の手先たちによって捕縛された。

政次のあとを見え隠れに監視していた貫六たちはにわかの雨に視界を閉ざされ、その上、政次がいきなり走り出したものだから、姿を見失ったのだ。必死に政次を捜し求めて、現場に到着したときには、常盤町の手下たちが得意げに荒稼ぎの男女と政次を番屋に引っ立てるところだった。

政次はお調べが済んだ足で金座裏を訪ねると、しょんぼりする貫六たちに謝った。

「すいません、私がいきなり走り出さなきゃよかったんだ」

「政次さん、おめえにはなんの責任もねえ。貫六たちはまるで気配りが足りねえ。捕物はどんなことにもすぐさま対応しなけりゃならねえ、そいつをあたふたしやがった。いまもな、小言を言っていたところだ」

宗五郎が貫禄《かんろく》を見せて笑った。いよいよ貫六たちの立場はない。

「だがな、常盤町が引っくくろうがだれが捕縛しようが荒稼ぎをつかまえたんだ。これで江戸じゅうの人が安心して掛け取りに歩けるというもんだ」

「そうだけどよ、せっかく親分が考えた策があたり、政次さんに怪我までさせたんだ。うちの手柄にしたかったぜ」

貫六が愚痴《ぐち》った。それには取り合わず、宗五郎は政次に聞いた。

「おめえを襲ったのはやはり例の荒稼ぎだったかい」

「はい、上総《かずさ》の鷲山寺《しゅうざんじ》の寺中の者で、男は漁師の馬吉、女は馬吉の妹のやえでした」

「上総から出てきた兄妹か」

「なんでも浅草に鷲山寺の末寺金林寺があって、そこに鷲山寺の本堂修復の資金を受け取りにきたようです。ところが金林寺は廃寺になって住職もいない。帰りの路銀に困った兄妹は、荒稼ぎになったようなんで。宣太郎親分のお調べにひどい上総なまりながら素直に答えておりました」

「は、はあっ、なまりがひどいので襲うときも黙ってやがったか」

「そのようで。それに妹は江戸にもめずらしい美人なんですが、ひとつだけ欠点がある。ひどい腋臭なんです。そいつをごまかすために上総から持参した匂袋を懐にしのばせていたそうで。ところが私の前に現われたとき、香の匂いなどしません。それでお調べに口をはさむようでしたが宣太郎親分に聞いてみました。すると女が答えるには雨に匂袋が濡れて、いつもの香がしなかったようなんです。私の鼻には強い腋臭だけ漂ってきて、われに返ったのです」

「そうかい、それで謎《なぞ》が解けた」

「兄妹は荒れ寺の金林寺に寝泊まりしていたそうです。どうやらこれまで奪った三百両からの金の大半を寺の床下に隠しているようです」

「兄妹は山吹井戸の一件は喋ったかい」

「それが他の荒稼ぎはすらすら喋ったのに宣太郎親分がいくら問い質《ただ》してもぽかんとしているばかりで」

「推測どおり別口だな。ところでおめえさんを殴りつけた道具はなんだい」

「布袋に砂を詰めた道具でして、海上で鮫《さめ》なんぞがかかったとき、そいつを振り回して頭を殴りつけて殺すんだそうで」

「まさかのときは、砂さえ捨てれば言い逃れはできるな」

「棒で殴られるより痛いんですよ」

「えらい目に遭わせたな、おれが明日にも店にうかがって旦那に詫《わ》びよう。まあ、これで一件落着だ」

　金座裏の親分が政次に礼を述べて、この夜は終わった。だが、収まらないのは、貫六や亮吉たちだ。手柄を横から常盤町にひっさらわれたのだ。

「しほちゃん、親分はにこにこしていなさるがな、腹のなかは怒りでよ、煮えくりかえっているに違いねえ。そこでよ、常丸兄いとおれはよ、なんとしても山吹井戸の一件だけは常盤町に持っていかれたくねえと思っているんだ」

そう亮吉がしほに言ったところに政次と彦四郎が人込みから現われた。

「しほちゃん、亮吉ったらひどいんだぜ、おれになんで急に走り出したと文句までつけるんだ。だって大粒の雨が降ってくればさ、だれだって駆け出したくなるよな」

それはそうだけどよ、と亮吉が弱々しく答えた。

「政次さんだって常盤町の親分に手柄を上げさせるために怪我までしたんじゃないもの」

そういうことだ、と彦四郎が応じ、言った。

「少し歩かねえかい。亮吉や政次と違ってよ、おれはいつも水の上で足を使わねえからな」

「わたしも歩きたいわ」

しほの言葉に四人は京橋を渡ると東海道を芝口橋に向かい、御堀沿いに幸橋御門から虎之御門にそぞろ歩いた。

「ああ、気持ちがいい」

しほの手の風車がかたかた鳴った。露店で買ったものだ。

江戸は祭り日和《びより》、抜けるような夏空が広がっていた。

太陽は中天にあってまだまだ気温を上げそうだ。

「くよくよしてもしようがねえや。今日はさ、探索のことは忘れよう」

亮吉もようやく気持ちを切り替えたようだ。

御堀の水も白く光り、大名屋敷のいかめしい番人までもが祭りのせいか、いつもの恐そうな顔を崩している。

「しほちゃん、おれたちに相談があるんじゃなかったかい」

政次がしほに言った。あの夜のことを気にしていてくれたようだ。

「なんだい、相談って」

亮吉が振り向いた。

しほは母の形見の守り刀の袋に縫い込まれてあった、

「武州川越藩納戸役七十石村上田之助、同藩御小姓番頭三百六十石久保田修理太夫」

という身分と名が記された書き付けのことを話した。

「そりゃお父つあんとおっ母さんの実家だぜ。ということはしほちゃんはよ、川越藩の重役の血筋を引いている、お姫様ということだ」

亮吉がすっとんきょうな声を上げる。

「父は江富文之進というのよ。村上とも久保田ともちがうけど」

「そのへんにしほちゃんの親が川越を出てきたいわれが潜んでいそうだ」

考え深い政次はしほと同じ推測をした。

「川越まで屋敷を見にいこうと思っているのかい」

彦四郎がのっそりと歩きながら聞く。

「そのことをみんなに相談したかったの」

「川越藩か、うちの店に縁がないこともない。屋敷のだれかに尋ねてみようか」

政次がしほの顔を見た。

馬鹿！　と叫んだのは亮吉だ。

「政次、しほちゃんが村上だか久保田の家の姫様と分かってよ、鎌倉河岸から出ていくことになったらどうするんだ」

「亮吉、それはそれで仕方がないさ。なんたって血がつながった家系なんだからな」

「政次の野郎、あんなことを言いやがる」

「二人ともおかしいわ。わたしがその家の血筋と決まったわけじゃなし、それにどんな事情が隠されているか分からないじゃない」

しほが母が袖も通さずに残していた白無垢《しろむく》のことを話した。

「白無垢か。白い衣装は、神事か花嫁衣装か死に装束だぜ。おっ母さんはなんのために用意したかだな」

呉服屋勤めの政次が言った。

「なんとなくだけど、母はまさかの場合に備えていたように思うの。だからわたしが川越に帰ることとなんかない。それにわたしは鎌倉河岸から一生出ていかないつもりよ、あそこが好きなんですもの」

しほの言葉に三人の若者はほっとした。

左手に紀州抱え屋敷を見ながら溜池《ためいけ》の紀伊國坂を四人の若者は額に汗を浮かべながら登った。四谷御門《よつやごもん》近くの麹町になってようやく町家が開け、御堀を見下ろす茶店を見つけた四人は足を休めた。団子と茶を注文してとりとめのない話をして時をつぶす。気のおけない三人といっしょにいると、しほの心も江戸の空のようにすっきりした。

「さて行くか、茶代はまかせてくれ」

「空《から》っけつの亮吉がめずらしいな」

彦四郎が怪訝《けげん》な顔をした。

「たまには仲間にいい顔しなって親分が小遣いくれたんだ」

と内情をばらした。

「なんだ、そんなことか」

外堀は牛込御門の先で神田川と合流する。

六つ半（午後七時）前、水道橋にかかったとき、まだ江戸の町は薄暮の頃合、絽《ろ》の喪服を着た女がいましも水道橋の船着場に下りようとしていた。下では一艘《そう》の小船が女を待っている。

彦四郎が驚きの声を漏らすと、女に向かって深々と腰を折った。女は彦四郎に会釈を返すと船着場に下り、猪牙舟に乗り込んだ。

しほはその女の、感情を殺したような細面を見て、

（あのときの女《ひと》だ）

と直感した。女の端座した小船は神田川の流れに乗って、見送るかたちの四人との間合いを開けた。

「知り合いなの」

「殺されなすった成蔵さんのご新造のお慧《けい》様だ。むかしお屋敷に奉公していたとかで物静かな人なんだよ。おれ、通夜に行ってよ、まともに顔が見られなかったぜ」

しほの背筋に何か得体のしれない悪寒《おかん》が走った。

「水道橋近くの興安寺《こうあんじ》に旦那の墓参りに行かれたんだろうよ」

しほは夏の夕暮れの弱々しい光に溶け込もうとする船を見送りながら、その横顔を、そして二人の会話をはっきりと思い出していた。

「しほちゃん、どうした」

　しほの異様な様子に気づいた政次が聞いた。

「わたし、あの女《ひと》を知っているわ」

「そりゃそうさ、鎌倉河岸の近くに住んでいるんだからな」

「亮吉さん、違う。あの女の人が若侍と密会をした帰りに行き合わせたことがあるの。二人はわたしが雨宿りをしているとも知らずに、『いいかえ、おめえの旦那がかいじの屋敷に出かけるときは知らせるんだぜ』と言ったの。するとあの女が答えたわ、『わたしだって長くは待てないもの』って、いまはっきりその会話の意味が分かった」

　亮吉がごくりと唾を飲み込んで、聞いた。

「かいじと言ったのか。しほちゃん、人ちげえってことはねえだろうな」

「あの女《ひと》、こうも言ったわ、『やって』。そしたら、侍が問い返したの、『いいんだなって』」

「あの女、亭主の殺しを若侍にたのんだのか。彦、お慧は屋敷勤めしていたといったな」

　政次が彦四郎の顔を見た。

「ああ」

「しほちゃんの聞いたかじが小普請組梶壮之助のことで、お慧が梶の屋敷に勤めていたとしたら」

「その相手が野村梅次郎ってのっぺり野郎だったら……」

「えらいこった」

二人の掛け合いに彦四郎が呆然《ぼうぜん》と呟いた。

三日後の夜、鎌倉河岸に彦四郎、政次が集まってきた。肝心の亮吉はまだ顔を見せない。

「わたし、えらいまちがいをやったんじゃないかしら」

四人は水道橋から金座裏の宗五郎親分の家まで走って行った。血相を変えて飛び込んできた若者たちの話を聞いた宗五郎は、

「成蔵のご新造がどこの屋敷に勤めていたか、井筒屋に行って聞いてこい」

と亮吉を蔵前の札差《ふださし》に走らせた。

「ところでしほ、おめえは男の顔は見なかったんだな」

「はい、わたしのいた場所からは女の人の顔だけが」

そう独り言を漏らしたしほに、

「今日は帰ってな、首尾はちゃんと知らせるから」

と家に戻した。そして今日の昼間のうちに三人のところに連絡があったのだ。

「いや、まちげえなら三人を集めることはねえさ」

そう彦四郎が言ったとき、亮吉が龍閑橋から姿を見せた。

「おお、待たせたな」

亮吉の声が弾んでいた。

「野村梅次郎とお慧を引っつかまえたぜ」

「やっぱり二人が成蔵さんを殺した下手人なの」

「ああ、お慧はな、野村の家に女中奉公に上がっていて梅次郎といい仲になったんだ。だが、梅次郎のまわりには女がたくさんいてさ、所帯を持てねえといったんはあきらめて宿下がりしてよ、井筒屋の番頭と結婚した。一方、梅次郎は賭場の借金が四百両を超えて、もう言い開きもできなくなった。たまたま梶の屋敷を訪ねたとき、出入りする井筒屋の番頭がむかし馴染みの女の亭主と知ってな、お慧に連絡をとった。お慧はお慧で融通のきかないお店勤めの亭主にうんざりしていたから、また焼けぼっくいに火がついたってわけだ。で、頃合を見て、梅次郎はお慧に流行《はやり》の荒稼ぎを真似た強奪を持ちかけた……」

「なんてことなの」

「そればかりじゃねえ。成蔵さんはな、女房のむかしの男を知っていた気配がある。二人が襲ってきたとき、女に化けた梅次郎を見抜いたようだ、それで名を叫んだ」

「じゃあ、おれが声をかけたから殺したわけじゃねえんだ」

「彦、やつらは正体を見抜かれようと何しようと最初から殺すことを考えていたんだ。女がそれを望んでいたのだからな。例の五十両は梅次郎がおっ母さんに泣きついて梶家のために使うからと引き出した金だ。そいつをさ、うらなりの殿様に与えて井筒屋の返済金に充《あ》てさせた。成蔵には他の屋敷をまわって懐に大金が入っている刻限に来るように気のいい用人に言わせた。予定のすべては、成蔵の口からお慧が聞き知って、梅次郎に教えたってわけだ」

「よく梅次郎がお慧との関係を認めたな」

政次が亮吉に聞いた。

「そこさ、逢引《あいび》きの二人をしほちゃんが見たわけじゃねえ、見たのは女だけだ。梅次郎もお慧もほとぼりの冷めるまで動こうとしねえ気でいる。そこで親分がさ、仕掛けなすった……」

上野池之端の出合い茶屋あけぼのの周辺に金座裏の親分の手先たちが配置についた。

宗五郎は旦那の寺坂毅一郎といっしょにあけぼのの門前が見える築地塀《ついじべい》の陰に潜んでいた。そのかたわらに亮吉も控えていた。

「さあてな、宗五郎の策があたってくれるといいがな」

寺坂も荒稼ぎの一味を宣太郎にさらわれ、がっかりしていたところだから、しほがもたらした情報には欣喜した。

「そうですねえ、二人にはそれぞれの名で急ぎの用だと呼び出しをかけたはいいが、こねえとなるとしほにも面目が立たねえ」

宗五郎は野村梅次郎にはお慧の名で、お慧には梅次郎の名で手紙を届けていた。そしてどちらにも利き腕を怪我したので字が乱れてしまったと言い訳も書き添えていた。

「おやっ」

池之端をめぐって駕籠《かご》が近付いてきて、出合い茶屋の前で女を降ろした。女は池の水面に目をやって茶屋の門を潜《くぐ》った。

「親分、お慧ですぜ」

亮吉の言葉に宗五郎が、

「あとはかたわれが引っ掛かるのを待つばかりだが」

と呟いた。

四半刻(三十分)後、野村梅次郎は不忍池の岸辺からわき出るように姿を見せた。

あけぼの内外に警戒の視線をめぐらした梅次郎は、素早く茶屋に消えた。

頃合を計った寺坂毅一郎の合図で金座裏の手先たちが出合い茶屋の表口と裏口を固め、茶屋の中には寺坂同心と金座裏の宗五郎、それに親分の命で常丸と亮吉が従った。

四人が部屋に踏み込んだとき、褌《ふんどし》一本の梅次郎と緋《ひ》縮緬《ちりめん》の長襦袢《じゅばん》のお慧は布団の上に絡み合っていた。

「御用だ、神妙にしろ!」

常丸の声に梅次郎はお慧の体を振りほどくと枕元の大刀に左手を伸ばして、抜き打ちに一閃《いっせん》した。えたりとした四人は間合いの外に飛び退《の》いた。色事師《いろごとし》を気取ったにしてはなかなかの太刀筋だ。

「野村梅次郎、お慧、この期《ご》におよんでじたばたすんじゃねえ! おめえらの成蔵殺しと三百八十両の強奪は、北町定廻同心寺坂毅一郎様がお見通しなんだ、おとなしく縄につけえ!」

金流しの十手を手に金座裏の宗五郎の啖呵《たんか》が飛んだ。

が、梅次郎は刀を振り回して部屋の外に逃れようとした。

「鋭《えい》っ！」

腰を沈めた寺坂毅一郎の十手が梅次郎の刀を下から撥《は》ね上げると肩口を叩いた。くたくたと倒れ込む梅次郎の裸に常丸と亮吉が折り重なってかぶさった。

「……なにしろよ、寺坂毅一郎の旦那は、直心影流《じきしんかげりゅう》の神谷丈右衛門《かみやじょうえもん》道場の免許皆伝だ、八丁堀でも寺坂様の剣術には敵《かな》う者がいねえという腕前だ。梅次郎なんて青っちろい侍は十手でよ、一はたきさ」

亮吉は捕物の興奮の余韻をまだ全身に漂わせて説明した。

「成蔵さんを刺したのはその梅次郎って侍だな」

「おお、彦の見た女装が梅次郎だ。梅次郎といっしょにいたのは博奕仲間の金伍《きんご》って野郎で、こいつもさっき八百亀の兄いがひっくくったぜ」

しほはどこか寂しげな細面の顔を思い浮かべながら、女の心に潜んだ性を考えていた。

「梅次郎のやつ、奪った金の大半をすでに使い切っていた。お慧は梅次郎が梶の家に養子に入り、自分はその奥方にと考えていたようだが、梅次郎はお慧を利用してよ、にっちもさっちもいかない博奕場の借金を都合しただけさ」

「梅次郎って野郎は許せねえ」

「彦、女も怖いぜ。間夫《まぶ》といっしょに亭主の命を奪おうとしたんだからな」

亮吉がしみじみと言ったが、

「あっ、しほちゃんはちがうぜ。それによ、こんどの手柄はなんたっておしほちゃんだって、お上からご褒美《ほうび》をいただけるように親分が寺坂様に話すそうだ。そのうち奉行所からお呼び出しがあるかもしれねえぜ」

と慌てて言い足した。

「よかったな」

政次も彦四郎も喜んでくれた。

だが、しほの心はどこか厚い霞《かすみ》がかかったようで一向に晴れなかった。

第三話　神隠し

一

寛政《かんせい》九年（一七九七）七月十日の夕暮れ、鎌倉河岸《かまくらがし》の豊島屋《としまや》はいつにも増して客で賑《にぎ》わった。

しほたちはてんてこ舞いに働いた。

晩夏の河岸に涼気を伴った風が吹き始め、ようやく客足も峠を越えた。

そんな刻限、日本橋通二丁目の呉服店松坂屋《まつざかや》の手代《てだい》を務める政次《せいじ》が額に汗を浮かべて、豊島屋の店先に立った。

「政次さん」

しほは思わず喜色の声を上げた。

「久しぶりね」

「うん、ここんとこ忙しくて。今日は掛け取りに出たのでさ、ひょっとしたら彦四郎《ひこしろう》や亮吉《りようきち》がいるんじゃないかと思ってね」

「あら、わたしはどうでもいいの」

「そんなことないさ」

政次が慌ててつけくわえた。

「彦四郎さんはもう顔を出す刻限よ。亮吉さんはここんとこ滅多《めった》に顔を見せないの」

彦四郎は龍閑橋《りゆうかんばし》際の船宿綱定《つなさだ》の船頭、亮吉は金座裏《きんざうら》の宗五郎《そうごろう》親分の手先《てさき》である。十九歳と同じ齢《とし》の三人は鎌倉河岸裏のむじな長屋で育った幼馴染《おさななじ》みだ。

「政次さん、座って」

店勤めの政次はめったに酒を飲むことはない。

政次が店先に並べた空樽《あきだる》に腰を下ろした。

しほは急いで豊島屋名物の田楽《でんがく》を皿に盛ってきた。するとそこへ彦四郎がのっそりと姿を見せた。手にほおずきの鉢を提げている。河岸に船を着けたばかりか、大きな体から汗の匂《にお》いがぷーんとしほの鼻孔に漂ってきた。

「ご苦労さま」

「客の件で観音様にお詣《まい》りしてきたからよ、しほちゃんに土産《みやげ》だ」

「えっ、わたしに」

この日、浅草観音様に参詣《さんけい》すると四万六千日は長生きできるという祭り日、名物のほおずき市が立った。

「ありがとう、彦四郎さん」

「彦もなかなか隅におけなくなったな」

政次が笑い、彦四郎も照れたような顔をした。

「正直言うとよ、客がぶら下げて帰るのが面倒だって、おれにくれた鉢だよ」

「そんなことだろうと思ったぜ」

「でも、うれしいわ」

政次が言い、しほが応じた。

「しほちゃん、おれに冷やをたのまあ」

「これで亮吉さんが揃《そろ》うといいんだけどね」

しほは二人に言い残して、注文の酒を取りに料理場に行った。

豊島屋の主《あるじ》の清蔵《せいぞう》がしほの提げているほおずきの鉢を目に止め、

「夏も終わりだな」

としみじみ呟《つぶや》く。そして、

「仲良し三人がどうやら揃い踏みの気配だな。もう客もそう来やしまい。田楽と漬物を山盛りにして持っていきな、あいつらはいつも腹をへらしているからな」

と売り物の田楽を彦四郎らに出すように命じた。

「ありがとうございます」

しほが二合はたっぷり入る徳利と田楽、漬物を運んでいくと、清蔵のご託宣どおりに亮吉が空樽に座っていた。

「はい、田楽と漬物、豊島屋からのおごりよ」

「よかったな、今日、顔を出してよ。親分から精出して働けって小言をくらってよ、長屋に戻って早々と寝ようかと思っていたんだ」

亮吉がうれしそうに言う。

「またしくじったか」

亮吉は早飲み込みでしばしばとんちんかんな探索をして親分や兄貴分の常丸《つねまる》に叱《しか》られる。それを政次が心配したのだ。

「いやな、ここんとこ府内で若い娘がふらりと行方を絶つ事件が頻発してんだ。親分がおれっちの尻《しり》を叩《たた》いているんだが、かんばしい探索ができなくて、手先全員が気合いを入れられたのさ」

「被害が出たの」

しほが聞いた。

この夏、しほと同じ年格好の娘が数日から十日余りも姿を消して、ふらりと家に戻ってくる事件が頻発していたのは知られていた。消えた娘たちが傷を負ったとか、金を強奪されたとかいう被害はまだない。

親や町方が娘たちにどこでどう過ごしていたんだと聞いても、娘たちは一様に記憶がないといって首をひねるばかり、皆目《かいもく》見当がつかないというのだ。狐憑《きつねつ》きに遭《あ》った娘がふいに覚めたって感じで悲壮感はない。そこで新たに娘の消えた家族はあちこちの神社仏閣に祈禱《きとう》して帰りを待つのだという。

そんなわけで町方の力の入れようも今ひとつだ。

「親分はこれで終わるなんて考えるな、何かが起こってからじゃ遅いってんでおれたちの尻を叩きなさるが被害に遭った当人たちがな、夢を見ていたようだというばかりでさ、糠《ぬか》に釘《くぎ》だ」

「それで狐憑きか神隠しってわけか。亮吉様もこまったたな」

「政次、おめえに思案があるというのかい」

亮吉がむうっとしたように幼馴染みにからんだ。

「行方を絶った娘に共通したことはあるのかい」

「親分もな、そのことを気にしていなさる。まずよ、大店《おおだな》のお嬢さんはいねえ、長屋住まいの十五から十八の娘ばかりだ。おれが会った三人の娘ともよ、すっきりした顔立ちでよ、それと今一つ……」

亮吉は喉《のど》の渇きをいやすように猪口《ちょこ》の冷やをぐいと飲んだ。

「どこかよ、たがが外れているようでぼうっとしている」

「それは神隠しにあったからでしょ」

「いや、その前からぼうっとした気性か、ちゃらちゃらした娘が多い」

「亮吉、金はどうだ。戻ってきた娘たちは大金を持ってないか」

亮吉は首を横に振った。

「それが出たときのまんまでさ、持っていた金が増えても減ってもいねえ」

「おかしいな」

政次が首を捻《ひね》って、漬物に手をだした。

「しほちゃん」

そのとき、河岸の暗がりから声がかかった。しほが闇を透かして、

「あら、おばさん」

と言い、聞いた。

「どうかしたの」

「さよが顔を見せなかったかね」

「さよちゃんがどうかしたの」

「昨日からさ、浅草にお参りに出たまま戻ってこないのさ。で、今朝から浅草界隈《かいわい》の心あたりを捜して回っているところなんだけど……」

「亮吉さん、こちらはわたしと同じ針縫いの稽古《けいこ》で一緒だったさよちゃんのおっ母さん」

と手先を紹介した。なにしろ今までの会話が会話だ。しほはまさかとは思ったが、さよが神隠しにあったかもしれないと考えたのだ。

「しげおばさん、亮吉さんは金座裏の親分のとこの人よ。なにかとたよりになると思うのだけど」

亮吉を引き合わせると、しげが尻込《しりご》みするように後退《あとずさ》りした。

「おばさん、昨日からさよちゃんが戻ってこないなんて、どう考えたっておかしいわ。ここは亮吉さんのような町方の力を借りるときじゃないかしら」

待ってくれ、と亮吉が言った。

「朝から捜して歩いていなさるのだね。ひょっとしたらこの刻限、もう長屋に戻っているんじゃねえかい」

若い女のことだ。ついふらりと友達の家で一晩過ごしていたのではと、亮吉は亮吉で考えていた。

「いえ、それがいったん長屋に帰ってこちらに来たところなんです」

「そうなると大変だ。おばさんの長屋はどこだい」

「塗師町《ぬしちよう》の平兵衛《へいべえ》長屋よ」

しほが打てば響くように答え、

「おばさん、朝から何も食べてないんじゃない」

と調理場に駆け込んで、田楽を盛った皿と箸《はし》を持ってきた。

「食べて」

遠慮したしげだったが、しほにうながされて田楽を食べ始めた。

「さよちゃんはいくつだい」

亮吉がしほに聞く。十手持ちの手先の顔になっていた。

「わたしと同じ十六、うりざね顔のかわいい娘さん」

「おばさん、さよちゃんは一人で浅草に出かけたのかい」

「いえ、それが同じ長屋のおかるちゃんと……」

「おかるちゃんならわたしも知っててよ」

しほはおかるとも顔馴染みだった。

「おかるは戻っているんだね」

「なんでも浅草の人込みで別れ別れになったとかで。今日も仕事休んでね、おかるちゃんも浅草に捜しに行ってくれたんですよ」

亮吉は立ち上がった。

「ちょいとな、おかるに会ってくらあ」

身軽が身上の亮吉はそう言ったときには豊島屋の店先から走り出そうとした。それを、まあ、亮吉、待ちなと政次が止めて、しほを見た。

「しほちゃん、亮吉と一緒におかるに会ってみないか。女同士、知り合いのほうが話もしやすいだろう」

「わたしが……」

「そいつは助かる。若い女の聞き込みってのは苦手でな」

亮吉も政次の指図に素直に従った。するとしげも田楽の皿を置き、わたしも一緒に帰るよ、と立ち上がった。政次が主の清蔵に断りに行くしほの背に言った。

「しほちゃんの代わりに片づけはおれと彦でやるから旦那《だんな》にそう言ってくれ」

しほは清蔵に事情を述べた。

「鎌倉河岸の娘が消えたってか、そいつは心配だ。亮吉はまだ半人前だからな、政次の指図も分からないじゃない」

と快く許してくれた。

おかるはしほと亮吉が連れ立って訪ねてきたのを知ると言った。

「おばさん、一日歩き回って疲れたでしょ。あとはわたしにまかせて」

おかるは二人を堀端に誘い出した。

「わたしもね、おばさんに早く町方にとどけたほうがいいって言ったのよ」

亮吉が金座裏の人間と知っての発言だった。

「おかるちゃん、おばさんと一緒にさよちゃんを捜して歩いたんだって」

「うん、浅草界隈の人込みを歩いて回ったの」

おかるの顔にはどこかうんざりした様子があった。

「さよちゃんは、拐《かど》わかしか神隠しにあったと思う」

しほの単刀直入な問いに、おかるは堀の水面を見詰めて何か考えていた。

「知っていることがあるんじゃないかい。そいつをさ、喋《しゃべ》ってもらわねえと捜すにも捜しようがないのさ」

亮吉は迷う素振《そぶ》りのおかるに言った。

「うーん、さよちゃんね、最初からわたしをだしに使って四万六千日に行ったんじゃないかしら。一人じゃ駄目っておばさんがうるさく言うもんだから」

「おかるちゃんを浅草に置き去りにする気だったというの」

「たしかにすごい人込みだったけど、わたしたち手をつないでいたのよ。それがふいに振りほどかれたって感じのあと、ふうっと気配が消えた。そのあと、半刻《はんとき》（一時間）近くも境内じゅうを捜して回ったのよ。最後にさ、一人で長屋に戻ったんだわと思いながらも、回廊の端に上がって、境内の見物客を見回したの。そしたらね、さよちゃんが山門の下で男の人と話しているじゃない。びっくりして、さよちゃん！　って叫んだのよ。さよちゃんも気づいたような気がするの。こちらを見たもの。でもさ、浅草寺の回廊と山門は、かなり離れているじゃない。人をかき分けてようように山門の下に辿《たど》りついたときには、さよちゃんも男の人も消えていたの」

「確かにさよちゃんだったの」

「目はいいの。あれはまちがいなくさよちゃんよ、だってこっちを見たもの」

「男の人って、おかるちゃんが知っている人」

おかるは顔を横に振った。

「お店の旦那さんといった風情《ふぜい》ね、年は三十六、七かな」

そう言ったおかるは続けた。

「さよちゃんね、最初からあの人と会う約束をしてたんじゃないかしら。そんな気がするの。こんなこと、おばさんにも言えないじゃない」

「その男の人、どんな格好をしていたか分かる」

「顔はのっぺりしていたけど、いい男って言っていいかもしれない。目が細くて険があったかな……」

さすがに目がいいと自慢するだけあって、おかるはよく見ていた。

「着てるものは」

「涼しげな縞《しま》の小袖《こそで》のうえに紅色と紺を細く織り込んだ洒落《しゃれ》た羽織を着ていたな。角帯に扇子《せんす》を差して、手にこれもさ、羽織と同じ柄の袋ものを提げていたわ」

「そいつは手がかりになるぜ」

亮吉が頭にきざみこむように小声で復唱した。

しほは質問の矛先を変えた。

「さよちゃんはここんところ、何か変わったことなかった」

「変わったことって」

おかるはしばらく考えてから答えた。

「おばさんが春先に病気してね、下駄《げた》の鼻緒をすげる内職が思うようにできなくなったの。それでさよちゃん、お金がほしいお金がほしいってだれにも嘆いていたけど……もっとも長屋住まいの者なら、だれだってお金はほしいわよね」

おかるはわたしがべらべら喋ったなんて、絶対におばさんに言わないでと二人に念を押した。

「分かったぜ。おめえに迷惑をかけるようなことはしないからよ」

と亮吉が請け合い、

「助かった。これでな、探索の糸口がつくかもしれねえ。もしさ、これまで同様の神隠しなら、あと五、六日もすりゃ無事に戻ってくるさ」

と言った。

北町奉行所定廻《じょうまわり》同心の寺坂《てらさか》毅一郎《きいちろう》の下でお上のご用を務める金座裏の親分宗五郎は、亮吉としほが聞きこんできた話をじっくりと聞いた。そして、しばらく煙管《キセル》を手で弄《もてあそ》びながら思案していたが、

「亮吉、こいつはな、大きな手がかりになるかもしれねえ」

と手先を褒《ほ》めた。そして、しほに顔を向けた。

「しほ、おめえが一緒に行かなきゃ、こう簡単にいかなかったろうよ。礼を言うぜ」

宗五郎は、浪人であったしほの父の敵《かたき》を政次、亮吉、彦四郎の三人の助けを借りて、しほが密《ひそ》かに討ったことも知っていて、胸のうちにしまってくれた親分だった。

「親分さん、さよちゃんは無事に戻ってきますよね」

それには答えず、さよはどんな娘だったかとしほに聞いた。

さよはお針のお師匠さんにいつも、

「さよちゃん、習い事は丁寧《ていねい》にやるのが肝心なのよ。あなたはいつも気が散っているから糸目の間が乱れたり、飛んだりしているのよ」

と注意されるような娘だった。じっと座って同じことをやり続けるのが苦手、気がいつも他人や外へ向いていた。

そんなことを親分に申し上げ、

「さよちゃんはなんでも都合よく信じてしまうような娘でした」

と付け加えた。

「顔はどうだ、十人並か」

「男の方から見れば、愛らしい顔立ちかもしれません」

宗五郎は火が入ってない長火鉢の小引き出しから紙片を取り出し、

「しほ、さよの友だちがいないか」

としほに見せた。

新大坂町　黒蔵長屋　みつ　十七歳（左官）
本船町　田兵衛長屋　そめ　十八歳（いかけ屋）
鍋町　雨漏り長屋　たけ　十六歳（桶《おけ》職人）
米沢町　七平長屋　かつ　十六歳（ぼて振り）
亀井町　次郎兵衛長屋　うめ　十八歳（大工）
松田町　新五郎長屋　だい　十六歳（駕籠《かご》かき）

「これはこれまで神隠しに遭われた娘さんですか」

「そういうことだ。町方にとどけてねえのがこの倍はいよう」

「さよちゃんとはお針のお師匠さんの家だけでの付き合いでしたから、あまり……」

と首を横に振った。宗五郎はしほから亮吉に視線を向けなおして、言った。

「さよの友だちを総ざらえにあたるんだ。年の下の父親《ておや》の仕事を見てみねえ、だれかが手引きしねえかぎり、粋《いき》ななりをしたお店の旦那風の男と長屋住まいの娘が知り合いにならねえからな」

「へえっ」

四つ（午後十時）の鐘が鳴った。もはや木戸口が閉まる刻限だ。

しほが慌てて立ち上がろうとするのを、

「おれが送っていくよ」

と亮吉が言い出した。すると親分が女房のおみつを呼んだ。

お上に仕える目明かしの給金は、せいぜい年に三、四両。これで大勢の手先や下っ引きたちが養えるわけもない。だから、奉行所から十手を預かる親分の大半が女房に湯屋や料理屋をやらせて、探索の資金を賄《まかな》っていた。だが、宗五郎は女房のおみつに商いをさせるようなことはしていない。

宗五郎が住まいする本両替町《ほんりょうがえちょう》は幕府の御金改役《おきんあらためやく》後藤家の金座裏に位置し、後藤家の裏門を町方の十手持ちが見張っている格好だ。昔をたどれば、後藤家の雇人の一人が宗五郎の先祖、後藤家と金座裏の付き合いは古い。毎年、門番料としてかなりの額の金が後藤家から宗五郎に贈られていた。そんなわけで常丸ら親分の家に居候《いそうろう》する手先たちは後藤家の警護役も兼ねている。

　それを束ねるのがおみつだ。

「しほちゃんは、一人住まいだったね。刻限も遅いよ。うちに泊まっていきな、部屋はいくらもあらあ。夕飯も台所にこさえてあるからさ」

　伝法《でんぽう》な口調でおみつが言った。

　亮吉としほが夜分に飛び込んできたときから事情を察して用意していたらしい。

「そいつは助かりだ。おれも兄いたちの寝床に潜り込もう」

　おっ母さんと長屋住まいの亮吉は気楽なものだ。

　しほはどうしたものかと亮吉を見た。

「しほちゃん、親分の家で遠慮はいらねえよ。風呂に入ってさ、汗を流してきな。それからめしを食べようぜ」

　亮吉は、親分に褒められて張り切っていた。

「そうしな。おめえの力があったからよ、探索はきっかけが摑《つか》めたんだ」

「親分さん、おかみさん、ご厄介《やっかい》になってようございましょうか」

「かまうもんかね。うちは亮吉みたいな男所帯、たまにはしほちゃんのような娘が泊まってくれるのはうれしいよ」

宗五郎とおみつの間には子供がいなかった。

「ではお世話になります」

しほは父が死んで以来、初めて他人の家で夜を過ごすことになった。

二

江戸の町家の朝は早い。

明六つ(午前六時)には住み込みの常丸たちが二階から下りてきて、金座の後藤家の周りの本両替町、本草屋町《ほんぞうやちょう》、本町一丁目、堀端と町内の掃除をてきぱきと始める。箒《ほうき》で掃き、水を打つ、いつもの習わしだ。

しほも台所仕事を手伝った。めし炊きは通いのばあさんがやる。

おみつとしほは干物を焼き、漬物を切って大丼に盛り、大鍋に浅蜊《あさり》のみそ汁をたっぷりこさえる。しほ一人の作る朝餉《あさげ》の仕度とは雲泥《うんでい》の差だ。

「しほちゃん、驚いたかい」

おみつが笑った。

「これが一回分の仕度ですか」

「そう、夕餉《ゆうげ》はもっと大変さ」

しほには信じられない量の飯であり、汁だ。

「親分、おかみさん、おはようございます」

「姐《あね》さん、おはようさん」

常丸や亮吉たちが六名も台所に箱膳を並べ、おみつとしほの給仕で食べる光景は壮観だった。ともかくかっ込むように飯を食い、汁を啜《すす》る。干物も納豆もあっと言う間に空《から》になった。

「しほちゃん、驚いたか」

目を丸くしながら給仕するしほに亮吉が言った。

「町方はいつも尻からげて、走り回っているからよ。これくらい食べねえと力が出ないんだ」

瞬《また》く間に丼飯を二杯三杯と食べた男たちは、江戸の町に飛び出していった。

その後、宗五郎とおみつと一緒にしほは食膳を囲んだ。

「たしかにおみつの言うとおりだ。あいつらの面ばかり見ているといやになる。たまにはうちに飯を食いに来てくんな」

宗五郎は居間からしほの動きを観察していた様子だ。

「しほちゃんはお武家さんの娘さんだったね」

「とは申しましても、親分さんの手を煩《わずら》わすような浪人でございました」

おみつは、しほの事情を知っているのかうなずきながら、

「こんなうちだ。愛想をつかさないで遊びに来ておくれよ」

と口を添えた。

「はい、これからもよろしくお願い申し上げます」


しほが竹の子長屋に戻った四つ（午前十時）頃のことだ。

一晩留守をした部屋を片付け、竹藪《たけやぶ》の見える裏庭の戸を開けて風を入れた。

ふと思い出して父親の残した文机《ふづくえ》の前に座り、墨をすると小筆でおかるの告げた旦那風の男の風采《ふうさい》と装いを描いてみようと思い立った。

まずは特徴のある衣装をおかるの記憶に従って辿った。さらにのっぺりした細面に険のある目を描いた。が、鼻や口は描かず、顔料で肌色に塗っただけにした。それでも出来上がった絵を見ると、ただのお店の主とも思えない、どこか崩れた感じの風貌《ふうぼう》が浮かび上がった。

しほは絵を持って塗師《ぬし》町の平兵衛長屋におかるを訪ねた。絵を見たおかるが、

「これよ、こんな感じのやくざっぽい男なのよ。見もせずによく描けるわね」

と感心してくれた。そのうえで言い足した。

「遠くからだけど唇も薄かったな、鼻筋は通っていたとおもうわ。着物の縞はもう少し明るい感じ、髷《まげ》は小さな本多髷……」

しほは長屋に戻ると、おかるの新たな証言に従い、描き直した。


この夕方、亮吉も政次も彦四郎も豊島屋に顔を見せなかった。

(まださよちゃんは長屋に戻ってないのかしら)

そんなことを考えながら、一日が終わった。

次の朝、皆川町《みながわちょう》の竹の子長屋にぼて振りの魚屋が訪れて、女たちが井戸端《いどばた》に集まり、旬《しゅん》の魚をあれこれと選んだ。

しほも昼餉《ひるげ》のためにとなりの嶋八の女房はつと一尾の鯖《さば》を半身ずつ分けて買った。

しほが塩を振っていると長屋の溝板《どぶいた》が鳴った。振り向くと手先の亮吉が顔を汗みどろにして駆け込んできた。

「亮吉さん」

しほの長屋の引戸を叩こうとする亮吉に声をかけた。

「しほちゃん」

荒い息を弾ませた亮吉は井戸端に汲《く》んであった桶に口をつけて飲んだ。

「朝早くから何かあったの」

ようやく桶から顔を外した亮吉は、まずいことになりやがったと言った。

「さよらしい若い娘の死体が御米蔵近くの堀で発見されたんだ」

しほは息を飲んだ。

「親分がな、おめえにも一緒に来てくれないかって。母親に付き添ってほしいのだと」

「待って」

しほは長屋に戻ると身支度をした。裏庭の障子戸を閉めたとき、文机の上の絵が目についた。それを懐《ふところ》に入れた。

龍閑橋際の船宿綱定には猪牙《ちょき》舟が待っていて、すでにしげが泣きはらした顔で胴の間に座っていた。船頭は彦四郎だ。

「おばさん」

「しほちゃん……」

しげはしほの顔を見るとわっと、泣き出した。

「まだ決まったわけじゃないわ。そうでしょ、亮吉さん」

亮吉があいまいにうなずき、彦四郎が竿《さお》で岸辺をつくと、櫓《ろ》に代えて漕《こ》ぎ出した。

猪牙舟が速さを増して走り出す。鎌倉河岸の船頭のなかでも彦四郎は体も大きく、力持ちだ。ゆったりした動きのようで漕ぐごとにすいっと進んだ。

亮吉は舳《へ》先《さき》に座って風を受けていた。しほはかたわらに行くと、

「おっ母さんがまだ見てないものが、どうしてさよちゃんと分かったの」

と小声で聞いた。

「知らせは奉行所からなんだ。死体を見つけたのは浅草の御蔵前の地蔵湯《じぞうゆ》の徳三《とくぞう》親分の下っ引きでよ。地蔵湯とうちの親分は兄弟分でな、旦那も寺坂様で同じなんだ。それで寺坂様からうちに知らせが入ったのよ。死体は塗師町の平兵衛長屋さよと書かれた書き付けを入れたお守りを懐にしていたらしいや」

しほは確信があってのことかとしげを見た。

しげは魂を抜きとられたみたいな格好で涙を流している。

彦四郎は半刻《はんとき》（一時間）ほどで龍閑橋から大川に面した浅草の御蔵前まで漕ぎ上がった。

御米蔵の堀は御厩《おうまや》河岸之渡しから河口にかけて八番の堀が櫛《くし》の歯のように大川に口

を開けていた。

亮吉は彦四郎に八番堀と三河岡崎藩《みかわおかざき》五万石の下屋敷の間を抜ける運河に猪牙舟を入れるように命じた。運河は右に鈎《かぎ》の手に曲がり、札差《ふださし》たちが軒を並べる浅草蔵前通りに架かる天王橋際で彦四郎が櫓を止めた。

しほの目にも小さな河岸に佇《たたず》む町方の一行が映った。寺坂毅一郎も金座裏の宗五郎親分の姿も見えた。しほはしげの手を握り、

「おばさん、気をしっかり持つのよ」

と力付けた。もうそれだけでしげは激しく泣き出した。

「おおっ、来たか」

常丸が猪牙舟の舳先を受け止め、亮吉が河岸に飛んだ。

しほはしげと一緒に岸に上がった。すると筵《むしろ》の下から臘《ろう》のような色をした足が二本にゅっと出ているのが見えた。

しげが立ちすくんだ。

「しほ、おめえがまず確かめてくれねえか。おっ母さんはよ、その後のほうがよさそうだ」

宗五郎の言葉にしほはうなずき、しげを亮吉に預けた。

常丸が筵をめくった。

しほの目に飛び込んできたのは首筋にぐるりと残った紫色の鬱血《うっけつ》の跡だ。髪が乱れて何本も額にへばりついていた。その顔は苦悶《くもん》ともなんともつかない表情を残している。

「どうだ、さよかい」

膝《ひざ》をついた宗五郎が聞いた。

しほはうなずいた。

「やっぱりな」

母親が呼ばれた。しげはさよのかたわらに崩れ落ちるように座り、両眼を見開いて見ていたが、わあっ、と叫んで泣き出した。

「おばさん」

しほはしげの背を抱いた。

「さよ、さよ、どうしてこんなことになったのよ」

それにもかまわずしげは冷たくなった娘の体にむしゃぶりついて揺すり上げた。

その夜、豊島屋に亮吉と彦四郎が顔を見せた。一日駆け回っていた様子の亮吉の顔には疲れが濃くへばりついていた。

「なにか分かったの」

「それがさっぱりでよ。さよはどこで二晩も過ごしたのか調べがつかないんだ」

「さよちゃんの友だちは調べたの」

「ああ、針仲間から幼馴染みまで調べたが、今ひとつ確証がなくてな」

「困ったわね」

「亮吉、さよは首を絞められて殺されたのか」

彦四郎の問いに、ああ、とうなずいた亮吉はしほを気にしたようにちらりと見た。

「なに？」

「ご検死の役人が言いなさるには男と女がよ、情を交わしているときに絞め殺されたらしいや」

「そんな……さよちゃんはふしだらな娘じゃないわ」

「うん、そいつはしほちゃんが知らないだけさ。あいつは初めてじゃないらしいぜ」

「でも殺されていいって法はないわ」

しほは抗弁した。

「だからよ、おれたちが走り回っているのさ。おかるが見た旦那風の男が鍵を握っているんだがな」

　亮吉の言葉でしほは懐の絵を思い出した。

「こんなもの描いてみたの」

　亮吉が絵に視線を落とし、しほを見た。

「しほちゃんにこんな芸があったとは知らなかったな」

「おかるちゃんが覚えていたことを絵にしてみたの。最初に描いた絵をおかるちゃんに見てもらって、顔の輪郭やら、着物の柄なんか、違っているところを描き直したの」

「おかるはなんと言ったえ」

「崩れた感じが似てるって」

「これさ、おれがもらっていいかい」

「役に立つとも思えないけど」

　そのとき、政次が顔を出した。

「聞いたよ。さよは神隠しじゃなかったって」

「いや、親分はさよの一件も神隠しと関わりがあると見てなさるんだ」

「これまでの娘たちは無事に戻ってきたぜ。なぜさよだけ殺されたんだよ」

彦四郎の問いに亮吉が、そこよと言った。

「おかるに浅草で見かけられたろう。それで始末されたんじゃないかと思ってなさるんだ」

「おかしいわ。見たのはおかるちゃんよ」

「うん、そういうことだ。そこがな、今ひとつはっきりしねえのさ」

亮吉が手にしていた絵をひらひらさせた。それを見た政次も言う。

「めずらしいな」

「政次も思うかい。しほちゃんが描いた絵だもんな。殺されたさよと一緒にいた男の風体《ふうてい》だ」

「しほちゃんが。見せてくれ」

政次は亮吉から受けとると空樽に腰を下ろした。

「こいつはめずらしいや」

と政次が嘆息した。

「いやな政次さん、めずらしいなんて言わないで、下手《へた》なら下手と言えばいいでしょ」

しほが口をとんがらせてそっぽを向いた。

「しほちゃんが描いたと言われなきゃあ、本職の手と信じるぜ」

「ありがとう、嘘《うそ》でもいいわ」

「嘘じゃないって」

政次が絵を三人の友の前に広げて、言った。

「おれがめずらしいって言ったのは、男の着ている小袖と羽織、それに袋ものの縞模様さ」

「この縦縞がどうかしたか」

「柄行きが同じだろう。共布に仕立てさせたものだ」

「あら」

しほもそう言われて気がついた。

「それにこの縞はな、南蛮船《なんばんせん》によって長崎に陸揚げされた桟留縞《さんとめじま》だ」

「そんなことが分かるの」

「分かるとも。縞模様はな、その国その土地の手札みたいなものさ。無闇《むやみ》に紅、紺、浅葱《あさぎ》が織り込んであるわけじゃない。一本の縞の幅、色の順番によってどこの土地のものかも区別がつくのさ。しほちゃんがおかるの記憶で描いたこの絵は、だいぶ間違いがある」

「そんなことだと思ったわ」

「間違いがあっても天竺《てんじく》のせんととます島から運ばれてきた縞模様であることには違いがない」

「ふうーん」

さすがに呉服屋の手代《てだい》だけのことはある。しほは感心しながらも天竺からもたらされた正しい縞模様を政次に聞いた。すると政次は細かく紺はこの幅、紅はもっと薄く、浅葱は紅の隣に二本とか、教えてくれた。

「光沢のある、なめらかな肌合いの縞もめんの桟留縞は、二百年も前から日本で知られていたんだ。それがな、また近ごろ茶人や粋人の間で流行《はや》り始めているんだ」

「政次、松坂屋《まつざかや》でも扱っているのか」

「いや、それがな、京の呉服屋を通して江戸に下ってきてな、京橋の駿府屋《すんぷや》さんが一手に扱っておられるのだ。小袖と羽織と袋ものの縞織りを巧みに変えて、揃い十五両とかで売り出しているって話だぜ」

「十五両か。となると売った数は限りがあるな」

「うちのような老舗《しにせ》なら、代々客の顔触れが決まっている、すぐにも調べがつく。だがな、駿府屋さんは、流行ものを独占しての担ぎ商いだ。お客様の名簿がしっかりし

ている かどうか」

「駄目で元々だ。明日一番で駿府屋に行ってくらあ」

亮吉は俄然《がぜん》張り切って、しほの描いた絵を大事そうに懐に戻した。

江戸は朝からすっきりと晴れ上がって、残暑がきびしそうな塩梅《あんばい》だった。

しほは朝風呂に行って汗を流し、母が残した地味な小紋を着ると塗師町の平兵衛長屋に出かけた。

今日はさよの弔《とむら》いの日だった。

竹の子長屋と同様のせまい長屋だ。大家さんが仕切って簡素な弔いは早々に終わり、さよの亡骸は母親のしげらが付き添って三河島《みかわしま》の法界寺《ほうかいじ》に運ばれていった。

しほが長屋を出ると木戸口に政次が金座裏の宗五郎親分と肩を並べて立っていた。

しほがどちらともなく目顔で挨拶《あいさつ》すると政次がしほのかたわらにやってきた。

「しほちゃんとは思わなかったよ。あんまり大人びているんでね」

政次がまぶしそうにしほを見て、言った。

「親分に呼ばれたんだ。いま、亮吉も来る」

「待たせたかい」

どこを走り回っていたのか、相変わらず額に汗をかいた亮吉が二人のそばに来た。

「何かあったの」

「うーむ」

亮吉はうかない返事だ。

三人が長屋を出ると宗五郎が兄貴分の常丸と話していたが、

「常、ぬかるなよ」

と宗五郎が声をかけ、常丸が頭を下げて、その場から消えた。

「おおっ、これで雁首《がんくび》が揃ったな」

宗五郎が言うと歩き出した。

三

金座裏の親分が三人を連れていったのは今川橋《いまがわばし》そば、江戸前うなぎの料理屋一乃矢《いちのや》だ。

「さよの精進落としにうなぎでもあるまいが、若い奴《やつ》にはそばよりはよかろうぜ」

しほは一乃矢の店先は通ったことがあっても中に入ったことはない。

江戸では明和《めいわ》（一七六四〜七二）から天明《てんめい》（一七八一〜八八）の田沼時代に料理屋が

それぞれ工夫を凝らした料理法を編みだした。

うなぎのかばやきも元禄《げんろく》の末には関西から江戸に伝えられた。が、うなぎが庶民の口に上がるようになるのは田沼時代の終わりのこと、つまりは最近の流行だ。

一乃矢では一階で焼き、二階で食した。

「親分、おりゃあ、まだうなぎは食ったことがねえ」

亮吉がうれしそうな顔をした。

「今日の客はしほと政次、おめえは供だぜ」

「分かってらあな」

親分と手先の掛け合いを聞きながら、一行は二階の座敷に上がった。

宗五郎がかばやきを人数分と酒を注文した。

うなぎが焼ける間、酒が来た。

「清めの酒だ」

しほもかたちばかり口をつけた。

「さよの一件だがな、何が神隠しなものか。こんなことになるんじゃねえかと気にしていたんだ」

宗五郎の言葉は怒りを飲んでいた。

「正直言って手がかりがなかった。それをしほと政次がきっかけを開いてくれた。礼を言おうとな、ここに呼んだのさ」

「わたしたちがでございますか」

しほが訝《いぶか》しく聞いた。

「おめえの描いた絵を亮吉の奴、いきなり駿府屋に持ち込みやがった。そこでな、番頭にいいようにあしらわれて、おれのところに面を出しやがった」

宗五郎は苦い顔をし、政次は亮吉を見た。

「いやさ、なんとしても手がかりを掴みたかったんだ。それにさ、親分、そう邪険にされたわけでもねえ。番頭は絵を奥に持っていってさ、主《あるじ》にも確かめてくれたくらいだからさ。そのうえでさばいた数が多いのでだれに売ったとは言いきれねえとさ、番頭さんに言われたんだ」

亮吉が抗弁した。

宗五郎は政次に顔を向け、聞いた。

「政次、おまえの松坂屋と駿府屋は付き合いがねえようだが蛇《じゃ》の道は蛇《へび》、同業のことは同業に聞くのが一番だ。駿府屋の評判くらい知っているだろう。亮吉に話してやってはくれめえか」

はい、と親分の前では商家の手代らしくうなずいた政次が、答えた。

「駿府屋さんは五代続いた呉服屋ですが、先代が亡くなられたときに一度つぶれております。昔ながらの仕入れで時流に乗りおくれたのが、左前《ひだりまえ》の原因だそうでございます……」

今の駿府屋佐兵衛《さへえ》がつぶれた駿府屋の店を屋号ごと買い上げたのだ。

先代までの駿府屋とは縁もゆかりもない。奉公人も顧客も商いの仕方もまったく様変わりしていた。

主の佐兵衛は京の出とか、茶道や香道を楽しまれる道楽者と評判だった。

京、堺のものに絞って仕入れ、商いを再開した。担ぎ商いを中心に品物を相手先のお宅まで運び込む商いで、年寄りの客をしっかりと摑んだ。

「当初は、資金繰りがうまくいかず、ご苦労が多かったように聞いておりますが、今年の春先から桟留縞を京の錦屋《にしきや》さんから独占的に仕入れなさって、茶人など遊びになれたお客様に人気が出ました。それが夏前から火がついて広まり、一気に駿府屋の家運を盛り返しなすった凄腕《すごうで》の商人にございますよ」

「政次、担ぎ商いは駿府屋佐兵衛が連れてきた者たちか」

「いいえ、口入れ屋を通じて雇い入れた者たちでございます。松坂屋に関わりのあった者が駿府屋さんに雇われております」

「名をなんといったかな」

「亥吉《いのきち》さんでございますか」

「そうそう、亥吉だ。松坂屋ではいわくがあったはずだな」

政次が困った顔をした。

「昔の朋輩《ほうばい》の告げ口をしたくねえか。ならばおれが言ってやろう。松坂屋から仕入れた品を担ぎ商いもせずに質に入れて金を作り、博奕《ばくち》に走って店から出入りを断られた。そうだったな、政次」

はい、とうなずいた政次は、

「亥吉さんは如才のない方で客受けもよく、商いに専念されれば、ひとかどの商人になれたものをと大番頭さんもおっしゃられておりました」

と答えた。

「山っ気があって、あちこちで問題を起こす。おれもな、松坂屋のご隠居と由左衛門《よしざえもん》さんから相談を受けたこともあってな、亥吉のことを気にしていたんだ。すると駿府屋に出入りしているというじゃねえか」

政次の勤める松坂屋は金座裏の出入りのお店、それも何代も前からの付き合いだ。

隠居の松六《しょうろく》も矍鑠《かくしゃく》としており、当代の由左衛門を陰から助けていた。店に何かが起こると奉行所に届ける前に宗五郎のところに由左衛門から相談が入る。公にしないで済みそうな一件なら、宗五郎の段階で話をつける。

江戸時代、南北町奉行所が月番交替で公事訴訟を受けたが、何分にも訴えられる件数が多い。そこで町役人の控える番屋や十手持ちの段階で話がつくものは白洲《しらす》に持ち込まないよう、奉行所もそれを勧めたものだ。

そんなわけで宗五郎は何か確証を持って、政次に話させていた。

「政次、もう一つ聞きてえ。京の老舗の呉服屋が一度はつぶれた駿府屋に品物を独占的に卸すとなると、どんな手妻《てづま》を使やあいい」

「江戸と京の呉服屋同士の付き合いは何代にもわたるものが多うございます。そこに割り込むのは至難の業。駿府屋さんが錦屋さんから桟留縞を独占的に仕入れるには、ほかよりも高値の前払い金が必要でございましょう」

「政次、おめえの勘でいい。どれほど仕入れたと思うな」

「桟留縞は南蛮船で運ばれてくるもの、数はそう多くはございません。駿府屋さんが錦屋さんに売り渡されたのは多くて二、三十着分とこれまでの仕入れから想像されます。お支払いになった前払いは、三百両から四百両……と見てよろしいかと」

「駿府屋は反物《たんもの》を江戸に持ち込み、小袖、羽織、袋ものと揃いに仕立てて、十五両で売り出したってわけだな。政次、ちとおかしくはねえか」

「おかしうございますな」

しほと亮吉はぽかんとした顔で親分と政次の顔を交互に見た。

「十五両は高い。だがよ、三百両も前払いした反物で作られる揃いはせいぜい二十組だ。それが江戸に結構出回っている」

政次の顔が紅潮した。

「親分さん、駿府屋では仕立てを多摩の八王子でやっておるとの噂《うわさ》でございます。八王子から青梅《おうめ》にかけては縞織物の産地……」

政次はそれ以上の発言を控えた。

「親分、おれにはさっぱり分からねえ」

亮吉が首を捻《ひね》った。

「南蛮渡りの桟留縞を見本に八王子あたりで、偽の縞織を駿府屋がやっていることも考えられるって話だよ」

宗五郎が絵解きをしてみせた。

「なーるほど、でもなければこうも江戸で出回らねえってわけですかえ」

「そういうことだ。三百両で仕入れた数に限りのある縞織なら、十五両なんて半端《はんぱ》な値で売れっこねえ」

「だが八王子の桟留織を本物の南蛮渡りと偽って売れば、十五両でも釣りがくる」

「そういうことだ、亮吉。だがな、おれが駿府屋を気にするのは最初の三百両をどうやって作ったかだ」

宗五郎が言い出したが、さすがの政次もこればかりは見当がつかない。

「亮吉の野郎が駿府屋にいきなりしほの絵を持って飛び込んだのは、なんとしてもまずかった」

「すまねえ、親分」

亮吉は自分の失態に気づかされてしょんぼりした。

だが、宗五郎親分の顔はなぜかほころんでいた。

「亮吉、おめえは番頭の口車に乗って、さよと旦那風の男が話すのを目撃した者がいると話したか」

「なにしろ絵があるんだからな、おかるの名は出さなかったが、一緒に浅草寺にいった娘が見たって喋《しゃべ》っちまった。いよいよまずかったかね、親分」

亮吉が謝った。

「やっちまったことは仕方ねえ。意外とな、藪《やぶ》を突ついたかもしれねえな。亮吉、おめえは今晩から常丸たちといっしょに交替で平兵衛長屋を見張りねえ」

「へえ、おかるの身を守るんですね」

「それに昼間は駿府屋に張りつけ。せっかくしほと政次がきっかけを作ってくれたんだ。昼夜なしに働いて、手柄にしてみろ」

「失敗《しくじり》は帳消しにしてみせますぜ」

亮吉が張り切ったとき、お待ち、とうなぎとめしが運ばれてきて、二階の座敷は香ばしい匂《にお》いに満ちた。

「しほ、おめえにはあとで頼みがある」

そう言った親分は箸をとった。


三人が親分にうなぎをご馳走になった翌日、宗五郎の手先のうちで最年長の八百亀《やおかめ》と稲荷《いなり》の正太《しょうた》が同心寺坂毅一郎の添え状を懐に八王子に出張っていった。

駿府屋と取り引きのある機屋《はたや》と仕立て屋を調べるためだ。

亮吉らは駿府屋佐兵衛の見張りを始めて、驚いた。

佐兵衛はお茶だ、句会だと出歩いて店にいないことのほうが多い。会うのは京橋の薬種問屋の肥後《ひご》屋の隠居の吉右衛門《きちえもん》らだ。船を雇っての句会のほかに肥後屋が深川北《きた》松代町《まつしろちょう》にもつ別宅でもしばしば茶会が行われるとか。

吉右衛門も佐兵衛も俳人小川草悦《おがわそうえつ》の教えを受けている同門の弟子であった。ともあれ、金と暇を持て余した隠居らと実に巧みな交際を続けていた。

「あれが当世の商いですかね、駿府屋は隠居殺しですぜ。京仕込みの如才なさでね、実に年寄りに取り入るのがうまい、遊びながら商売をやってますぜ」

手先の下駄屋《げたや》の貫六《かんろく》が呆《あき》れたように親分に報告した。

「一筋縄ではいかねえ野郎のようだな。遊び仲間じゃ、頭分は肥後屋の隠居か」

「へえ、深川には沁茶庵《しんちゃあん》とかいう茶室もある別宅があるそうで、凝った趣向の風流な遊びを繰り返しているらしいや」

下駄貫が腹立たしそうに報告する。

「後学のためだ、おれも一度深川の別宅を見ておこうか」

金座裏の宗五郎は言い、手先たちに気を抜くなと見張りの続行を督励した。

亮吉らは、昼は駿府屋、夜は夜で平兵衛長屋の見張りにと精を出した。見張りを始めて五日目、亮吉が日本橋の駿府屋から塗師町の平兵衛長屋に移ろうかと考えた六つ半（午後七時）過ぎ、裏口から主の佐兵衛が姿を見せた。

「また句会ですかえ、常丸兄い」

「ちと刻限がおかしいな」

常丸と亮吉の二人が日本橋際の辻駕籠《つじかご》に乗り込んだ佐兵衛のあとを尾《つ》けていくと、呉服屋の主は、下谷《したや》切手町《きりでちょう》に一家をかまえる口入れ稼業の般若《はんにゃ》の熊吉《くまきち》の家の前で駕籠を降りた。潜《くぐ》り戸《ど》を叩いて中に入る佐兵衛を、

「ようこそおいでなせえました」

と一家の者が親しげに迎えた様子だ。

「はて、商人の主が般若一家と付き合いがあるってのはどういうことだ」

「熊吉は女衒《ぜげん》まがいの口入れ屋でしたね、兄貴」

「何度か白洲に引き出されたことがある。子分の何人かは島送りになった者もいるはずだ」

「そんな男と駿府屋佐兵衛は付き合いがあるんですかえ」

この夜、佐兵衛は一刻《いっとき》（二時間）ほど般若の家にいた。

このことを聞いた金座裏の宗五郎は、

「いよいよ尻尾《しっぽ》を出しやがったな」

と亮吉らに駿府屋と平兵衛長屋の見張りの気を抜くなと激励したものだ。

夏がゆっくりと過ぎてゆき、鎌倉河岸に秋の気配が忍び寄ってきた。

豊島屋で冷やを頼む客が少なくなり、熱燗《あつかん》が増えた。

宗五郎に命じられた亮吉らの見張りは根気よく続けられていた。八王子に出張った八百亀らはまだ戻ってこない。

豊島屋にはこの夜も彦四郎だけが顔を見せた。

しほもここんところ休み続きだ。その代わりに新しい娘が働いていた。

「なんだ、しほちゃん、今晩も休みかい」

亮吉は探索に政次は仕事に追われている様子で顔を見せないうえに、しほまで休みだ。

「なんだかおれだけがおいてきぼりのようで寂しいな」

大男の彦四郎がつまらなそうにぼやいて、早々に引き上げた。

鎌倉河岸はなんとなく寂しげに暮れていきそうな気配だった。

塗師町の平兵衛長屋のどぶ板が鳴り、長屋の一軒の戸が叩かれた。

五つ半（午後九時）過ぎのこと、そろそろ長屋は眠りにつこうという時分だ。

「おかるちゃん」

男の声がして、おかるが気楽に土間に下りて引戸を開けた。

「兎屋《うさぎや》さんの使いだけど」

見知らぬ男が言い、続けた。

「番頭さんが木戸口で待っておられるんだよ」

「番頭さんが」

おかるは急ぎ仕事かしらと長屋を出た。

おかるの家では母親とおかるが浅草の兎屋から、扇の骨に地紙を張る仕事をもらっている。

木戸口に行くとだれもいる風はない。

あら、どうしたのかしらと男を振り返った途端、鳩尾《みぞおち》に当て身を入れられた。あっけなく崩れ落ちようとするおかるの体を二人の男が担ぎ上げ、走り出した。

おかるは今川橋下に舫《もや》われていた屋根船に運ばれ、船はすぐさま大川を目指して漕ぎ出された。

屋根船の後を明かりも点《とも》さない猪牙舟が尾け始めた。連夜、長屋を見張っていた下

駄貫が、

「ようやく動きやがったぜ」

と呟《つぶや》き、櫓を持つ亮吉に注意した。今一人の見張りの常丸は、金座裏へ報告に走っていった。

「見失うなよ」

「相手は明かりをつけた屋根船だ。兄い、間違ってもそんなことはするけえ」

そう言う亮吉の顔は真剣そのものだ。


半刻（一時間）後、屋根船は大川を横断して竪川《たてかわ》に入り、四ツ目橋の深川北松代町の河岸に止まった。男たちによってぐったりした娘が担ぎ出されて、ひなびた竹塀の屋敷へと運び込まれた。間をおいて亮吉の漕ぐ猪牙舟も四ツ目橋際に到着した。

「どうしたもんで、兄い」

亮吉はおろおろと不安げな声を上げた。

「亮吉、親分に知らせろ」

「大丈夫かねえ」

「すぐには事は起こるめえ。おめえが早く櫓を漕げるかどうかにかかっているぜ」

「下駄貫の兄い、たのまあ」

亮吉は不安を残しながらも必死で櫓を漕いだ。

（いいかえ、頑張るんだぞ）

腕も折れよと竪川を漕ぎ下って大川に出た。すると大川を横断して御用提灯を掲げた船が三隻ほど日本橋川から現われた。

「親分、連れ込まれた先は、肥後屋の別宅だ。いそいでくんねえ」

亮吉の必死の叫びに御用船の一艘から金座裏の宗五郎の声がした。

「ようやった、亮吉。寺坂の旦那も出張っておられる、案内しろ」

「合点だ」

亮吉は北町奉行所定廻同心の寺坂毅一郎が宗五郎親分のかたわらにどっしり構える姿を見ながら、猪牙舟の方向を転じて、再び竪川に向かった。

四半刻（三十分）後に相次いで四艘の船は四ッ目橋の河岸に接岸した。

「親分、まだ静かなものだ」

下駄屋の貫六が落ち着いた声で寺坂らの一行を出迎えた。

「よし、手配りどおりにな」

寺坂の声で捕り方たちが薬種問屋の肥後屋の別邸を囲んだ。

しばしば、ここの茶室の沁茶庵では肥後屋の隠居吉右衛門が仲間を呼んで句会を催していた。ここに集《つど》う門人たちは日本橋から京橋筋の旦那衆であり、俳人小川草悦の門下生でもあった。

「顔触れが全員揃ったってわけかえ」

寺坂が宗五郎に聞いた。

「へえ、およそのところは……連れ込まれた娘が最後でさ。踏み込むにはまだ早うござんすかね」

「親分、大丈夫かね」

亮吉がおろおろと落ち着かない。

「粋人面した隠居どもの面の皮を剝《は》がすんだ。動かぬ証拠を押さえなければならねえ。亮吉、もうちっとの辛抱だ」

しほが描いた絵を亮吉が駿府屋に持ち込んで六日目、駿府屋の内外は寺坂と宗五郎が手配りした手先らによって、ぴったり見張られていた。同時に担ぎ商いの亥吉が密かに大番屋に引っ張られた。稼ぎを博奕に注ぎこむ亥吉のこと、叩けばいくらも埃《ほこり》が出た。

宗五郎に、

「亥吉、駿府屋の商いの手口を洗いざらい話しねえ。おめえの態度いかんじゃ伝馬町《てんまちょう》送りもねえじゃねえ」


と脅されてべらべら喋ってしまった。亥吉はこれまでどおりに駿府屋に出入りするように宗五郎に命じられて大番屋から放免された。

　今、手配りの最後の時が迫っていた。

　暗い座敷に連れ込まれたおかるは、いや、しほは隣室から聞こえる男女の嬌声《きようせい》を耳にして起き上がった。この数日、しほはおかるに代わって平兵衛長屋で暮らしていた。一方、おかるは豊島屋の住み込みで働いていたのだ。すべては金座裏の宗五郎親分の策である。

　しほは痛打された鳩尾をなでると、そっと隣室との間の障子を少しだけ引き開けた。すると明々とした行灯《あんどん》が点され、緋毛氈《ひもうせん》の敷かれた座敷にはしどけなくも襦袢《じゆばん》や湯も じ姿の娘たちが寝転んだり、横座りしたりして、老人たちの好色な視線に晒《さら》されていた。なかには老人に体を触らせている娘もいる。

「まあっ！」

　そのとき、いきなり障子が開かれ、しほは腕を摑まれて隠靡《いんび》な宴の場に引き出された。

「おめえも裸になりな」

と喚《わめ》いた駿府屋がねめまわすような視線でしほを見て、

「はて、こんな娘だったかい」

と訝しげな顔をした。

「さよちゃんを殺したのは駿府屋の旦那、おまえさんですね」

「おめえはだれだ！」

駿府屋の怒声にしほを襲った般若一家の連中が四、五人も匕首《あいくち》を手に座敷に飛び込んできた。

「旦那、どうしやした」

「この娘、あたしが浅草で見た娘と違うよ」

「なんですって」

「おかるちゃんの身代わり、鎌倉河岸のしほですよ。おまえさん方の悪事は北町同心の寺坂毅一郎様と金座裏の宗五郎親分がお見逃しにならないよ」

しほが伝法な口調で啖呵《たんか》を切った。

「なにっ！」

と驚いた佐兵衛が形相を変え、命じた。

「般若の兄い方、この娘の始末をつけておくれ」

しほを下谷切手町に一家をかまえる般若の熊吉の三下たちが囲んだ。そのとき、座敷に、

「それ、踏み込め！」

という宗五郎の声が響き、

「御用だ、神妙にしろ！」

「北町同心、寺坂毅一郎様のお手入れだ！」

寺坂毅一郎や宗五郎を先頭に金座裏の手先たちが十手や突棒《つくぼう》をかざして飛び込んできた。

好色な遊びにふけっていた老人たちが慌てふためき、娘たちが逃げ惑い、やくざの匕首が十手で叩き落とされて、次々に捕縛された。

「よし、一人も逃がすんじゃねえぞ」

座敷は一瞬のうちに町方の手で制圧された。

「しほちゃん、大丈夫かい」

不安と興奮を顔に漂わした亮吉がしほに飛びついて、騒ぎは終わった。

四

翌日の夜の鎌倉河岸はいつにもまして賑《にぎ》やかだ。

捕物騒動の余韻をまだ顔に残した亮吉が田楽と酒を運んできたしほに、

「しほちゃん、もう落ち着いたかい」

と気づかった。

しほは、政次、彦四郎も顔を揃えた場に座った。

「何がなんだか、御用提灯の明かりが座敷に飛び込んできたと思ったら、あっちこっちで取っ組み合いですもの……」

「あんな派手な捕物はおれも初めてさ」

「怖かったわ」

「なんのなんの、しほちゃんはよ、駿府屋相手にえれえ啖呵を切ってな、政次にも彦四郎にも聞かせたかったぜ」

「夢中ですもの、何を言ったんだか」

「亮吉、最初から話を聞かせろ」

彦四郎の誘いに熱燗《あつかん》で喉《のど》を潤《うるお》した亮吉が喋り出した。

「まずな、踏み込んだ座敷ったら、ありゃしないぜ。行灯があやしく点された部屋にな、娘たちが、あられもねえ格好で立ったり座ったり、それに隠居じいどもが絡み合ったりしているじゃねえか、目のやり場もねえや。しほちゃんはどこだとあたりを見回すとよ、匕首を手にしたやくざ者がしほちゃんを囲んでよ、危機一髪ってとこさ。おれは飛び込みざまに十手揮《ふる》ってしほちゃんを助け出したと思いねえ」

「信じられないな」

「おうおう、亮吉が格好よく立ち回ったなんて怪《あや》しいもんだぜ」

政次と彦四郎が亮吉の活躍を疑った。

「亮吉さん、見直したわ」

「ほれ、見ねえ」

亮吉はしほの言葉に胸を張った。

「亮吉、今度の事件の首謀者は駿府屋佐兵衛か」

政次が聞く。

「ああ、そのとおりよ。こいつの出が、まだはっきりしねえが呉服屋に勤めていたことは確からしいや。ともかく江戸に出てきて、呉服屋の看板を上げたはいいが、なかなか商いがうまくいかねえ。そこでさ、大店《おおだな》の主、それもよ、隠居した茶や俳句を楽しむ年寄りに目をつけてよ、茶会だ、句会だとこまめに顔を出して、その場を仕切るようになった。茶だ、俳句だと枯れているように見えてもよ、隠居じじいだって男だ。若い娘と一緒に過ごしてみたいという色欲が残っているらしいや。そこんとこをうまく駿府屋はついて、小金を持っている肥後屋の隠居たちをたらしこんだ。句会や茶会の後には、娘つきの宴だ。弱みを握られた年寄りたちは駿府屋に金を用立てて、その金で桟留縞を京から独占して仕入れた……」

「やはり偽物の桟留縞を作らせていたのかい」

「ああ、政次と親分の推測どおりによ、八王子の機屋で桟留縞と同じ縞物を織らせて、茶人好みに仕立て、南蛮渡来と称して十五両で売りさばいていたのさ。八百亀の兄いたちが八王子に出張ってよ、調べ上げてきたんだ」

「なんて知恵かしら」

「俳人の小川草悦や肥後屋の隠居たちは、桟留縞を流行《はや》らせる宣伝にも使われたってことだ」

「隠居じじいとからんでいた娘たちも駿府屋が集めてきたのかい」

彦四郎が聞いた。

「ああ、そうだ。担ぎ商いは江戸じゅうを歩き回っているだろう。だからよ、どこの長屋にどんな気性の器量よしがいるかもよくよく承知している。そんな娘に声をかけてさ、脈がありそうなのを駿府屋自身が会って決めたのさ。もちろん決め手は金」

「……」

「……神隠しから戻った娘たちは金など持ってなかったんじゃないのかい」

「政次、いや、家に持って戻らなかっただけだ。肥後屋の隠居吉右衛門のところに金を預けてあってよ、娘たちは必要な分だけ受け取りに行ったのよ。金を家に持って帰ってはならねえって、駿府屋に知恵をつけられていたんだ。もちろん、どこにいたのか、記憶もないっってね、言わせていたのも駿府屋だ」

「呆《あき》れたぜ」

彦四郎が呟いた。場はしばらく沈黙に落ちた。ふたたび口を開いたのは彦四郎だ。

「どうしてさよちゃんは殺されたんだ」

「さよは、おっ母さんの病気の一件もあってよ、金欲しさに人身御供《ひとみごくう》に上がることは覚悟した。さよを佐兵衛に紹介したのは拐《かど》わかしに遭《あ》った米沢町のかつだ。ところがさよとかつはつながらねえ。間にかつの幼馴染みのきぬが入っていてな」

「それでなかなか割り出せなかったのか」

彦四郎が納得したように相槌《あいづち》を打った。それで亮吉の舌はさらに滑《なめ》らかになった。

「ともあれよ、さよは浅草寺境内で佐兵衛と会うことをつげられて、姿を二、三日消す手筈《てはず》だった、そこをおかるに見られたってわけだ。佐兵衛とともに別邸に行ったはいいが、おかるに見られたことがどうしても気になってな、家に帰ると騒いだらしい。佐兵衛の奴、乱暴にもおぼこじゃあるめえとよ、さよを押し倒して犯したうえに絞め殺した……ひでえ奴だぜ」

お金を持った年寄りたちがいて、お金の欲しい娘たちがいる。色と欲を結びつけたのが駿府屋佐兵衛ということになるのか。そのうえに殺人まで……四人は寒々とした気持ちになって黙り込んだ。

「なんだか通夜のようだな」

金座裏の親分の宗五郎が女房のおみつを伴い、かたわらに立っていた。

「親分さん、お手柄でしたな」

豊島屋の清蔵も笑いかけた。

「しほを借りうけて悪いことしたな。なんとしても駿府屋の面の皮を引ん剝《む》いて、さよの敵をとりてえと考えたものでな」

そう言った宗五郎は、

「今度の手柄はしほだよ、豊島屋の旦那。しほが描いた駿府屋佐兵衛の絵がなきゃあ、こうはうまくはいかなかったよ」

と言うと四人の間に座った。おみつも、

「亮吉がいつも世話になっているというものでね。一度、豊島屋さんに礼をと思っていたんですよ」

と清蔵に頭を下げた。

「なんのなんの……親分さん、おかみさん、今ね、熱いのを持ってこさせますよ」

帳場に熱燗と杯を命じた清蔵もちゃっかり席に座り込んだ。鎌倉河岸の人間が犠牲になった事件だ、だれもが関心があったのだ。

「親分、駿府屋佐兵衛はどこの生まれの人間でしたかえ」

新しい酒をしほに注いでもらった亮吉が聞いた。

「思いもよらねえことに江戸の深川入江《いりえ》町の裏長屋生まれの兼太《けんた》って野郎だったぜ。兼太は十三年も前、浅草の賭場で賭金のいざこざから人ひとりを殺してわらじを履《は》いた凶状持ちでな、京に逃れて呉服屋の担ぎ商いをしながら、商いを覚えたらしい。十三年ぶりに佐兵衛と名を変えた兼太は、江戸に舞い戻った。そこで京で貯めた金で左前になっていた駿府屋の店と看板を買い取って、主に収まった。と、そこまではいいが、資金に詰まって、なかなか商いはうまくいかない。そんなときに京橋の薬種問屋肥後屋の隠居吉右衛門が若い娘に目がないと聞き込んで、まずは小川草悦宗匠の句会に潜り込んで顔つなぎしたあと、吉右衛門の望みを叶《かな》えてやった。すると句会仲間の隠居どもが私も私もと若い娘を所望《しょもう》したそうだ……あとは佐兵衛の独壇場、若い娘をつれてきては隠居たちから金を引き出し、桟留縞を京から江戸に持ち込む資金を作った」

先ほど亮吉がざっと説明したところだ。

「ここまでは順調だったがな、さよを連れ出すところをおかるに見られてぼろを出し、殺しにまで手をつけた。おかるの身代わりのしほを拐わかそうとした般若一家の熊吉は、兼太の昔仲間だそうだ」

「駿府屋佐兵衛は、いやさ、兼太はさよの他に十三年前にも殺しを働いているとなると、きびしい沙汰《さた》が下りますね」

「まずは獄門台は免《まぬか》れめえ」

亮吉が問い、宗五郎が断言した。

「肥後屋の隠居たちも奉行所からきついおとがめがあろうよ。問題はさ、あられもねえ姿を晒したり、身を売ったりしていた、娘どもがな、けろりとしていることだ、まったく恥なんて思ってないのさ。だれにも迷惑かけているわけじゃなし、自分が少しの間、我慢すれば、金が手に入るのをどうしてお上は邪魔するんだと怒る娘もいてな、寺坂様もお調べの吟味与力の旦那も頭を抱えていなすった」

清蔵が、

「なんとまあ……」

と絶句したあと、深い溜め息をつき、

「そんなことさせたくて育て上げたわけじゃねえのに、親の心子知らずだ」

と嘆いた。

「親方、隠居どもがいなきゃあ、娘だって手軽に裸にはなるまい」

「違いない」

亮吉が反論して、清蔵が膝《ひざ》をぽーんと叩いた。

「親分、まあ、熱いところを一つ……」

一つの事件が解決して鎌倉河岸の夜は更《ふ》けていこうとしていた。

第四話　板の間荒らし

一

佃島《つくだじま》の住吉神社の祭礼（陰暦八月六、七日）が無事に終わった翌日の夕暮れ、鎌倉《かまくら》河岸《がし》の豊島屋《としまや》には秋を告げる鈴虫の声が響いていた。

この日、めずらしく最初に顔を見せたのは松坂屋《まつざかや》の手代《てだい》の政次《せいじ》だ。

「あら、政次さんがこんなに早く……」

しほは友だちに声をかけたが、ちょうど客が入り混んできててんてこ舞いの最中だった。

「今日はゆっくりできるからさ。他の客の注文をあたってからでいいよ」

しほは政次の言葉に目顔で応え、熱燗《あつかん》だ、田楽《でんがく》だと客に運び、空いた徳利と皿を台所に持ち帰った。それも一段落して政次のところに田楽を持っていくと船頭の彦四郎《ひこしろう》も金座裏《きんざうら》の宗五郎《そうごろう》親分の手先《てさき》の亮吉《りょうきち》も顔を揃《そろ》えていた。

「熱燗を持ってくるわね」

彦四郎と亮吉は酒飲みだ。しほは急いで熱燗を二本運んできた。

「しほちゃん、政次がさ、明日から川越《かわごえ》に行くんだって」

亮吉が言い、政次がうなずいて、

「番頭さんの供で六日ばかり川越の得意先を回るんだ。それでさ、しほちゃんの一件をどうしたものかと聞きに来たんだ」

と言った。しほは店の内を見回した。客の注文も落ち着いていた。盆を手にしたまま政次と亮吉の間に座った。

「どうしよう」

しほは三人の顔を順繰りに見回した。

しほの母親房野《ふさの》は武州川越藩納戸役《ぶしゅうかわごえはんなんどやく》七十石村上田之助《むらかみたのすけ》、同藩御小姓番頭《おこしょうばんがしら》三百六十石久保田修理太夫《くぼたしゅりだゆう》と記された書き付けと白無垢《しろむく》一式と守り刀を残して死んでいた。父も非業の死を遂げた今、その謎《なぞ》だけが残った。そのことを三人の友に相談したことがあった。

「どうしようって、しほちゃん次第だな」

政次も困ったようにつぶやく。

しほは迷った。物心ついたときから鎌倉河岸裏の長屋に育ったのだ。大名家の家臣と縁続き、それも曰《いわ》くがありそうなものだ。そしてそれは川越出奔《しゅっぽん》という両親の過去に間違いなく触れることになる。房野は死に際して、しほにそのことを告げなかった。それは歓迎されざる出来事であることを示してはいないか。

「お父つあんもおっ母さんもしほちゃんが不愉快な目に遭《あ》うんじゃないかと心配されたからよ、しほちゃんに話さずに亡くなられた……」

亮吉はしほが心中思っていることと同じ意見を述べた。

「亮吉、おっ母さんはなにやかやと言ってもよ、しほちゃんに書き付けを残したんだ。たしかに自分の口からは話さなかった。それはさ、しほちゃんの判断にまかせようとなさったんじゃねえか」

彦四郎も一言一言嚙《か》みしめるように応じた。

しほは政次を見た。

政次の口が動きかけたが、言葉は発しなかった。

しほは盆を卓の上におくと外に出た。

秋の涼気が濃く鎌倉河岸を漂っている。

しほは老桜の下に行くと、虫が食って紅葉に色づきはじめた葉が風にゆれるさまを眺め上げた。

（どうすればいいの）

しほは老桜の幹に片手をかけた。幹は堂々として微動だにしない。それがしほの気持ちを鎮《しず》めた。

（真実を知る、そのことを何も怖《こわ》がることはないわ）

しほは三人の前に戻ると、

「政次さん、江富文之進《えとみぶんのしん》と房野が川越藩と関係あったのかどうか。なぜ川越を捨て、江戸に出てきたのか、どなたかに聞いてみて」

と言って、お守り袋に入れていつも持ち歩いていた書き付けを政次に差し出した。

「分かった」

「政次さんの仕事に差しさわるようなら、無理しないでね」

うなずいた政次が書き付けを受け取った。

政次が浅草の花川戸河岸《はなかわどがし》から川越行きの船に乗って旅立った日、しほは両親の位牌に線香を手向《たむ》けて、政次に調べを願ったことを告げた。そのうえで、

（父上、母上、しほは自分のご先祖を知りたいだけでございます）

と自分の気持ちを素直に語った。

金座裏の宗五郎は亮吉からその話を聞いたとき、なぜか胸騒ぎを覚えた。町方などという、人間の性《さが》と業がぶつかり合う修羅場《しゅらば》を見聞きしてきた人間の研《と》ぎ澄《す》まされた勘のようなものだ。

「しほは江戸の生まれか」

「物心ついたときには長屋住まいと聞いたことがありますぜ」

川越藩は江戸期になって、酒井、堀田、柳沢、秋元、松平と徳川親藩の大名が襲封する土地だ。

村上田之助、久保田修理太夫と二つの家がしほの両親の実家とするならば、二人は所帯を持つ前に川越を逃れたということであろうか。

しほは十六歳、両親の川越出奔は、安永《あんえい》八、九年頃《ごろ》のことと想像された。とすると、藩主は結城秀康《ゆうきひでやす》（家康実子）より出た御家門、当代の松平大和守直恒のはずだ。

事件があったとするならば、それは現在も尾を引いていると考えたほうがいい。

「政次はおめえと違っておっちょこちょいじゃねえ。慎重に事を運ぶとは思うが、ちっとばかり気になるな」

亮吉は亮吉で深い考えあってのことではない。何か起こったときには親分に前もって話しておいたほうが都合がいいと喋《しゃべ》っただけだ。

危惧の言葉を吐く親分に、

「政次が戻ってきたら、首尾は知らせますさあ」

と、のんきにもその場を亮吉は引き下がった。


障子に秋の柔らかな光が射して、長屋の畳に影を映《うつ》していた。障子を開けると竹藪《たけやぶ》の前にある、痩《や》せた渋柿の枝が影を落としていたのだ。色づいた葉の間から熟《う》れはじめた柿の実が顔をのぞかせている。

しほは画箋紙《がせんし》と絵筆を持ち出した。

墨を擦り、細筆で柿の輪郭を描く。しほの絵の師匠は房野が残した画帳だけだ。母は胸の懸念を払うように丁寧《ていねい》に丁寧に描いていた。しほもそれをまねてあるがままを細密に描写した。そんな作業に没頭していると時刻が過ぎるのを忘れた。

「しほちゃん」

腰高障子が開いて棒手振《ぼてふ》りの嶋八《しまはち》の女房はつが顔をのぞかせた。

「風呂に行かないかい」

「あら、めずらしいわね」

はつは下谷《したや》の鳳《おおとり》神社で売られる熊手の絵付けの内職をしている。いつもは仕事のくぎりのついた夕暮れ前に風呂に行くのが習わしだ。

しほは豊島屋の仕事が遅いので昼前に風呂に入る習慣だった。

「十一月の酉《とり》の市まで休みなく働く日が続くんでね、ここいらあたりで体を休めようと朝風呂に行くことにしたのさ。忙しいなら誘わないよ」

「一緒するわ、うめちゃんは」

「木戸口にいるよ」

三歳のうめは嶋八とはつの一人娘だ。

「ちょっとだけ待って」

しほは手早く絵の道具を片づけると風呂に行く仕度を整えた。

竹の子長屋の木戸口には手をつないだ、はつとうめがいた。

「待たせてごめんね、うめちゃん」

「おねえちゃん、手をつなご」

しほはうめの小さな手をとった。

風呂は蠟燭《ろうそく》町の弁天湯《べんてんゆ》だ。

時刻は四つ半(午前十一時)過ぎ、脱衣場は混んでいた。たった今、客が立て込んだって感じだ。近くに青物役所《やっちゃば》があって界隈《かいわい》には青物商が集中していた。

正徳《しょうとく》四年(一七一四)に鎌倉河岸の水運を利用する御城の野菜上納役所として常設されたものだ。町奉行所の御肴・青物・御鷹餌耳掛を担当する年番方与力の監督下にあったから、ここで働く者たちの威勢もいい。そんな青物役所で働く女たちが一汗流そうと飛び込んだばかりだったのだ。男勝りの言葉が飛び交って、汗の匂《にお》いが漂っていた。

うめは口を開けたまま逞《たくま》しい女たちの裸を眺めていた。

「ほれ、うめ、着物を脱ぎな」

はつも青物役所の女たちに負けずに怒鳴った。

しほは脱衣場の隅で働く女たちの威勢に身を竦《すく》ませた老婆に目をとめた。かたわらには小女《こおんな》も控えているところを見ると内風呂の釜でも壊れたか、町湯にきた様子だ。着物を脱ぎかけた御殿風の上品な顔立ちが呆《あき》れたように女たちの乱暴な脱ぎっぷりを見ている。

裸になったしほは口に糠袋《ぬかぶくろ》の紐《ひも》をくわえ、手拭いを持った手でうめの手を引き、竹簀子《すのこ》を越えて流し場に行った。

上がり湯と水をくわえて頃合《ころあい》の湯加減にすると、うめの背に流す。

「おい、三助さんよ」

しほたちのかたわらで青物役所の姉御格の女が流し男を呼んだ。向こう鉢巻きの三助が客の大きな背を糠袋でこすり始めた。

しほはうめの体を洗い終わると、自分の体に糠袋を押しあてた。

「さすがに若い肌だね。それにしほちゃんは木目が細かくて真っ白、女の私がほれぼれする美しさだよ」

「いやだ、おばさん。それより背中流そうか」

しほははつの浅黒い背に糠袋をあてた。うめは流し男の仕事ぶりを眺めている。

「しほちゃん、極楽だよ」

はつの背越しに脱衣場が見えた。青物役所の女たちの威勢のよさに圧倒された老婆はどうやら風呂に入るのを止《や》めた様子で、胸前に縞《しま》の布袋を抱え込むように脱衣場の隅に立っていた。小女は少し離れたところで番台を眺めている。

「さて風呂につかるよ」

柘榴《ざくろ》口《ぐち》を潜《くぐ》ったしほたちは浴槽に身を沈めた。

「一仕事あとの風呂はなんともいえないね」

流し男に背中を流させた姉御が大きな体を湯につけて仲間の女たちに言った。

うめは明かりとりの窓から射しこむ光が湯にきらめくのを手にすくおうとしていた。

「それにしてもしほちゃんはえらいね、十六で一人暮らしができるんだもの」

はつが唐突《とうとつ》に言い出した。

「仕方がないわ。お父つあんもおっ母さんも死んでしまったんですもの」

文之進が死んで、弔《とむら》いを出したのは前の長屋だ。はつはしほが浪人の娘とは知らない。

「私がさ、十六のときは何を考えていたかね。おっ母さんをだましちゃあ、朋輩《ほうばい》と遊ぶことしか頭になかったね」

青物役所の女たちはさっと湯に浸《つ》かると一斉に浴槽から上がっていった。すると急に湯船が広くなった。しほは長々と手足を伸ばした。

「おばさんと嶋八さんはどこで知り合ったの」

「亭主かい。あいつとは小さいころ、長屋が一緒でね」

「幼馴染《おさななじ》みなの」

「でも十三のとき、あいつの一家は長屋を引っ越していっちまった。そのあと鍛冶屋《かじ》に奉公に出たってのを聞いたがね、十年以上も会わないままに忘れていたよ。するとさ、私が内職の飾りを浅草の問屋に納めに行ったときに駒形堂あたりでばったりぼて振りをしている嶋八にあったのさ。鍛冶職人は修業が大変てんで尻を割ってね、青物のぼて振りをしていたのさ。あとはお定まりのくっつき合い……」

はつが照れたように笑い、両手で湯をすくって顔を洗ったとき、

「ひえっ、金が盗まれた！」

という悲鳴が脱衣場から上がった。

しほが柘榴口を潜ると真っ裸の女が脱衣場に仁王立ちになって喚《わめ》いている。流し男に背を洗わせた青物役所の姉御だ。女はふいに崩れるように板の間にへたりこんだ。

「おたつさん、おまえさん、売り上げをほんとに持ってきたのかい」

仲間の女が、おたつと呼ばれた姉御格の女の顔をのぞきこんだ。

おたつはさっきの威勢はどこへやら、ぼそぼそと答えていた。

「なんだって！　会所の預かり金も一緒に胴巻に入れていたのかい。いくらなんだよ、盗まれた金はさ」

「十二両と二分一朱」

十両盗めば首が飛ぶ時代の十二両二分一朱だ。女の奉公人が三年間、飲まず食わずで働いてどうにかという額だ。

脱衣場に重い沈黙が流れた。

「……たいへんだ」

仲間の女が気が抜けたように言い、おたつがわあっ、と泣き出した。

番台の女主人が三助を呼んで自身番に走らせた。

「恐れいりますが聞いてのとおりです。お役人が見えるまで待っていてくださいな」

「私たちを疑うのかい」

おたつの仲間が湯屋の主《あるじ》に文句を言ったが、

「こんな場合ですからさ、協力してくださいな」

といなされた。しほたちも着物を急いで着ると役人の到着を待った。

顔を見せたのは金座裏の親分宗五郎の手先の八百亀《やおかめ》たちだ。

「悪いがよ、湯屋のかみさんの前でもう一度裸になってさ、調べが終わったら、順に二階に上がってきてくんねえ」

八百亀たちも女風呂とあってその場を弁天湯のかみさんに任せて姿を消した。

「まずはおたつさん、あんたから」

湯屋のかみさんは慣れたもので被害者のおたつまで裸にすると盗まれた金を身につけてないかどうか調べた。おたつは悄然《しょうぜん》として二階へと上がっていった。

しほの番が済み、二階に行くと階段の上がり口に亮吉がいて、

「しほちゃんもいたのかえ」

とまぶしそうな顔で迎えた。

「えらいところに居合わせたな」

北町定廻同心の寺坂《てらさか》毅一郎《といちろう》と金座裏の親分宗五郎も顔を揃えて、おたつから事情を聞いていた。おたつの盗られた金は公金である。風呂上がりというのに、おたつの体はぶるぶる震えていた。

「おお、しほか。とんだ災難だな」

宗五郎がしほを見て、慰めた。

「一見上品そうな顔のばあさんを見なかったか」

「白髪を後ろで引っつめたおばあさんでしょうか」

「おお、それだ」

「あのおばあさんが何か」

「板の間荒らしさ。これまでに四件ばかり繰り返してやがる」

宗五郎らは盗人の見当がついていたらしい。それにしても御殿風の老婆が泥棒だとは……。

「供の女中さんを連れているように見受けましたけど」

「その二人組よ。どんな様子だったい」

最後に見たとき、胸の前に抱えていた縞模様の布袋が見えたのと、小女が番台のほうに顔を向けていた光景を告げた。

「なにっ！　縞模様の布袋みてえなものを胸の前に抱えていたって。そりゃ、財布をよ、盗んだ直後のことだぜ」

「小女は見張り役だな」

宗五郎と寺坂が言い合い、

「おたつ、おめえは縞模様の財布を袷《あわせ》の下に隠した籠《かご》を板の間の真ん中へんにおいたと言ったな」

「は、はい、板の間のど真ん中に」

宗五郎はしほに視線を向け、しほはうなずいた。

「まともな目撃者が出たぜ」

そういった宗五郎は、

「しほ、女連れ二人の人相を描けねえか」

とふいに聞いた。寺坂がその言葉にしほを見た。

「これまでの供述はさ、ばあさんがいたことは覚えていてもどれもあいまいでな、太っているという者もいれば痩せているという者もいて、顔が浮かばねえんだ」

「おばあさんのほうは描けると思いますけど、女中さんはあまり見ていませんので」

「それだけでも助かるぜ」

「宗五郎、駿府屋《すんぷや》の一件で似顔絵を描いたのもしほだったな」

寺坂が口をはさんだ。

「駿府屋を見ずに描いてあのとおりだ。今度の一件は、しほ本人が見ていますからね」

「似顔絵を湯屋に張り出しゃあ、これ以上の板の間荒らしが防げるか」

「そうでございますよ」

「親分さん、長屋に戻りませんと絵の道具がございません」

「すまねえがおたつのためにもならあ。早いとこばあさんの身許《みもと》を割り出さねえと、十二両二分一朱が消えちまう」

宗五郎の言葉におたつがしほに顔を向け、ぺこぺこと頭を下げた。

「亮吉、しほの長屋まで行ってよ。描いた似顔絵をもらってくるんだ」

「あいよ、親分」

亮吉が急に張り切った。

「しほ、豊島屋にはお上の御用と断っておくからな」

と親分の言葉に送られて、しほと亮吉が弁天湯を出ると、はつとうめが待っていた。

二

一位《いちい》の大木が堂々とした風情《ふぜい》を見せて、赤く透明の実をつけていた。

縁側には懸崖菊《けんがい》の鉢が並び、気品のある姿を見せている。

秋の澄んだ陽光を菊日和《きくびより》というのだそうだが、松坂屋の手代の政次は、菊に目をやりながら迷っていた。

川越藩御寄合四百七十石松前栄城《まつまええいじょう》の屋敷で、政次は隠居の末女《すえじょ》と嫁の繁乃《しげの》に別れの挨拶《あいさつ》に伺っていた。

松前の長女の綾《あや》の婚礼衣装一式を納めることが、川越行きの大きな目的の一つであった。京で誂《あつら》えさせた花嫁衣装は大いに気にいってもらえた。引出物などをふくめて、番頭の伊兵衛《いへえ》と知恵を絞り、汗をかいた甲斐《かい》があったというものだ。

明日は川越を去るというので、伊兵衛と手分けして得意先への別れの挨拶に回っていた。

松前家には今後ともよろしくと京下りの扇子《せんす》などを配り、末女にも繁乃にも大層よろこばれた。

政次が得意先回りしたなかでも松前家は気さくな人たちで、政次らが尽くしてくれた行為を心から感謝してくれたものだ。

「ご隠居様、繁乃様、一つお尋《たず》ねしたき儀がございます。お聞きとどけ願えますか」

政次の口調に、末女が答える。

「またあらたまってなんじゃな、申してみよ」

「松前様は上野前橋《こうずけまえばし》から藩主大和守様に従って川越に参られた御家系と伺っております」

松平大和守朝矩《とものり》の前橋からの移城は、前橋城が水難のため復旧の見込み立たず、川越へ移封になったものだ。明和《めいわ》四年（一七六七）のことであった。

「よう存じておるな、われらは結城秀康様以来の松平家にお仕えしてきた家系じゃ」

末女が誇らしげに答えた。

結城秀康は家康の次男、松平大和守は御家門の血筋であった。

「ご藩中に御小姓番頭久保田修理太夫様、納戸《なんど》役《やく》村上田之助様のご一族がおられましょうか」

政次の言葉に末女と繁乃の顔色がさっと変わり、緊張の色が掃《は》かれた。

「これ、政次。そなた、なんで久保田と村上の名を出しやるな」

問い質《ただ》すように末女が聞いた。

「はい、私めの父親が江戸滞在中の久保田様と村上様のお世話になりましてございます。お元気なら、ご挨拶をと考えましてございます」

末女は息を整えた。

「お二人して亡き身じゃ」

「それは……」

政次の背に不安が走った。

「久保田修理太夫どのは今より十八年前に割腹なされた」

「なんと」

「政次、そなたの父親が久保田と村上と知り合いであったはずもあるまい。偽りを申すでない」

末女に詰問《きつもん》されて政次は答えに窮した。

「そなたにどのような事情があるやも知れぬ。じゃが、その名を出したのがうちでよかった」

酸《す》いも甘いも知ったという顔立ちの老女は、そう言うと政次に、

「事情を話してみぬか」

と聞いた。

政次は迷った。が、中途半端のまま、話を打ち切るより事情を話したほうがしほのためにもよいと決断した。

「ご隠居様、繁乃様、まずこれを……」

としほが持たせてくれた房野の書き付けの文字を見せた。

「この二つの家名を書き残されたのは江富房野様と申されます……」

政次は二人の女にしほの名は出さずに、しほの両親の江戸での暮らしを語ってきかせた。

話が終わったとき、末女が、

「早希《さき》どのにそのような遺児がな、お二人ともご苦労なされたとみえる」

と感慨深げに繁乃を見た。

「早希様とはどなたのことにございますか」

「そなたの話を聞くに江富文乃進の本名は村上田之助どの、房野は久保田修理太夫どのの三女早希どのであろう。お二人は許婚《いいなずけ》の間柄であったが、手に手をとって逐電《ちくでん》な

された。あの折り、川越城下は大騒ぎであったなあ」

「ご隠居様、許婚の二人がなぜ逐電などなされたので」

「そこじゃ」

　と末女は嫁を見た。すると繁乃が代わって、

「早希様と私は、茶の湯とお花もごいっしょに習いました。よう存じております」

　と言い出した。

　なんと政次はしほの母親を直接知る人たちと対面していたのだ。

「幼き頃の早希様は姉の二人に比べて、影のうすい人でした。ところが十七、八になると一時《いっとき》にあでやかな花を咲かされた、それはもう目を見張るような変身ぶりにございました」

「姉様もかすむ美しさじゃったなあ。それが災《わざわ》いしようとは……」

　末女は遠くを見るまなざしで嘆息した。

「秋口には村上田之助どのと祝言《しゅうげん》を上げられるという安永《あんえい》九年のことか」

「姑《しゅうとめ》どの、安永八年のことにございます」

「おお、そうか。あの年は薩摩《さつま》藩の桜島が大噴火を始め、天変地異がたくさん起こった年じゃった。川越城下も逼迫《ひっぱく》して食べるものも満足になかった……」

繁乃が末女の話をうけて、

「これ、政次、ここよりの話、うちで聞いたと他人に漏らすでないぞ。松前家にもそなたにも害が及ぶかもしれんでな」

ときびしい顔で前もって釘を刺した。

「はい、承知してございます」

「祝言を待つばかりの二人の前に城代家老《じょうだいがろう》根島《ねじま》様の嫡男秀太郎《ちゃくなんひでたろう》様が江戸の藩邸勤めを終えられて、城下に戻ってこられたのです。その秀太郎様が墓参帰りの早希様を見初《みそ》められて、嫁にと強く望まれた……」

「繁乃様、村上様と早希様は許婚の仲でございましたな」

「村上田之助どのの家禄は七十石、対して根島家は二千二百石。当主のご家老は、横紙破りの伝兵衛《でんべえ》と巷《ちまた》で陰口を言われるくらいの強引なお方、政次、無理が通ったのです」

「それで二人は出奔を……」

「早まるでない、政次」

と繁乃は注意すると語を継いだ。

「間を割《さ》かれた田之助どのは早希様との婚姻を諦《あきら》められた様子でした。一方、根島秀太郎様との結婚はいやじゃと強く反発された早希様は座敷牢《ざしきろう》に押し込められたとか、そんな噂《うわさ》が川越城下に流れました……でもな、親の威光には逆らえませぬ。明日には早希様と秀太郎様の祝言という前の晩、早希様と田之助どのの姿が突然川越城下から消えたのです」

「武家の面目をつぶされた城代家老の根島家じゃ」

と末女が応じ、しばし言葉に迷うように口を噤《つぐ》んだ。が、意を決したように川越で起こった事件を話し出した。

「田之助どのと早希どのが出奔なされた夜に家老の根島伝兵衛様が屋敷にて急死、さらに川越一の豪商檜本屋《ひもとや》甚左衛門《じんざえもん》が氷川《ひかわ》神社の社前で斬り殺されて見つかった。その騒ぎのなかに早希どのの父親、久保田修理太夫どのが割腹自殺なされた」

「お二人の出奔に三人の死は関わりがあるのでございますか」

「政次、ただ今の城代家老様は、秀太郎改め根島伝兵衛忠義《ただよし》様じゃ。根島の家ではあの夜、先代の急死がなければ、村上田之助と早希の出奔を見逃しはしなかったと今も憤慨なさっておられるとか。もはや二人が亡くなられたことじゃ、何も起こらぬとは思うが、このこと、根島家に決して漏らしてはならぬ話じゃ」

「はい、肝《きも》に銘じて」

と畏《かしこ》まった政次は最後の問いを発した。

「事件の後、村上様と久保田様の家はどうなってございますか」

「村上家は即刻召し上げ、老いた母じゃは川越からどこぞに立ち退《の》かれた。久保田の家も継ぐ者なしとの沙汰《さた》でこれも断絶の憂き目に遭《あ》った」

「お二人の家の墓は川越にはないのですか」

「いや、御番頭《おばんがしら》の園村《そのむら》家と勘定奉行《かんじょうぶぎょう》の佐々木《ささき》家に嫁がれた、早希どのの姉たちが喜多《きた》院《いん》にある久保田の墓を密《ひそ》やかに守っておられるとか」

末女の話に繁乃がうなずき、言った。

「政次、江戸にある二人の忘れ形見に、川越のことは忘れて堅固に生きよと申してくれ。それがその娘ごのためじゃ」

政次は頭を深々と下げて二人の好意に感謝すると辞去の挨拶をした。


この朝、しほは三河町新道《みかわちょうしんみち》の百兵衛の家を訪ねた。しほが両親と暮らしていた長屋の差配であり、豊島屋《としまや》に勤めに出るときも、いろいろと世話になった老人であった。

「しほちゃん、よう顔を見せてくれなすった」

百兵衛とばあさんのとめが喜んで居間に招じ入れてくれた。

時候の挨拶のあと、しほは要件を切り出した。

「亡くなった両親は、いつの頃から百兵衛様の長屋の世話になっていたのでございましょうか」

「お父つあんたちかえ、十年以上にはなると思うがな」

しほが物心つく頃にはすでに百兵衛の長屋にいた。

「越してこられたのは天明《てんめい》の中の頃のことだぜ」

「その前にどちらに住んでいたか、お分かりですか」

「深川森下《もりした》町の馬吉《うまきち》の長屋から越してきたんだ。馬はおれの古い知り合いでな、泉養《せんよう》寺《じ》裏に今も馬吉は元気に暮らしているぜ」


次の日、しほは新大橋を使って大川を渡った。

深川森下町の馬吉の長屋を訪ねるためだ。

豊島屋で分けてもらった灘《なだ》の酒を徳利に詰めて腕に抱えていると、うっすらと額に汗をかく陽気だ。

森下町は江戸川と大川を結ぶために掘り割られた小名木川《おなぎがわ》と竪川《たてかわ》に挟まれた一角にあった。通りがかりの男に大家の馬吉の家を尋ねると、

「馬じいなら、高橋際で釣糸を垂れてるぜ」

と小名木川に架かる橋を指して教えてくれた。

大家には不釣り合いの名前を持つ老人はひょろりと鶴のように痩《や》せた体を前屈みにして、川面の浮きを見ている。

土手には晩秋の気配が漂って、静かに釣糸を垂れる老人の痩身《そうしん》は孤愁を放っていた。

「大家の馬吉様にございますか」

「そんな言われ方は久しく聞かなかったぜ」

煙草《タバコ》に汚れた歯をにゅっと出した馬吉は、

「最近、人忘れがひでえ、どなたかな」

と聞いてきた。静かな気配がふいに消えた。

「三河町新道の百兵衛様の口利きでこちらを訪ねました」

「ほう、百兵衛は元気かえ」

「ええ、お元気にございます」

馬吉は風呂敷包みにした徳利をちらりと見た。

「鎌倉河岸の豊島屋の酒にございます」

しほが差し出すと、

「おれに土産《みやげ》かえ、ありがてえ。行儀がわるいが一口ご馳走になっていいかえ」

と受け取り、風呂敷を解くと徳利の栓を抜いて、喉《のど》を鳴らして飲んだ。

百兵衛から馬吉は酒好きと聞いたので用意してきたのだ。

「さすがに豊島屋さんの酒だ、下り酒はうまいねえ」

と破顔した。

「ところで土産持参でなんの用だね、深川に長屋を探していなさるか」

いえ、としほは首を横に振り、

「私は昔、馬吉様のお長屋に世話になった江富文之進と房野の娘にございます」

馬吉は両眼を細めるとしほを見た。

「待て、待ってくれ。昔のことなら、覚えているんだ。江富様は碁の強い浪人さんだ。となると志穂様かえ、おめえさんが」

「はい、その志穂にございます」

親からもらった名は志穂だ。が、親が亡くなり、豊島屋に奉公に出るようになって、志穂は町娘らしくしほと改めたのだ。

「大きくなられたね」

そう感慨深そうに嘆息した馬吉は聞いた。

「江富の旦那《だんな》は元気かえ。美しいおっ母さんはどうしてなさる」

「いえ、母も父も亡くなりましてございます」

「なんと……」

絶句した馬吉は、小さな声で弔《とむら》い酒だと呟《つぶや》き、また徳利に口をつけた。

「で、志穂様、馬になんの用で深川くんだりまで足を運ばれたえ」

「両親が亡くなり、ふと昔のことが気になりまして」

「昔ったって、うちの長屋にいたのは二年足らずだ。おめえさんは覚えちゃあいめえが、三つから四つになったか、その頃合だ」

「なに一つ、森下町の記憶はございません」

「だろうな」

しほも馬吉も小名木川の川面《かわも》を見渡した。野菜を積んだ荷船が二人の前をゆっくりと大川の方角に漕ぎ上がっていく。

「父と母はこちらに移り住む前、どこにいたのでしょうか」

馬吉は遠くを望むような目付きで水面に目をやっていたが、やがて言った。

「おめえさんのおむつがとれるかとれねえか。そんな赤子を抱いて二人がおれのところに転がり込んでこられたのは、安永が天明と改元した冬のことだ。おれはな、請け人のいねえ人には、長屋を貸さねえのだが、おっ母さんの腕には瘦せこけたおめえさんがいなすった。そこでおれは空いていた長屋に入ってもらったんだ。うちの前にどこに住んでおられたか、そいつは知らねえ。江戸じゃあねえことは確かだ。道具だって何もなかった。おれの勘じゃあ、旅から旅へ流れていなさった感じだったね。おれはてっきり、仇討《あだう》ちの旅だと睨《にら》んでいたんだがな」

「国がどこか話をしたことがありましょうか」

「いや、覚えがない。ひょっとしたら碁仲間にそんな話を聞いた人もいるかもしれねえが、弟子はみんな年寄りだ。もうお父つあんと同じあの世の人間だ」

馬吉はそう言うと徳利に口をつけた。

どうやら森下町でも父母は口を固く閉ざして生きてきたようだ。

馬吉の記憶はそんなもののようだ。もはや酒臭い口からはなにも語られなかった。

「ありがとうございました。このへんをぶらぶらして鎌倉河岸に戻ります」

しほが別れの挨拶をすると、馬吉は、

「百兵衛に伝えてくれ、たまには川を渡って会いに来いってな」

と言って顔に再び寂しさを漂わせた。

しほは森下町から大川への道を辿《たど》りながら、うろおぼえの記憶を辿っていた。

どこの祭礼だろう、祭り囃子《ばやし》が聞こえ、山車《だし》が引かれていくのをかすかに覚えていた。馬吉が推測したとおり、父と母は旅の空でしほを産み、赤子を抱いて旅から旅へと流れていたのだ。おそらく江戸で定住しようとしたのは、しほを育てるためではないだろうか。

（川越がしほの故郷なのか。なぜ父と母は旅を続けなければならなかったのか）

川越から政次がその答えを持って帰ってきてくれるのだろうか。

しほは漠たる不安を覚えた。

だが、しほは自分がどこから来たのか、強く知りたいと思った。

政次は喜多院《きたいん》の久保田家の墓の前に香花《こうげ》を手向《たむ》けていた。

（しほは政次が調べたことを喜んで受け入れてくれるのか）

重い荷を肩に背負わされていた。

「松坂屋の政次だな」

背で声がした。

振り向くとそこに松前栄城と見知らぬ初老の武家が立っていた。

「これは松前様、この度はいろいろとお世話になりましてございます」

挨拶を返す政次に松前がずばりと言った。

「久保田家の墓参りの理由を聞かずとも知っておる」

ということは末女か繁乃のどちらかが喋ったということになる。

「村上田之助と久保田早希が江戸で死んだというは事実か」

初老の武家が政次に聞いた。

「私の知る方が村上田之助様かどうかは知りませぬが……」

と断った上で政次は江富文之進の死を克明《こくめい》に語り聞かせた。

「江富と申す侍、川越藩納戸役村上田之助……という覚え書きを娘に残したそうじゃな」

政次は持っていた書き付けを見せた。それをとっくりと見ていた初老の武家が言った。

「田之助が死んだ。早希も亡くなったか」

「静谷《しずたに》様、これで安永八年の事件は終わりましたな」

「ご家老がそう考えていただくとよいのだが……」

と静谷と松前に呼ばれた武家が呟いた。

「お聞きしてようございますか」

政次は静谷に聞いた。

「なんじゃな」

「江戸に残された江富様の娘に危害が加えられることが考えられましょうか」

政次は村上田之助と久保田早希が出奔したと同じ夜に起こった二つの死を結びつけて考えていた。それらは深いつながりを持ち、今も遺恨が残っていると思われた。でなければかように早い反応が返ってくるわけもない。

「そなたが何を思うてのことか知らぬが……」

松前は静谷の顔を見た。

「起こってはならぬ、絶対にな」

と静谷は自分に言い聞かせた。

「政次、このお方は御目付《おめつけ》の静谷様じゃ。騒ぎが再燃せぬようにな、奥からそなたの話を聞かされたとき、静谷様に相談したのじゃ」

「さようでございましたか」

「娘ごに会ったら、川越のことは忘れよと伝えてくれ」

「しかと申し伝えます、松前様、静谷様」

「そなたもな、川越で見聞したことを忘れよ」

「私は川越に呉服の商いに来た者にございます。それ以上のことは何も見聞きしておりませぬ」

「うむ、それがよい」

「松前様、ではこれにて……」

政次は久保田家の墓前に背を向けた。その背にいつまでもいつまでも二人の視線が絡みついて追ってくるのを政次は意識していた。

三

その夜、亮吉が豊島屋に顔を見せたのは暖簾《のれん》を下げようかという刻限だ。

「ふあっ、疲れた」

汗みどろになった顔は紅潮していた。

「なんたってよ、しほちゃんの描いた似顔絵を版木屋に持ちこんでさ、版木に彫ってもらってよ、こんどは摺師《すりし》のとこに駆けつけて、急ぎ仕事をさせた。そいつを江戸じゅうの湯屋や床屋に配って歩いたんだ。走りに走り回った……」

「待ってて、冷やを持ってくるから」

しほは台所に走った。

「腹っぺらしが面を見せたか」

清蔵《せいぞう》が田楽を山盛りに積み上げた皿を出した。盆に徳利と田楽を載せて運んでいくと半刻《はんとき》（一時間）も前に帰った彦四郎の姿があった。

「河岸ぺりをすっ飛んでいく亮吉を見たからさ、また来ちゃった」

亮吉はしほから徳利と猪口《ちょこ》を奪いとるようにして喉に流し込み、大きな息をついた。

「ああ、親分がしほちゃんに礼を言ってくれだって。絵をさ、弁天湯のおかみさんに見せたら、そっくりだってびっくりしていたぜ。そのことを親分に申し上げたらよ、寺坂の旦那と相談なさって、江戸じゅうの湯屋に版木にして張り出すことにしたんだ。なんたって、今度、盗まれた金は青物役所の売り上げと役所の金だ。公儀の面子《メンツ》もあらあ」

亮吉は懐から版木で刷った似顔絵を出した。しほが描いた老婆の風貌《ふうぼう》を再現していたが色がついていない分、自分のものとは感じられなかった。

「ほうっ、そいつが江戸じゅうに張り出されるのか」

清蔵も話を聞いていたらしく、しほの手にする似顔絵をのぞき込んだ。

「それにしても上手なものだ」

清蔵はしきりに褒《ほ》めた。

そこへ常丸《つねまる》が顔をのぞかせた。

「やっぱりここか」

「兄い、どうした？」

「もう一働きしなきゃあ、なるめえぜ。弁天湯で金盗《と》られたおたつが長屋から消えたんだ。えらくしょげてたからよ、御堀に身投げでもされちゃあ、元も子もねえってんで、親分が捜せって命令だ」

「あいよ」

亮吉は猪口をおくと立ち上がった。

「おれが猪牙《ちょき》を出さあ」

彦四郎も応じた。

「おたつさんの長屋ってどこなの」

「青物役所《やっちゃば》で働くおたつさんなら、銀《しろがね》町の棒振り長屋だ」

亮吉が答える前に清蔵が言った。

「同じ鎌倉河岸の人間の災難だ。せいぜい気張ってくれ」

清蔵の声に常丸たちは鎌倉河岸東詰めの龍閑橋《りゅうかんばし》に走っていった。そこに彦四郎の働く船宿綱定《つなさだ》はある。

「おたつさん、思いつめたんだね。そもそも十二両も懐にして湯屋に行くのが間違いなんだが……」

清蔵の呟きを聞きながら、しほはおたつの無事を胸のうちで祈った。


綱定のある龍閑橋から町屋を東北に抜ける堀を乞食《こじき》橋、中之橋、今川橋、東中之橋、地蔵橋、待合橋、九道橋、甚兵衛橋、幽霊橋と潜り、直角に大川に向かって折れると亀井町と馬喰町《ばくろちょう》の間を土橋、緑橋、汐見橋、千鳥橋、栄橋、高砂《たかさご》橋、小川橋、組合橋、川口橋と抜けて大川に出る。

彦四郎の漕《こ》ぐ猪牙舟の両舷から御用提灯《ちょうちん》を突き出すように常丸と亮吉が川面や河岸を照らして、おたつの姿を捜した。この堀ぞいに猪牙舟は何度も上り下りした。

船上に秋の冷気がとまり、櫓《ろ》を漕ぐ彦四郎は別にして常丸と亮吉の体は冷えきった。

夜明け前、入堀から幽霊橋へと曲がった猪牙舟に朝靄《あさもや》がまとわりつき、一晩の徒労に常丸はぺたりと腰を落とした。亮吉も提灯の蠟燭《ろうそく》を吹き消した。

「兄い、おたつは長屋に戻っているかもしれませんぜ」

「そうならいいが……」

亮吉は舳先《へさき》に腰を下ろすと朝靄が風に吹き流れる光景に目をやっていた。

という彦四郎の尖《とが》った声に亮吉も土手下の水っぺりに浮かぶ異物に視線を止めた。

土手上には石出《いしで》帯刀《たてわき》が代々牢屋奉行を務める小伝馬町の牢屋敷二千六百七十七坪の高い板塀が見えた。

彦四郎が巧みに船足を落とすと異物に漕ぎ寄せた。

うつぶせになった女の水死体だ。

常丸と亮吉は、帯を摑《つか》んで死体をひっくり返した。

乱れた髪の毛を額に張りつかせたおたつの顔が現われた。

「なんてこった」

「板の間荒らしのばあさんめ、ついに人の命を奪いやがったぜ」

常丸と亮吉は言い合い、

「土左衛門を船に引き上げるのかい」

と彦四郎が客を乗せる船に死骸《しがい》を引き上げるのかと心配の声を発した。

「今川橋の自身番はすぐそこだ。おれっちがおたつの帯を摑んでいるからよ、このまま引いていこう」

常丸が言い出して、彦四郎がほっとしたように竿で土手をついた。

「亮吉！」

その昼下がり、しほは豊島屋に出るといつものように河岸の桜のそばに立った。すると河岸に猪牙舟をつけていた彦四郎が、

「しほちゃん」

と声をかけ、おたつの身投げと亡骸《なきがら》を見つけたことを教えてくれた。

「なんてことが……」

「長屋を抜け出てすぐに堀に身を投げたらしいや。おれたち、何度もそばを通ったんだがな、見つけたのは朝方だ」

彦四郎は眠そうな顔をしていた。

「金座裏の親分は奉行所支配下の青物役所の女が身投げしたのは板の間荒らしのばあさんのせいだってんで、亮吉たちになんとしてもばあさんを引っくくれって、これまで以上に尻を叩いていなさるそうだ」

しほは夜も眠らずに江戸の町を走り回っている亮吉の姿を思い浮かべた。

その夜も次の日も亮吉は豊島屋に顔を見せなかった。

しほの描いた脱衣場荒らしの老婆の似顔絵のせいか、二人の犯行はぴたりと止《や》み、どこの湯屋にも姿を見せないという。

その夜、鎌倉河岸の石畳を塗らして秋雨が降った。それが小降りになった頃合、三日ぶりに亮吉が顔を見せたが、その頰《ほお》は殺《そ》げたようにやつれていた。

「しほちゃんの絵のおかげで脱衣場荒らしのばあさんの身許が割れたぜ」

報告する亮吉の声は弾んでいる。

「あら、お役に立ったの」

「おお、大助かりだ。寺坂様も駿府屋の一件もあらあ、しほちゃんにご褒美《ほうび》をと言ってなさったぜ」

「ご褒美なんてどうでもいいけど、あのおばあさん、一体だれだったの」

「ああ、金春屋敷の裏の南大坂町に三年前まで尾張屋《おわりや》って老舗《しにせ》の呉服屋があったんだがな、主の桐三郎《きりさぶろう》が吉原の花魁《おいらん》に入れ込んでさ、女と心中沙汰《しんじゅうざた》を起こして、二人は晒《さら》し首のうえに尾張屋の家財がお上に没収された。もっとも家運はすでに傾いていたからさ、大した家財はなかったらしいや。あるのはあっちこっちに未払いの借金ばかり、事件が起こったとき、取り立てにたくさんの人が集まって大騒ぎさ」

亮吉に言われて、しほもうっすらとそんな騒ぎがあったことを思い出した。

「あのおばあさんは尾張屋の身内なの」

「ああ、桐三郎の姉のうねとよ、小女は末娘のはるさ」

亮吉は一息つくと、

「疲れてくたくただ。冷やでいいや、一杯くんな」

と酒を頼んだ。

しほが慌てて台所に走り、徳利と湯飲みを持って戻った。

亮吉はそれを受けとると湯飲みにたっぷり注ぎ、喉を鳴らして飲み干した。ああ、うめえと言った亮吉は話を再開した。

「うねはその昔に大名家の女中奉公をしたことがあるらしくてな、屋敷勤めをやめたあと、実家の尾張屋に戻って、好き放題に暮らしていた。あの容貌《ようぼう》だ、若い頃は縁談も持ち込まれたらしいけどさ、気位が高くて、あそこはだめ、ここはだめと断ってきたそうだ。それがさ、三年前のあの騒ぎだ、尾張屋の家族はちりぢりになって、うねは越前堀近くの永島町の裏長屋にひとり移った。そこへ可愛《かわい》がっていた姪《めい》のはるが転がり込んできた……この春あたりから金に詰まったらしくてな、二人は湯屋の板の間荒らしを始めたんだ。おたつさんの十二両二分一朱をいれてよ、これまで盗んだ金は二十両をこえている」

「二人をつかまえたの」

それが、と亮吉は頭を掻《か》いた。

「あんまりさ、しほちゃんの描いた似顔絵がうまいもんだからよ、仰天した二人は長屋から姿を消しやがった。おれっちがよ、交替で長屋を見張っているとこさ」

亮吉は永島町の長屋から戻ってきたところらしい。

しほは複雑な気持ちだ。自分の描いた似顔絵が二人の女たちを追い詰めていた。

「道理でね、お屋敷に奉公をなさっていたんで、あんなに上品な顔立ちなんだ」

「しほちゃん、上品も何もあるけえ。湯屋の板の間荒らしだぜ。人ひとりが死んでいるんだ、同情するならさ、おたつの病気の亭主と残された餓鬼《がき》のほうだぜ」

「そりゃそうだけど……」

雨のなか、女が二人でどこをさまよっているんだろう、と思うとしほには不憫《ふびん》に感じられた。

「ともかく旅籠《はたご》なんぞに泊まりゃ、しほちゃんの絵が待ちかまえているんだ。明日にも通報があるだろうって、親分は言ってなさるんだがね」

亮吉は湯飲みに酒を注いだ。

「そろそろ政次が川越から戻ってもいい頃だね」

政次がお店の御用で川越に行って六日が過ぎようとしていた。

「しほちゃんにいい知らせだといいがな……」

亮吉は複雑な顔をして酒をぐいっと飲み干した。

翌朝、しほの店の戸が叩かれた。金座裏の親分の二階に住み込んでいる常丸だ。

「親分が呼んでいなさる、金座裏まで顔を出してくんねえ」

「はい」

承知したしほにうなずいた常丸が、

「板の間荒らしの目星がつきそうだ。そうなると手柄の一番はおめえだぜ」

と笑いかけ、

「ああ、そうだ。姐《あね》さんが朝めしは食わずに来てくれとさ、おまえさんと食べたいのだろうよ」

と最後の伝言を残して、木戸口へと姿を消した。

しほはお上の御用聞きの呼び出しに緊張を覚えながら、急いで仕度をした。

親分の宗五郎とおかみさんのおみつが居間の長火鉢の前で出迎えてくれた。そしてそこに政次の顔があった。

「おお、来てくれたか」

しほは親分に曖昧《あいまい》な返事をすると、聞いた。

「政次さん、川越から帰っていたの」

「昨日の夜遅くに浅草花川戸《はなかわど》河岸に船が着いたんだ。しほちゃんにまずは川越の一件を知らせようと思ったんだが、この話は親分さんに聞いてもらったほうがいいような気がしてね。それでこちらに……」

しほはようやく合点すると、

「政次さんに苦労をかけたようね、ごめんなさい」

と謝った。

「そんなことはどうでもいいよ、しほちゃん」

と応じた政次が川越で見聞した話を始めた。

「しほちゃんのお父つあんは村上田之助様、川越藩の納戸役七十石を務めておられた」

「書き付けの名が父のほんとうの名前だったのね」

「そうだ。おっ母さんは御小姓番頭三百六十石久保田修理太夫の三女早希様……」

「早希……」

父も母もほんとうの名を使うことなく江戸の地に果てて、眠っていた。

政次は川越で知ったすべてを金座裏の宗五郎とおみつ、そしてしほの前で語った。

「……なんてことが」

しほはつい涙で目をくもらせた。

おみつが手ぬぐいを持ってくるとしほの手に握らせ、

「こんなことがあってたまるかえ」

とやり場のない怒りを吐き捨てた。

「親分さんに同席してもらったほうがいいと思ったのは、喜多院の一件があったからにございます。松前様はすぐに藩の御目付静谷様に話された、これはまだ事件が終わったわけじゃないことを示してないか、そんな風《ふう》に考えたものですから」

「政次、いい判断だ」

と宗五郎は政次の行動を褒めた。

「なにかえ、お前さんも何か起こるってのかえ」

おみつがしほに代わって聞いた。

「このまま鎮《しず》まってほしいものだと思う。だがな、政次もおれも釈然としねえのさ。しほのお父つあんとおっ母さんが出奔したあと、久保田修理太夫様の割腹は、城代家老の家から糾弾されてのことだろう。事情はどうであれ、花嫁になる人物が昔の許婚《いいなずけ》と逐電《ちくでん》したのだからな。だが、二人が手に手を取り合って姿を消した夜に、城代家老と川越の豪商が亡くなったというのが解《げ》せねえ、なんとも気にいらねえ」

「親分、関わりがあると見たほうがようございますか」

「ある、あると見たほうが分かりがいい。しほのおっ母さんが白無垢《しろむく》の衣装を用意していたってことは、ただの出奔じゃねえ気がする。追っ手のことをいつも考えて死を覚悟して生きてこられたのであろう」

「どうしたものでございますか」

「松平大和守様か……」

金座裏の宗五郎は思案するように煙管《キセル》を手にした。

「上屋敷は霊南《れいなん》坂だったな。たしか寺坂の旦那の道場仲間がおられたはずだ。それにしても相手が城代家老の家系となると、慎重にならざるをえねえ、ちと厄介《やっかい》なことも考えられる。政次、しほの今の住まいは川越で喋ってねえな」

「はい、しほちゃんの名も長屋も話してはいません」

上出来だと言った宗五郎はしほに顔を向けた。

「しほ、この一件、宗五郎にまかせちゃあくれまいか。政次もおれも騒ぎを起こそうと考えているわけじゃあねえ、だがな、どうもこのまま、収まるとも思えねえんだ。そのときのために手を打っておかなきゃあならねえのさ」

「親分さん、お願い申します。政次さん、ほんとうにありがとう」

「お節介をしてしほちゃんが怒るんじゃないかと気にしていたんだが、よかった」

「怒るなんてばちがあたるわ」

そう答えたしほは深川森下町に馬吉を訪ねたことを話した。

「ほう、おめえも動いていたか」

「父と母がどんな過去を持とうと、わたしは自分のことを知りたいと思ったのです」

「政次の行動で静かだった水面に波紋が立ったんだ、どう広がるか。しほ、なんでもいい、異変があったらすぐに知らせるんだ、分かったな」

「そんときゃあ、うちに泊まりにきてね」

おみつはそういうと食膳を用意するために台所に立った。

朝めしをご馳走になったしほと政次は、本両替町《ほんりようがえちよう》と本草屋町《ほんぞうやちよう》の辻で別れた。別れる前に政次が、

「親分さんに聞いてもらったことを怒ってないね」

と念を押した。

「怒るどころか、政次さんにどう礼を言えばいいか」

「安心したよ」

政次がふいにしほの手になにかを握らせて、

「店に戻らなきゃあ、またな」

と小走りに走っていった。手に政次のかすかな温もりと紙にくるまれたものが残された。紙を開いた。すると蜻蛉《とんぼ》玉のかんざしが出てきた。柿色と朱色を重ねた蜻蛉玉が秋の日射しに光った。

（ありがとう、政次さん）

しほは髪にかんざしを差すと鎌倉河岸に歩いていった。

亮吉と彦四郎が連れ立って豊島屋に顔を見せたのは、五つ（午後八時）前のことだ。

「政次が戻ったって」

「そうなの、今朝方、親分さんに呼ばれて金座裏に行ったら政次さんがいたの」

「そうだってね、常兄いに聞いたよ」

「政次はしほちゃんの頼みを調べてきたかえ」

彦四郎が亮吉に代わって聞いた。

「彦、この一件はしほちゃんに問い質《ただ》すなって親分の命だ」

「なんだってそんな命を親分さんがなさるんだよ」

彦四郎が不満そうな顔をした。

「わたしのお父つあんとおっ母さんの家が分かったの。でもね、川越を二人が出た日に二人の人物が亡くなってるの。一人は今のご家老の父親、もう一人は川越城下の豪商の主。親分さんはうちの両親の出奔と二人の死が関わっているかもしれない、とするならばわたしに危害がおよぶかもしれないと恐れていなさるの」

「そんなわけでよ、彦もしほちゃんの身辺に気を配るんだぞ」

亮吉が言った。

「おめえもおれも豊島屋に入りびたりだ、都合がいいぜ」

「まあ、おおっぴらにここに来られるってわけだ」

「そんなことより尾張屋の隠居様はどうなったの」

「板の間荒らしかえ。なんとよ、うねとはるは六間堀《ろっけんぼり》近くの弥勒院《みろくいん》ってよ、尼寺に駆け込んでやがるんだ」

「弥勒院か、駆け込み寺で有名なとこだな」

「おお、そうよ」

彦四郎の問いに亮吉がうなずいた。

「じゃあ、つかまえたの」

「しほちゃん、尼寺は寺社奉行《じしゃぶぎょう》の管轄だ。今な、北町のお奉行様が寺社奉行に掛け合っているとこだ。寺領外に出たところを手捕りしたいものだが、時間がかかりそうだ」

亮吉は千代田の天守閣を見上げた。

幕府の三奉行といえば寺社、勘定、町奉行を指す。

この中でも寺社奉行は日本じゅうの社寺および社寺領の住民、神官僧侶、楽人、連《れん》歌師《がし》、陰陽師《おんみょうじ》、碁、将棋などに携《たずさ》わる者を支配する。勘定、町奉行が旗本から任命されるのに対して、寺社奉行は五万石から十万石の大名から指名された。町奉行より上席と見られる理由だ。それだけに町奉行所からの注文を聞かない寺社方もいた。

寛政九年の寺社奉行は下総古河《しもうさこが》藩の土井大炊頭利和《どいおおいのかみとしかず》、北町奉行は小田切土佐守直年《おだぎりとさのかみなおとし》だ。

「ともかくおたつさんのような犠牲者はもう出ないわね」

「うねたちが弥勒院に籠《こも》っているかぎり、湯屋には行くめえよ」

亮吉の顔がのんびりしているのは江戸の町を走り回らないでいいせいか。

「ともかくおれたちに熱燗と田楽をくれねえか」

しほは、はあい、と元気よく返事すると調理場に駆けていった。

四

深川六間堀に面した尼寺弥勒院の前に北町与力《よりき》の牧野勝五郎《まきのかつごろう》、定廻同心寺坂毅一郎が金座裏の宗五郎とその手先、捕方などを従えて出張ってきたのは、その未明のことであった。まだあたりは薄暗く、六間堀から川霧が立って崩れかけた弥勒院の土塀へと流れていくのがようやく見えた。

なだらかな石段が六、七段あって、山門の扉はきっちりと閉ざされていた。

「常兄い、ばあさんと小娘二人をつかまえるのに、牧野の殿様まで出張るってのはどういうことだ」

亮吉が緊張の面持ちで常丸に聞いた。

捕物の場に与力が姿を見せることはよほどの事件でないかぎり見られない。

「上のほうで決まったことで、よく分からねえが、寺社方への礼儀だ。まあ、面を切っての仁義だな」

「物々しい中にうねとはるが突き出されるのか」

「駆け込み寺にはよ、窮鳥《きゅうちょう》懐に入れば猟師これを殺さずといった決まりがあるらしい。寺社方が弥勒院の庵主《あんじゅ》さんを説得してよ。二人によ、町方の手入れがあるやも知れぬ、その前に逃げよと唆《そそのか》して、二人が山門を出たところをつかまえようという算段だ」

常丸が小声で亮吉に教えてくれた。

「おれにはいかにも仰々《ぎょうぎょう》しいがね」

「延命院の事件にはさ、寺社奉行の脇坂淡路守《わきさかあわじのかみ》様が直々にご出馬なさったこともあらあ」

「そんなものかね」

町方と寺社方の打ち合わせで、うねとはるの追放は七つ（午前四時）と決まっていた。

だが、七つ半（午前五時）を過ぎても山門が開く様子がない。だが、騎乗の牧野以下、町方は粛然《しゅくぜん》と待ち受けていた。

ふいに弥勒院が騒がしくなった。

町方に緊張が走り、潜り戸が開いた。

現われたのは寺社奉行の寺社役小松原新之匠《こまつばらしんのじょう》と庵主梓《し》繧尼《うんに》だ。

「町方に申しあぐる。元南大坂町尾張屋主人桐三郎姉うね、桐三郎の三女はるの両名、本未明弥勒院より放逐《ほうちく》を考えしところ、事前に気付いて逃散《ちょうさん》致し候。お出張りご苦労には存ずるが、以上の子細によりお引き取り下され」

「小松原どの、寺社方の失態により逃亡されたと申されるか」

騎馬の牧野が問い質す。

「失態ではござらぬ。あやつらが事前に弥勒院を出たまでにござる」

「身柄を本末明まで預かりおくのが寺社方の務め、それをないがしろになされてなんたる言い草」

寺坂の叱咤《しった》が山門に飛んだ。

「おのれ、無礼者が！　町方同心の分際で寺社役に大声を上げるか」

牧野が寺坂を制して、

「小松原どの、二人を事前に逃したのではありませぬな」

と問い質す。

「われらは一切二人の退去に手を貸しておらぬ」

「二人の見張りはどうなさっておられたので」

小松原は何か抗弁しかけたが、苦渋《くじゅう》の顔で黙り込んだ。

「見張りをつけなかったとおっしゃられる」

「これ、町方の者、二人がこのことに気付いてはいぬものとばかり考えていたゆえにいつものとおりに……」

梓縹尼が小松原に代わって言った。

「庵主様、小松原様のような寺社方役人が出入りされれば、手入れの近いのは子供にも気付くこと。それを見張りの一人もおかないとは、これを失態と呼ばずになんと申しますな」

寺坂が石段の下から詰問《きつもん》した。

「さあ、それは……」

「小松原どの、この一件、北町奉行小田切土佐守から寺社奉行土井大炊頭様にお問い合わせがあるものと心得なされ」

牧野は小者に合図を送ると馬首を巡《めぐ》らし、引き上げていった。

金座裏の宗五郎は寺坂に断り、庵主の梓縹尼に話しかけた。

「二人は二人だけで暮らしておりましたかえ。それとも他の駆け込み人と一緒に過ごしていましたかえ」

「うちでは駆け込み人は大部屋で暮らすのが仕来たりです」

「庵主様、お願いがございます」

宗五郎は金流しの十手を八百亀に渡すと、帯にからげた着物の裾《すそ》を下ろし、衣服を改めた。

「わっしに駆け込み人に会わせてもらえますまいか」

「弥勒院は寺社方の支配する地じゃ。岡っ引き風情《ふぜい》が顔を出せる場所ではないわ」

小松原が一蹴《いっしゅう》した。

「へえ、ですから庵主様のご講話を聞きに来た者にございますよ」

梓繧尼が小松原の顔を見て、なにごとか囁《ささや》きかけた。小松原は顔を朱に染めて潜り戸の奥へと姿を消した。

「そなたの名は」

「金座裏に住まいします宗五郎と申します」

「金座裏の親分とはそなたか」

梓繧尼は江戸でも一番の古株の金座裏の名に思いあたるらしく、言った。

「そなた一人に私の招客として入ってもらいましょうぞ」

「お聞き届け、ありがとうございます」

宗五郎は寺坂に目顔で挨拶すると石段を上って弥勒院に入っていった。

梓繧尼が立ち会っての調べになった。大部屋で暮らす駆け込み女は五人いた。

宗五郎が顔を改めていくと、宗五郎の身分に気付いて顔を伏せた者がいた。

「ほう、卵屋のおけいじゃねえか。久しく顔を見ねえと思っていたら、弥勒様の足下にもぐり込んでいやがったか」

卵屋おけいは江戸でも名高い巾着切《きんちゃく》りだ。父親が卵売りだったところから、卵屋おけいと仲間うちで呼ばれた。

「庵主様、この女と少し話させてくれますまいか」

うなずいた梓縲尼はおけいと宗五郎を自室に連れていった。

「おけい、入れ墨者といい仲になって所帯を持ったと聞いたがな」

「それがけちのつきはじめさ。飲む打つ買うならいいが、金に困ってあたいを女衒《ぜげん》に売り渡そうと企みやがったのさ」

「それでこちらに駆け込んだか」

「あやつがのさばっているかぎり娑婆《しゃば》には出られねえのさ」

「入れ墨者は荒熊の千太《せんた》だったな」

宗五郎も一度お縄にしたことがあった。

「おけい、あやつのことをなんとかしようじゃないか」

「金座裏の親分、昨夜のうちに寺抜けしたばあさんと娘のことを話せというのかえ。仲間を売るのはできない相談だ」

「おけい、あの御殿女中風のばあさんは板の間荒らしだ。それだけなら、こうやっておめえに頭は下げはしねえ。おたつって青物役所で働く女がうねに盗られた役所の金のことで堀に身を投げて死んだんだ。あとには病気持ちの亭主とがきが四人ばかり残されて、食うにも困る塩梅《あんばい》だ。人ひとりが死んでるんだ。あやつをお縄にしねえと、またおたつのような不幸が生まれるぜ」

　おけいはしばらく黙って考えていたが、

「荒熊の千太に因果を含めてもらえますかえ」

　と親分の顔を上目遣いに見た。

「おれも金座裏だ、念には及ばねえ」

「あのばあさんね、いかにも身分が違うって顔であたいらをこき使っていやがったのさ。ところが昨日、寺社役の旦那がちらちらと姿を見せたろ。それで感づいたか、急にここを出るって小娘と話し合っていたよ。小耳にはさんだところによると、なんでも中山道《なかせんどう》桶川《おけがわ》宿の稲荷神社裏に知り合いがいるとか、そこを頼る算段のようだったね」

「ありがてえ。相手先の名は分からないか」

「そこまでは」

「二人は弥勒院をいつ抜けた」

「四つ半（午後十一時）過ぎかねえ」

「大助かりだ」

「親分、千太の一件、頼みますよ」

「かたがついたら子分を知らせによこす。庵主様にお願い申して寺を出る仕度をしておいていいぜ」

「ありがたい」

「ただしだ、巾着切りの現場を見つけたら遠慮なくお縄にするぜ」

「もうあたいも年だ。掏摸《すり》も色恋沙汰も打ち止め、地道に暮らすよ」

それがいいと応じた宗五郎は梓繻尼に深々と頭を下げて礼を述べ、弥勒院を辞去した。

「何か手がかりがあったかえ」

寺坂毅一郎が石段を下りてくる宗五郎に声をかけた。

「へえ、運のいいことに知り合いの女がいやしてねえ」

と事情を話し、八百亀、下駄屋《げたや》の貫六《かんろく》、亮吉の三人の子分を名指しした。

「八百亀、女の足だ。戸田川を渡ったあたりでうまくいきゃあ、見つけられるだろうよ。まさかってこともある。桶川宿まで追う覚悟で行ってこい」

と懐から五両の探索料を出すと八百亀に渡した。

「へえ、必ずお縄にしてきますぜ」

八百亀らが張り切って弥勒院から姿を消した。

その日の昼下がり、金座裏の宗五郎は溜池上《ためいけ》、赤坂田町《たまち》にある直心影流《じきしんかげりゅう》の神谷丈右衛門《かみやじょうえもん》道場の玄関先にいた。

深川六間堀から引き上げた寺坂と宗五郎はいったん奉行所と金座裏に戻った。そして約束の刻限に連れ立って、神谷道場を訪ねたのだ。

寺坂毅一郎が免許を得た神谷道場には武州川越藩の江戸屋敷詰めの田崎九郎太《たざきくろうた》が稽古《けいこ》に通っていた。寺坂は田崎の兄弟子にあたり、金座裏の宗五郎とも顔見知りだ。

田崎家は昨年末に亡くなった父の佐次郎《さじろう》が御徒頭《おかちがしら》四百二十石を務め、当人は御番組にいた。来春には江戸詰めから国許出仕に代わって、父の跡を継ぐ身だ。

四半刻《しはんとき》（三十分）も待っていると寺坂と田崎が連れ立って玄関に顔を見せた。

「金座裏の親分までお出ましとは、剣呑《けんのん》な話だぜ」

独り者の田崎の顔にはまだ稽古の余韻が残っていて、朱に染まっていた。

「いえね、田崎様にご相談申し上げたい筋がありまして、寺坂の旦那にご足労を願ったのでございますよ」

「馬鹿《ばか》っ丁寧《ていねい》な挨拶で痛み入るな」

宗五郎は二人を新町筋にある蕎麦《そば》屋、翁庵《おきなあん》の二階に案内した。

宗五郎の先代に仕えていた手先の久次郎《ひさじろう》が捕物で足を怪我《けが》して、手先から引退したとき、先代が蕎麦屋の資金を出して開かせたのだ。

久次郎もそれに応えて熱心に蕎麦打ちを修業した。今では、このあたりで評判の店になっている。

「これは久しぶりでございますね、坊っちゃん。おや、寺坂の若旦那もいっしょですかえ」

久次郎が目敏《めざと》く姿を見て、声を張り上げた。

「おいおい、四十に近い男をつかまえて坊っちゃんもねえもんだ。親父さん、二階を借りるぜ」

宗五郎は二人を二階座敷に案内した。いい具合に客の姿はなかった。時分どきが過ぎたせいか。

「これまあ、おめずらしい。周太郎《しゅうたろう》ぼっちゃん」

久次郎の上さんのひでが宗五郎の本名を呼びながら、酒と板わさや刺身こんにゃくを盆に載せてやってきた。

「ひでも元気でなによりだ」

「おかげ様で元気が取《と》り柄《え》ですよ」

御用の筋と思ったのだろう。盆を卓に並べると店へと下りていった。さすがに昔お手先だった者の女房だ、そのへんの勘どころは心得ていた。

「金座裏の親分も年寄りにかかると形無しだ」

田崎が笑い、鬢《びん》を掻《か》いた宗五郎がまず一つと田崎と寺坂の杯を満たした。喉《のど》を鳴らして飲んだ田崎が、

「用件を聞こうか」

と宗五郎に催促した。

「へえ、お話しいたしやす……」

宗五郎は包み隠さず田崎に話した。寺坂は田崎を味方にしたいのなら、すべてを話して彼の考えにゆだねろと忠告した。宗五郎もそれに従ったのだ。

田崎九郎太はふううと一つ大きな息をつくと宗五郎の話を聞き終えた。

「まさか安永八年の一件を金座裏から聞かされようとは思いもよりませんでしたよ。

事件が起こったとき、おれはまだ十歳になったかならないか。大騒ぎは今も覚えている」

そう言った九郎太は、冷えた酒を啜《すす》った。

「寺坂さん、聞かなきゃよかった」

「九郎太、おめえに相談しねえでだれに話せというのだ」

兄弟弟子の間柄だ。遠慮なく本心を吐露した二人は顔を見合わせた。

「おれもおまえに損な役をさせたくはない。だがな、もし事件が再燃するようなことがあれば、川越藩中で遠慮なくものが言えるのはおまえだけだ」

手酌で酒を注いだ田崎は、気持ちを鎮《しず》めるように飲んだ。

「寺坂さん、金座裏の親分、二人の狙《ねら》いはなんですね」

「新たな事件を起こさないことだ。これは川越藩にとっても大事なことだぜ」

宗五郎もうなずいた。

「何が知りたいのです」

「あの夜、起こったことのすべてだ」

「無理だ」

と即座に田崎は言った。

「おれたちが信用できねえか」

「違う」

と言って田崎は続けた。

「あの事件の真相はまだ闇に葬られたままだからですよ。私だって全貌《ぜんぼう》を知りはしない」

「知っているだけでいい、話してくれ」

兄弟子の寺坂が田崎九郎太に迫った。

一瞬瞑目《めいもく》した田崎は目を閉じたまま話し出した。

「十数年前、父の佐次郎は御目付の職にありましてね。事件が起こったとき、父は連日連夜家には戻ってこられなかった。探索と後始末に奔走されていたのです……」

「佐次郎様は真相を知る立場にあったのか」

「知る立場にはあった。が、結局、あるところからの圧力で探索は中止になった。城代家老の根島様は横紙破りの伝兵衛と言われた方です。強引な言動は当代のご家老に引き継がれております」

田崎は寺坂の問いには答えずこう切り出した。

「私がここで話すことの多くは、死の直前に父が話してくれたものが中心になっています。安永八年十一月のあの夜、村上田之助と久保田早希は、川越の氷川神社で落ち合っています」

「豪商の檜本屋甚左衛門が殺されていた神社だな」

寺坂の念押しに田崎はうなずき、語を継いだ。

「祝言を明日に控えた早希のほうから田之助に連絡をとったのです。田之助の母親の証言では、田之助は早希との祝言を諦《あきら》めていた。それでも早希の呼び出しに応じたのは、女の気持ちを知りたかったからです。会ってみると女は変心していなかった。それればかりか、出奔を迫ったのは早希と見てとれます。田之助は母一人を残して、川越を出ることをためらったはずです……」

「だろうな」

「ところがそこへ檜本屋が姿を見せた。さらに城代家老の根島様までが現われた」

「城代家老は屋敷で急死したのではないのか」

「いえ、二組の密会が鉢合わせをして、根島様が嫁になる早希の不実を詰り、刀を抜き掛けたのに対して田之助がふたりを返り討ちにしたと状況から察せられた。田之助は紀州田宮流の居合いの名手だったそうにございます」

「待て、九郎太。深夜のことだ、だれが家老の亡骸《なきがら》だけを屋敷に運んで病死したように装ったのだ」

「その前になぜ檜本屋と根島様は氷川神社などで密会をなされたか」

「宗五郎、明るい場所じゃ会いにくい話だからさ」

寺坂の言葉に田崎がうなずいた。

「その夜、二人は公の場で顔を合わせた帰りだった。あの夜、近くの川魚料亭で藩の重役方と城下の商人が会合を開き、翌年の城中で仕入れる調度品や畳替えなどの入札《いれふだ》が行われていたのです。この結果は、翌日、城中で発表され、安永九年の城中出入りの商人が決まることになっていた。根島様は城方の代表、檜本屋は商人側の頭分です。それが会合が終わって、深夜の氷川神社で密かに会う理由は……」

「……入札不正だな、それしか考えられない」

「だれもが考えることとですよ。田之助と早希はその現場を目撃していたのです。ですが、彼らもそこに二人がいることを知られてはならなかった」

「そこで争いが起こった」

「城代家老は通りに供の者と駕籠《かご》を待たせていた。異変を感じた供の者がご家老と商人の死体を発見して、ご家老だけを屋敷に運びこんだ」

会話は田崎と寺坂の間で進んだ。

「御目付もその線で動きました。が、根島家の対応がはるかに早く、目付の動きを押さえて、真相を隠しおおせてしまった。根島伝兵衛は流行病《はやりやまい》にかかって急死、他人に伝染するのを防ぐために早々に埋葬に付された。死体さえ改めることができなかったと父は無念がっていました」

寺坂がふーうと息を吐《つ》いた。

階段をだれかが上ってくる足音がして、ひでが熱燗を階段口におくとまた階下へと引き下がった。宗五郎は二人の杯に熱燗を注いだ。

「根島家ではまず伝兵衛様の始末を優先された。花嫁の出奔は二の次のことだった。二人が川越から逃れられた理由です。だが、伝兵衛様が病死として認められ、秀太郎どのが伝兵衛を襲名して家督を相続すると、まず久保田家へ圧力をかけられ、修理太夫どのが割腹された。そして追っ手が二人を追った……」

「九郎太、事情は分かった。だがな、一つ、疑問がある。当時の御目付、そなたの父上がなぜ十数年も過ぎた時分にそなたに事件のことを言い残したかだ」

「父の在任中の、一番の不可解で心残りの事件だったからですよ」

「それだけではあるまい。佐次郎様は未《いま》だに懸念されていたのだ。だからこそそなたに遺言のように言いおいた」

田崎は杯の酒を飲み干した。宗五郎が新しい酒を注いだ。それを卓におくと、

「寺坂さんと金座裏を騙《だま》すなんてのは至難のことだ」

と独り言のように言った。

「田之助と早希が不正の証拠を持って氷川神社から逃げ出したからですよ。父は少なくともそう推理していた。根島伝兵衛は懐に入札の書き付けを所持していたはず、どうやらそれが消えた様子なのです。もし事件が再燃するとしたら、当然、現場から消えた証拠を追及される。しほという娘の身辺に根島一族の手が伸びる……」

「城代家老どのと豪商はその夜、死んだのだ。そして不正はもみ消され、倅《せがれ》が跡を継いだ。事件はそこで立ち消えとはならんのか」

田崎九郎太は哀しげに首を振った。

「藩の恥を晒《さら》すことになるが御家門と威張ってみても転地するたびに取米は半減し、借財はかさむばかりです。藩の御用達の横田屋だけでも六万両を超える借財がある。先代、家老職の横紙破りの伝兵衛様は、横田屋とは別に檜本屋甚左衛門と組んで、藩財政の立て直しを試みられたのです。が、結局、失敗に終わったばかりか、檜本屋と不正に走ることになった。寺坂様、金座裏の親分、当代の城代家老も親父どのと同じ手法を繰り返しておられる。だが、それを正し、諫《いさ》める者はいない。それほどに根島

一族の力は大きく、あらゆる監視の目が殿の周辺に張り巡らされているのです」

「九郎太、田之助と早希が持ち出した不正の証拠があるとするならば、今も効力を持っているということか」

「少なくとも安永八年の事の真相が解明できれば、当代の根島一族の力を削減できます。だが、そう簡単なことではない。江戸藩邸にも根島一族の勢力は及んでおります、江戸留守居役来嶋正右衛門《るすいやくくるしましょうえもん》どのは根島の分家です」

「しほに危害が加えられるとしたら、来嶋の命を受けた者ということになるか」

田崎がうなずいた。

「九郎太、そなたは川越に戻り、父、佐次郎様の跡目を継ぐことになる。根島一族が専断する藩政に目をつぶって松平大和守様へのご奉公ができるか」

「寺坂様は事件を再燃させたくないと言われましたな」

「臭いものには蓋《ふた》をしておきたかった。だがな、しほに手が伸びるようなら、江戸の治安を司《つかさど》る町方同心の意地もある。おれと金座裏は娘一人の命を守るぜ」

「私はどうしたものか……」

田崎九郎太は深い考えに落ちた。

次の夜、彦四郎と政次が連れ立って豊島屋に顔を見せた。

亮吉がその場にいないのは寂しいかぎりだが、久しぶりに政次を豊島屋に迎え、彦四郎は酒を飲み、政次は田楽を食べて、しほらは雑談に興じた。政次は川越での働きぶりが認められ、お店から一晩だけ長屋に戻って家族と過ごしてよいとの許しを得ていた。

全身に興奮を残した亮吉が姿を見せたのは五つ半（午後九時）過ぎのことだ。

「亮吉さん」

「しほちゃん、熱燗をくれねえか」

「それより板の間荒らしのばあさんと娘をとっつかまえたか」

彦四郎が聞き、帳場から清蔵も顔をのぞかせた。

「八百亀と下駄屋の兄貴におれが出張ってよ、逃しっこはねえよ」

亮吉は胸を張った。

「今、熱燗を持ってくるわ」

しほと清蔵が二合徳利を二本ばかり運んでいくと亮吉が言った。

「戸田の渡しでよ、しほちゃんの描いた人相書きを見せるとすぐに船頭が思い出してくれた。さらに浦和《うらわ》宿の旅籠に、二人が泊まっているのを見つけてしょっ引いたってわけだ。親分からも寺坂様からもお褒めの言葉をもらったぜ」

「これでおたつも浮かばれるな」

清蔵がほっとしたように言い、しほが熱燗を湯飲みに注いで亮吉に渡すと、手柄を立てた手先は喉を鳴らして飲み干した。

第五話　密会船強盗

一

豊島屋《としまや》の客たちの間で下谷竜泉寺町《したやりゅうせんじちょう》の正燈寺《しょうとうじ》や品川《しながわ》の海晏寺《かいあんじ》の紅葉が色付いたなどと噂《うわさ》にあがりはじめた季節、しほは北町奉行所に呼び出されて、ご褒美《ほうび》を頂いた。もちろん理由は駿府屋《すんぷや》の一件と板の間荒らしのうねの人相を描いて探索に協力したというものだ。奉行の小田切土佐守直年《おだぎりとさのかみなおとし》から、

「しほ、そなたは若年の身ながら一人暮らしを立派に立て、あまつさえ町奉行所の任務に力添えをしたと聞いた。奉行、いたく感心致した。今後ともに健《すこ》やかに暮らしてくれよ」

との有り難い言葉まで頂戴《ちょうだい》したのだ。同席した豊島屋《としまや》の清蔵《せいぞう》や大家の錦兵衛《きんべえ》のほうが鼻高々で、この夜は豊島屋で祝いの席が設けられた。

「金座裏《きんざうら》の親分さん、今晩という今晩はね、だれがなんと言おうと飲みますよ、酔っ

払いますよ」

と宣言した清蔵が最初に酔っ払い、羽織を脱いだ錦兵衛も座敷に倒れて寝ている。

寺坂《てらさか》毅一郎《きいちろう》も金座裏の宗五郎《そうごろう》もしほのご褒美を喜ぶと同時に川越《かわごえ》の件が何事もなく済みそうなことにほっと安堵《あんど》していた。

「それにしてもしほちゃんはえれえよな。豊島屋の稼ぎでよ、ちゃんと暮らしを立ててんだからな。おれなんぞは姐《あね》さんにもお袋にも銭借り放しでよ、だれも小銭さえ用立ててくれねえぜ」

そう言った亮吉《りょうきち》が、

「しほちゃん、お上のご褒美ってのはいくら入ってんだ。見せてくれよ」

と酔った勢いで言い出した。

「亮吉、しほのご褒美を借りようという魂胆か」

「違うって、親分。ご褒美ってのはいくらかと知りたかっただけだよ」

「ならば教えてやろう。亮吉、おめえの耳をかっぽじって聞けよ。お上のご褒美は銭の高じゃねえ。お奉行様がお認めになったんだ。そのことが大事なんだぞ。それにだ

……」

「親分さん……」

しほが制したが、

「いや、聞かせてやりたい、亮吉の野郎にさ。いいか、しほはご褒美は気持ちだけでいい。もしできることなら、お金は死んだおたつの一家のために役立ててくださいと奉行の小田切様にお願いしたんだ。亮吉よ、おまえに言えるかえ」

宗五郎も酔ったのか、まだ知らないことまで皆に告げた。

「さすがだね、親分の話を聞いてますますうれしいや。飲もう、飲もう」

しほは主客というので宴席の真ん中に座らされていたが男たちが酔うにつれて、調理場と店をいつものように走り回ることになった。宴の終わる頃《ころ》には政次《せいじ》も顔を出し、

「お店《たな》をもっと早く抜け出せなかったのか」

などと酔った彦四郎《ひこしろう》や亮吉にからまれていた。

鎌倉河岸《かまくらがし》の人たちはしほがお奉行に褒《ほ》められたことがわが事のようにうれしくてしょうがないのだ。いつ果てるともつかず宴は続いた。

しほは大家の錦兵衛が小便に立ち上がったのをしおに、錦兵衛を送りがてら長屋に戻ることにした。すると政次が、

「おれも送っていこう」

とふらつく錦兵衛に肩を貸して、豊島屋から数丁とは離れてない皆川町《みながわちょう》の竹の子長

屋まで同行してくれた。錦兵衛を家の戸口まで送り、二人は長屋の木戸口で向き合った。

「祝いの席に遅れて悪かったな」

「政次さんが顔を見せてくれただけでうれしかったわ。それに私、かんざしのお礼もまだ言ってなかったもの。ありがとう」

蜻蛉《とんぼ》玉のかんざしはこの夜もしほの髪に飾られてあった。

「使ってくれてうれしいよ、じゃあ」

政次が手を差し出し、しほもかるく触れ返すと長屋へ入っていった。

しほは長屋の戸口で木戸を振り見た。すると政次が立って見ていた。

小さく手を振ったしほが腰高障子に手をかけたとき、異変を感じた。

障子の向こうに小さな明かりがちらちらと見え、人影が動いた。

「だれ、だれなの」

障子の向こうに緊張が走った。

しほは障子戸を開いた。すると頬被《ほおかぶ》りをした、小者《こもの》体の男が二人、ぎょっとした顔でしほを見た。

「この娘じゃ、つかまえて体に訊《き》け」

部屋の暗がりに立っていた武家が手下に命じた。小者の二人がしほに殺到しようとした。

「政次さん！」

しほの叫びと同時にしほの体の前に政次が割って入った。異変に気付いた政次はそっとしほの背後に忍び寄っていたのだ。

「おまえらは盗人《ぬすっと》か！」

政次の叱咤《しった》に、

「まずい、引き上げじゃ！」

と武家が命じると侵入者たちは逃げ口に用意していた裏庭へと飛び降り、竹藪《たけやぶ》の中に駆け込んで姿を消した。一瞬の間の出来事だ。

政次は長屋の中を見回した。

行灯《あんどん》の明かりに葛籠《つづら》も夜具もひっくり返され、かまどの中までも調べられた跡が残って足の踏み場もない。

「こりゃ、ひどい」

「お侍がいたの」

「川越の一件だぜ」

長屋じゅうが起きてきて、

「泥棒かえ。めずらしいね、貧乏長屋にさ」

などと呑気《のんき》に騒ぎ出した。

政次はしほを戸口で待たせると部屋の戸締まりをし直した。

「豊島屋に戻ろう。それがいい」

政次は長屋の人に、

「ご覧のとおり、泥棒が入ったようです。しほちゃんは金座裏の親分の家に送っていきますのでご心配なく」

と言い残すと再び豊島屋に戻った。すると宴はお開きになったか、ちょうど店先に寺坂毅一郎と金座裏の親分の二人が豊島屋のお内儀《かみ》おとせの見送りを受けていた。

「何かあったか、しほ」

目敏《めざと》く気付いた宗五郎が緊張を掃《は》いた二人の顔を見た。

政次が事情をてきぱきと告げた。

「くそっ、やはり動きやがったか」

寺坂が吐き捨てた。

宗五郎は豊島屋の店先に首を突っ込むと、

「常丸《つねまる》、亮吉、仕事だ」

と叫んだ。

「どうしましたえ」

のんびりと顔を出した亮吉は、戻ったはずのしほと政次がいるのを見て、すぐに異変を察した。

「政次、何かあったか」

「亮吉、しほの長屋を荒らした奴《やつ》がいる。今晩は寝ずの張り番だ。荒らされているようだが、手をつけるな。朝になったらしほを戻す。いいな」

「合点だ」

と風を食らって常丸と亮吉が皆川町の竹の子長屋に走っていった。

しほは翌朝、下駄屋《げたや》の貫六《かんろく》に伴われて竹の子長屋に戻った。

「大丈夫かえ」

しほを見た亮吉が聞いた。

「わたしは大丈夫よ。常丸さんと亮吉さんに迷惑かけたわね」

「こりゃ、おれたちの役目だ」

そこへ下駄屋の貫六が大家の錦兵衛を伴って顔を出した。

「しほちゃん、盗っ人が入ったって。私は酔っ払ってさ、ちっとも知らなかったよ。お上からご褒美を頂いた娘の長屋に盗っ人に入るなんて、ふてえ了見《りょうけん》だ」

息巻く錦兵衛の顔にはまだ昨夜の酒が残っていた。

「亮吉、常丸、しほは当分金座裏に引っ越しだ。まずは昨夜盗まれたものはねえか、しほに見てもらえ」

下駄屋の兄貴が二人の弟分に指図して、姿を消した。

しほは足の踏み場もない長屋を片付け、道具類や衣類を葛籠《つづら》の中にもどしながら、盗まれたものはないか、記憶を辿《たど》った。が、思いあたるものはない。それに三人組の言動からして求めていたものはまだ見つけていないと思われた。

「しほちゃん、何か消えたものはあるかえ」

亮吉が三和土《たたき》から聞いた。かまどや水瓶《みずがめ》の下までさらったらしく、狭い三和土は足の踏み場もなかったが、亮吉と常丸がきれいに片付けてくれた。

「父上の大小も碁盤も残っているし、母上の残されたわずかな衣類もあるわ」

文之進《ぶんのしん》のもので碁の定石を解説した書物や文之進自身が書き残した碁に関する備忘禄は徹底的に調べられていた。また母が残した絵も乱暴に散らかされていた。

しほは両親が残してくれたわずかな思い出を整理しながら、

「盗られたものなんてないわねえ」

と首を横に振った。

「金はどうだい」

わずかな蓄えは文箱《ふばこ》に入れてあったが、それも残されていた。

「残っている」

「何を狙《ねら》って押し入ったのかなあ」

亮吉が首をひねり、

「よし、しほちゃん、金座裏に持っていくものはどれだい」

と聞いてきた。すでに両親の位牌に衣類や日用品は別にして風呂敷包みにしてある。

「これだけだな」

亮吉が三つの包みを常丸と手分けして軽々と持った。それを見たしほは、絵の道具類だけは金座裏に持参することにして、一纏《まと》めにした。御用の役に立つかもしれないと思ったからだ。

しほが障子戸を閉じると隣家のはつや長屋の女たちが、

「一日も早くさ、帰ってきておくれよね」

「寂しくなるね」

とロ々に言いながら、しほを見送ってくれた。


金座裏の宗五郎の家に住まいしながら、しほは豊島屋に通うことになった。

しほが金座裏に移って三日目の夜明け、鎌倉河岸を震撼《しんかん》させる事件が起こった。

龍閑橋《りゅうかんばし》際には彦四郎の勤める船宿綱定《つなさだ》と堀の真向こうに水月《すいげつ》の二軒が暖簾《のれん》を川風にそよがせて競争し合っていた。水月の船頭谷七郎《やしちろう》が上野館林藩《こうずけたてばやし》の上屋敷近くの大川河岸で刺殺体で発見されたのはこの未明のことだった。そして谷七郎の死体のそばの石垣の下には屋根船が舫《もや》われて、男女の刺殺体も見つかった。

これまで屋根船を利用して密会する男女ばかりを襲って金品を奪っていく事件が何件か起こっていたが、浅草近辺の船宿を利用する男女を狙ったものであった。それが金座裏の宗五郎の縄張りに飛び火して、船宿の船頭と客が犠牲となったとあっては、宗五郎も八百亀《やおかめ》たちも気を入れ直さざるをえない。

金座裏の宗五郎は住み込みの常丸らを従えて、三人が殺された現場を検分した。

これまでの事件は、密会中の男女を脅して洗いざらい金品を強奪していったが、血を見るような乱暴なやり口ではなかった。また被害に遭《あ》った者たちも密会の事実を知られたくなくて強奪犯が去った後、船から逃げ出し、奉行所に届けをしていない例があると想像された。これまでに二組、お上の調べを受けて、およその犯行の模様が知れていた。

屋根船に密《ひそ》かに猪牙《ちょき》舟で近付き、あられもない姿で絡み合っている男女を匕首《あいくち》で脅して金品を奪っていくというのだ。その風体《ふうてい》は頬被りに着流しの尻をからげ、股引《ももひき》を穿《は》いた身軽な格好という。被害が届けられていない事件を数えると三人組の犯行は七件、被害額は六十両を超えるものと推測された。

だが、初めて客と船頭の三人が殺されていた。それも滅多《めった》突《づ》き、刃物を扱いなれてない者の犯行と推測された。

「親分、三人組があられもねえ二人を脅している最中に谷七郎が戻ってきて、騒いだんで殺《や》られたんですかね」

八百亀が推理を働かせて聞いた。

宗五郎は、八百亀の推測には何か胸に引っ掛かるものがあった。だが、なぜと答えられないもどかしさを覚えながら、男女の風体を改めた。

男は三十五、六、着物などから判断して大店《おおだな》の主《あるじ》と見られた。女は若くて二十そこそこ、化粧も衣服も地味であった。商家の女中か、料理茶屋の仲居あたりであろうか。

宗五郎は寺坂毅一郎の検分を待ったために八百亀ら手先二人を死体に付き添わせて、南茅場町《みなみかやばちょう》の番所に送ると、自らは水月に聞き込みに向かった。供は常丸と亮吉だ。

宗五郎ら三人が水月の暖簾を潜《くぐ》ろうとしたとき、対岸の綱定では彦四郎が女将《おかみ》のおふじに見送られて、猪牙舟を漕《こ》ぎ出したところだ。客は中年の武家だ。

亮吉は友に手を振ると、親分の後に従った。

船宿水月の主のよねは三十三、四の大年増《おおどしま》だ。日本橋の小間物屋の妾《めかけ》だった女で、旦那が亡くなる直前に手切れ金をもらって船宿を開いたのだ。老舗《しにせ》の綱定に対抗するためか、船宿の二階で男女を泊めるとか、水月の船頭は金を握らせると船を留守にしてくれるとか、その類《たぐい》の噂話は鎌倉河岸でも事欠かなかった。

「金座裏の親分さん、面倒をかけまして」

厚化粧のよねが腰を低くして奥の帳場から顔を見せた。

「谷七郎の客の身許《みもと》が知りてえ」

「それが親分さん、初めての客でしてね」

刺殺された男女の懐には身許が分かるようなものは何も残されていなかった。

「確かか」

「何を嘘《うそ》など言うものですか。昨日の六つ半（午後七時）過ぎに姿を見せましてね、吾妻橋《あづまばし》までと船を頼んだんですよ」

「豪儀じゃねえか。浅草まで行こうというのなら、まだ木枯らしが吹く季節には早いや、足の速い猪牙舟の注文じゃねえんだ。最初から屋根船の注文だったんじゃねえか」

猪牙舟は船足が速い屋根なし船だ。密会の男女が借りうける船ではない。

「いえ、それが……」

「よね、人が三人も殺されているんだ。御用の手間をわずらわせるんじゃねえぜ」

金座裏の宗五郎に一睨《ひとにら》みされて、よねはしぶしぶ屋根船を指定したと言い直した。

「谷七郎を名指しの客じゃあるまいな」

「いえ、たまたま谷七郎が居合わせましたのであの客につけたまでにございます」

「谷七郎はおめえのところに長いのかえ」

「いえ、一年ほど前からの新参者です。前は柳原界隈《やなぎはらかいわい》の船宿にいたんですよ」

「流れ船頭か」

「独り者で橋本町の裏店、次郎兵衛長屋に住んでおります」

「亮吉」

と親分に名を呼ばれた手先はへいと返事したときには暖簾の外に飛び出していた。

「常、念のためだ。しほに殺された二人の顔を描きとめてくれるよう頼んでくれまいか。死骸《しがい》は南茅場町の番屋に運ばれてきている時分だ」

常丸も鎌倉河岸へと小走りに消えた。

一刻《いっとき》（二時間）後、鎌倉河岸から金座裏に向かおうとした亮吉は、豊島屋の店先に親分と寺坂毅一郎と綱定の女将おふじのあでな姿を認めた。

おふじは二人の前に腰を下ろしたばかりの様子でしほが茶を差し出していた。

「あら、亮吉さん」

額に汗を流した亮吉を見て、しほが声をかけた。

「おお、ご苦労だったな」

宗五郎が亮吉に労《ねぎら》いの言葉をかけ、

「綱定の女将さんの話を聞いてからおめえの報告は聞く。そこで待ってろ」

と命じた。豊島屋の店の隅には八百亀ら手先が待機している。まるで豊島屋に金座裏が引っ越してきたようだ。

「おふじさん、この二人が綱定に顔を見せたのは何刻だね」

宗五郎の手にはしほが南茅場町の番屋で死体の顔を描きとった男女二人の似顔絵が

あった。

「六つ半の頃合《ころあい》でしたかね。屋根船を一刻半（三時間）ばかり借り切りたいと男の方が申し出られたのですがね、どうみても忍び逢いの風情。あいにく屋根船は出払ってますとお断り申したんですよ。いえ、あるにはあったのですよ。貸船はうちの商売ですが、艶《つや》っぽいほうはお断りしているんです」

「そうかえ、何か気がついたことはないかえ」

「男の方、一瞬、嫌《いや》な顔をなされて、浅草じゃ野暮《やぼ》なことは言わないよ。つわ、他を当たるよと女の方に吐き捨てられて出ていかれました」

「つわ、と女を呼んだのだね」

「たしかにそう聞こえました」

「綱定を断られた二人はその足で水月に行ったのだろうな。女将さん、水月じゃあ、屋根船を密会に使わせるような商売をしているのかえ」

おふじは困った顔をした。

「どうせ分かることだ。知っていることがあったら教えてくれないか」

「噂ではそのようなことも……」

「谷七郎の勝手でやったことではないというわけか」

「親分、その谷七郎ですがね、評判はよくありませんぜ。柳橋土手の船宿川勢を首になったのも忍び逢いの男女に船を貸しておいてさ、客の弱みにつけこんで金を強請《ゆす》ったことが発覚したからですよ」

亮吉が言うと、

「ほう、おもしろいな」

と宗五郎が合点したように言い、寺坂に顔を向けた。宗五郎はなぜ谷七郎が頃合も考えずに船に戻ったか気にかかっていたからだ。

「谷七郎は二人に屋根船を明け渡しておいて時間を見計らって強請《ゆすり》に行った。ところがそこへ先客がいたってわけですかね」

八百亀が宗五郎の考えを先取りしていった。

「まあ、そんなところだろうぜ」

「八百亀、しほの描いた絵を持って、浅草に飛べ」

老練な手先は常丸と亮吉に同行を命じて、豊島屋を飛び出していった。

二

大川端で殺されたのは蔵前《くらまえ》の札差《ふださし》伊勢《いせ》屋の主重左衛門《しげざえもん》と女中のつわと判明したのは

その日のうちのことだ。

その夜、豊島屋にしほを迎えに来た亮吉が清蔵や彦四郎らに得意げに話したところだ。

札差は旗本御家人《はたもとごけにん》たちの依頼を受けて、禄米《ろくまい》の取り扱いを代わって行い、現金に換えてその利鞘《りざや》を得る百余名の限られた商人たちだ。札差らが扱う禄米は、およそ四十万石。

江戸の米相場にも影響力を持つ札差は、大名や旗本らに金を貸す金融業の役割を兼ねて経済の動向を左右する力を蓄えていた。

百余名のなかに伊勢屋という屋号の札差は三十余家もあった。

重左衛門の伊勢屋はその中でも扱い高は中規模、入り婿《むこ》であった。女は奥向きの女中つわ、婿養子と女中の不倫であった。

「悋気《りんき》持ちの伊勢屋の内儀《かみ》さんは、旦那が女中と密会しているところを殺されたってんでよ、二人の亡骸《なきがら》は絶対に家には入れねえとえらい剣幕だ」

「内儀さんの気持ちも分からないじゃねえが亡くなった人だ。ちゃんとな、弔《とむら》いぐらい出してやらねえと伊勢屋の暖簾《のれん》に傷がつこうというものだぜ。二人の死骸はどうなってんだね」

清蔵が興味津々に聞く。

「伊勢屋の菩提寺《ぼだいじ》に運ばれたとこでさ」

「伊勢屋さんは懐《ふところ》にいくら持っていたんだい」

彦四郎が口をはさむ。

「番頭と内儀さんの話を付き合わせると、七、八両ってとこらしいや」

「札差の旦那というからよ、切餅《きりもち》（二十五両）の二つや三つ持っていたかと思ったら、意外としみったれているな」

「婿養子だから、銭はままにならないのさ」

そう言った亮吉は声を潜めて、

「彦、水月にはよ、お上からお叱《しか》りがあるらしいぜ。屋根船を密会の場所に提供していたんだからな。こいつは、だれにも言うなよ」

と釘を刺したが、なんらかのお咎《とが》めが水月にあることは鎌倉河岸じゅうが知っていたことだ。なにしろ千代田の城下そばでの不法行為だ。奉行所も見て見ぬ振りはできなかった。

「さて送っていくぜ」

と亮吉がしほを促《うなが》したのをしおに鎌倉河岸の長い一日は終わろうとしていた。

「毎晩、亮吉さんに送り迎えさせてごめんね」

「なあに、いいってことよ」

しほは黄色の葉を半ば落とした河岸の老桜に目をやると、亮吉に従った。


金座裏に寺坂毅一郎に伴われて二人の武士が姿を見せたのは、手先たちが町廻りに出かけ、宗五郎とおみつ、それにしほの三人が朝餉《あさげ》を済ませた時分だ。

「これは旦那、えらく早ようござんすね」

そう言った宗五郎は、

「田崎《たざき》様、ご苦労に存じます」

と、がっちりした武士に挨拶《あいさつ》をなした。年の頃は覇気《はき》あふれる三十前後か。

「江戸開闢《かいびゃく》以来の親分の家に寄せてもらうなんて滅多《めった》にないことだ。わくわくするぜ」

田崎は興味深げに神棚やら長火鉢の鎮座する居間のたたずまいを眺め回した。

「なんの金座の裏口の番犬を長いこと務めてきただけでさあ」

三人の武家がそれぞれおみつの差し出した座布団に座り、しほがお茶を供した。

「この娘が村上志穂どのか」

田崎は磊落《らいらく》な口調で言うとにこやかな顔をしほに見せ、紅顔の若侍に向かって、

「園村辰一郎《しんいちろう》、志穂どのと従姉妹《いとこ》同士の対面だぜ」

と思いがけないことを口にした。

辰一郎と呼ばれた武士は二十一、二か。驚愕《きょうがく》を顔に漂わせ、座布団の上で座り直して田崎の顔を凝視すると冗談かどうか確かめた。

「驚いたか、辰一郎」

そう言った田崎はしほに向かって説明した。

「志穂どの、おまえのおっ母さんの姉様が辰一郎の母親さ」

しほもただ絶句して、血がつながっているという園村辰一郎の顔を見た。

「九郎太《くろうた》、いきなり園村どのやしほの肝《きも》を縮み上がらせるんじゃねえぜ」

と寺坂が言い、説明を加えた。

「しほ、おめえのおっ母さんの早希《さき》様には二人の姉がおられた。一人は辰一郎様の父上の園村権十郎《ごんじゅうろう》様に嫁がれた幾《いく》様、今一人は佐々木家に嫁にいかれた秋代《あきよ》様だ。政次が川越で調べてきたことじゃ、覚えておるな」

しほはようやくうなずいた。

「安永《あんえい》八年、そなたの両親が川越を出奔して、村上家は取り潰《つぶ》し、久保田の家も当主

の修理《しゅり》太夫《だゆう》どのが割腹されて絶えた。だが、辰一郎の園村と佐々木の両家は、城代家《じょうだいが》老《ろう》の根島様に目の敵《かたき》にされながらも、なんとか今日まで家名を絶やさずに持ち堪《こた》えてきたのじゃ」

　田崎九郎太がしほにさらに説明を加えた。なんとか若い二人は状況を理解した。

「まさか江戸に私の従姉妹が住んでいたなんて考えもしませんでしたよ」

　辰一郎は感慨深そうに言い出し、

「園村辰一郎です、志穂どの」

　としほに挨拶をした。

「しほと申します」

「田崎様もお人が悪い。ただ付き合えと申されただけでこちらまで連れてこられたのです。言われれば、母にも佐々木の叔母上《おばうえ》にも志穂様の面立ちはそっくりですよ」

「辰一郎様としほちゃんも似ていらっしゃいますよ」

　おみつも感心したように二人の顔を見比べた。

「しほ、辰一郎どのは御《お》小姓組《こしょうぐみ》で藩主様のお側《そば》に仕えておられた」

　そう言った寺坂は、そろそろ本題に入るかと一座を見回した。

「しほの長屋が襲われた経緯は、田崎に話してある。ここに同席された園村どのは、川越藩を長いこと専断されてきた城代家老の根島一派に対抗してな、田崎九郎太らと藩を改革する一派を江戸藩邸に密かに募《つの》られ、同盟に参加されたのじゃ」

「藩中の恥を晒《さら》すのは忍びないが、志穂どの、そなたも関わりのあることじゃ。話を聞いてくれ」

田崎の言葉にしほはうなずいた。

「過日、寺坂様と金座裏の親分に安永八年の事件を改めて聞かされ、それがし、悩んだ末に江戸藩邸の若い藩士たちに密かに諮《はか》ってみた。するとだれもが御家門の松平大和守《まつだいらやまとのかみ》一族の衰微には家老の根島一族の専横が深く関わっていると憂慮していることが判明した。そこでわれらは藩改革の捨石になろうと覚悟を決めた。江戸にある改革派は十一名、近々根島家老が長年支配する国許へ使者を立てて、同志を募る予定じゃ。そんな最中に志穂どのの長屋が何者かに襲われたという連絡をうけた……」

「そこでさ、おれが九郎太を誘って金座裏の知恵を借りにきたってわけだ」

「知恵ったってお武家様にお貸しするようなものは持ち合わせていませんがね、三人寄れば文殊の知恵と申しますからね」

宗五郎が応じた。

「寺坂様、志穂どのの長屋を襲った理由は安永八年の一件が絡んでいると見てようございますね」

「十六の娘が一人暮らしの長屋に忍び込んで葛籠《つづら》からかまどの灰までひっくり返そうという盗っ人がいるものか。しほの両親がまだ何かを残していると考えている者の仕《し》業《わざ》さ」

念を押す田崎に寺坂が言い切った。

「志穂どの、侵入者を見られたか」

「はい、一瞬ですが見ました。小者風の二人は頰被《ほおかぶ》りをしていましたが、指揮をされていた武家は面体《めんてい》を晒しておられました」

「風体《ふうてい》はどうじゃ」

と畳みかける田崎に宗五郎が、

「しほ、おめえの得意な絵を描いてみせてはくれめえか」

と命じた。うなずいたしほは部屋に行くと母譲りの絵の道具を持ってきた。

しほは墨一色で中年の武家の風体を描き、田崎らの前に示すと言い添えた。

「家紋は定かではありませぬが丸に藤だと思います」

「光村金太郎《みつむらきんたろう》にございます」

辰一郎が即座に応じた。それにうなずいた田崎も言う。

「江戸留守居役《るすいやく》来嶋正右衛門の用人ですよ。たしか家紋は丸に下がり藤……」

「この絵は光村の風貌《ふうぼう》そっくりにございます」

辰一郎が感心したようにしほを見た。

「手柄だぜ、しほ」

宗五郎はしほの人相描きがいくつもの事件を解決に導き、先頃《さきごろ》は町奉行の小田切様からご褒美をもらったことまで披露した。

「いや、上手なものだ」

と褒めた田崎が、

「光村たちは捜し物をまだ見つけていない様子と申すのだな」

と聞いてきた。

「私を襲ってきたとき、つかまえて体に訊《き》けと、この方が申されました」

「ならば見つけてないということだ」

田崎が安堵したように言った。

「あのう、父や母たちが何を残したか知りませぬが、川越を出奔して流浪の旅の最中に始末したとは考えられませぬか」

しほは光村らが押し入った翌日、常丸と亮吉の手を借りて、さほど多くもない道具類を調べたことを告げた。

「その可能性もないじゃない。だがな、しほ、そなたの両親にとってそれは命の綱かもしれぬものじゃ。母上は死に装束まで用意されるような慎重なお方、おれはな、どこぞに隠し持っておられると見たな」

寺坂が言い切った。

「調べるところなどもはやありませんけど」

「思いがけねえところさ。娘のおめえならそのうち気がつくはずだぜ」

「志穂どの、それがあるとわれらの藩政改革も一段と加速する。殿にお会いして直訴もできる。このとおりじゃ、頼む」

田崎が頭を下げ、辰一郎も慌てて真似《まね》たのを見て、しほは狼狽《ろうばい》した。

「どうぞお頭をお上げください。なんとか考えてみますから」

「そうしてくれるか」

寺坂がほっとしたように言い、

「しほ、くれぐれも豊島屋の行き帰りには気をつけてくれよ」

としほの身を心配してくれた。

「なあに鎌倉河岸で好き勝手なことをやらせるつもりはありませんよ。それにしほにはたくさんの勝手連がついてまさあ。うちの奴どもも競争でさ、しほの送り迎えを志願する有様ですぜ」

宗五郎が大袈裟《おおげさ》に言うと辰一郎が、

「そうでしょうね、志穂どのはお綺麗《きれい》だ」

と応じて顔を赤らめた。

「おやおや、ここにもしほ信者が生まれたぜ」

と九郎太が苦笑いした。


密会中の男女を襲う三人組が新たな犯行を重ねた。

大川端に舫《もや》われた屋根船で男女の刺殺体が船の船頭によって発見された。船頭が両国西広小路の番屋に駆け込んで急を告げた。

金座裏の宗五郎にとって縄張り外だが、寺坂毅一郎の命で金座裏自ら、下駄屋の貫六と常丸、それに亮吉を従えて大川端まで急行した。猪牙舟の船頭は彦四郎だ。

「おお、宗五郎か」

葦原《あしはら》の岸に寺坂と、同じく寺坂から鑑札を頂く下柳原同朋町の親分の銀平《ぎんぺい》が立っていた。

「同朋町、縄張り外ですまねえが死骸を改めさせてもらっていいかえ」

宗五郎が挨拶すると、

「金座裏が抱える一件と関わりがありそうだと旦那もおっしゃっている。なんの遠慮がいるものか」

初老の銀平が宗五郎に言葉を返す。寺坂の手前というより、銀平は温厚な人物として知られていた。

枯れた葦原に舳先《へさき》を突っ込んだ屋根船に宗五郎は身軽に飛び乗った。舳先には船頭の平次《へいじ》がしょんぼりと座っていた。貫六が話を聞こうと近付いていく。亮吉が障子を開けると血の匂《にお》いがむーうと押し寄せてきた。

男は二十七、八、一見して役者と分かった。暴れたものか、首に絞められた跡が残り、胸を突かれ、首筋に止《とど》めまで刺されていた。

女は二つ三つは年下か。

宗五郎は両手を合わせながら女の仏の顔に見覚えがあると考えていた。

（まさか能登屋《のとや》の絵津《えつ》では……）

ならば幼い頃からの知り合いだ。だが、今は私情を捨てて調べに徹せねばならない。

艶をとどめた女はただの一箇所、背から心の臓を刺し貫かれていた。

宗五郎は乱れた女の裾《すそ》を金流しの十手の先で開いて秘部を丹念に調べた。

「金座裏、見てのとおりだ。女は凌辱《りょうじょく》されながら、背から匕首《あいくち》で刺されている」

「蔵前の伊勢屋の主従殺しとちと気配が違うように思えますね」

「おまえも思うか」

「刺傷にためらいがねえ、最初から殺しを狙ってますぜ。凶器は千枚通しか槍《やり》の穂先のようなものだ。伊勢屋のほうは匕首でしたね」

「それに女を犯してやがる、ひでえ仕打ちだぜ」

「女は能登屋の妹ですかえ」

「気付いたか」

寺坂が重々しくうなずいた。

絵津を宗五郎の嫁にという話もあったくらい金座裏と能登屋の先代は、親しい交わりを重ねていた。だが、宗五郎にはすでに約束を交わしたおみつがいた。

「男は市村《いちむら》座の市村歌之丈《うたのじょう》……」

能登屋といえば古町《こまち》町人の一人だ。

古町とは芝口《しばぐち》から筋違見附《すじかいみつけ》の間、日本橋浜町あたりに幕府開闢のときから住む町人のことだ。角屋敷に住む町人は御目見《おめみえ》屋敷と称して、年賀、将軍宣下、将軍家の婚礼などの際、将軍家との拝謁を許されていた。それだけに江戸町民のなかでもうるさ方が多い。
漆器を扱う能登屋も古町町人の一人、城中ともつながりが深い。
「おめえも知ってはいよう。絵津は同業に嫁に行ったが、姑《しゅうとめ》との折り合いが悪くて
家に戻り、このところ役者買いなど好き放題をしていたそうだ」
宗五郎も絵津が坂本町に戻ったという噂を小耳にはさんでいた。
「ちょっと厄介《やっかい》なことになりましたね」
屋根船から外に出た宗五郎が寺坂に言った。
「能登屋も事情が事情だ、無理難題は言うまいが早いとこ、片をつけねえと小言を食
うことになるぜ。銀平、宗五郎よ」
二人の十手持ちは畏《かしこ》まってうけた。
貫六が親分の許《もと》に戻ってくると、言った。
「柳原土手の船宿鶴伊勢《つるいせ》の持ち船でしてね、船頭は平次といいやす。野郎は女のくれ
る金に目がくらんで、何度か屋根船を明け渡していたようなんで。三人組の姿はかけ
らも見てねえそうです。船に戻って仰天した様子で、鶴伊勢を辞《や》めさせられるんじゃ
ねえかってしょんぼりしていますさあ」

「金座裏、鶴伊勢は密会に屋根船を使わせる船宿じゃねえんだ」

銀平がわきから言い添えた。

「同朋町の、このあたりは曰《いわ》くつきの屋根船が集まる名所かえ」

「昔はさ、忍び逢いも大川も鐘《かね》ヶ淵《ふち》あたりまで漕ぎ上がっていたが、近頃じゃ手近ですますからね。流行とはいえ風情がねえや」

銀平は嘆いた。

猪牙舟に戻った宗五郎は、彦四郎に船を出すように無言で命じた。すると、

「おれを八丁堀まで乗せていけ」

と寺坂毅一郎と小者が乗り込んできた。宗五郎は銀平に遠慮して寺坂を船に誘わなかったのだが、寺坂は最初からその気だったようだ。

船が大川端を離れると寺坂が聞いた。

「宗五郎、能登屋の主人とは幼友達だったな」

「旦那もご存じのとおりだ。壮右衛門《そうえもん》も絵津もよく知ってまさあ」

「銀平の手先が話を聞きに行ったんだが、ていよく追い返されてきやがった。銀平は見てのとおり好々爺《こうこうや》だが押しがねえ。宗五郎、おまえにたのまあ」

「同朋町は承知のことですかえ」

「おめえが乗り出してきて、一番ほっとしているのは銀平よ」

「通夜にことよせて話を聞いてきましょう」

承知した宗五郎に寺坂が言った。

「三人組を真似やがったか。いったん血を見た野郎は繰り返すぜ」

「密会者が屋根船を使うのを遠慮しませんかねえ」

「頭に血が上った二人には見境なしだ。それを期待しても無理だな」

寺坂毅一郎のご託宣《たくせん》だった。

「彦」

と宗五郎が呼びかけた。

「わりない仲の二人を乗せた屋根船がつながれる場所は、およそ決まっていよう。近頃はどこだえ」

「同朋町の親分さんが言われたように近場が流行《はやり》だ。大川河口なら佃島《つくだじま》、霊岸島《れいがんじま》の松平《だいら》越前守《えちぜんのかみ》様の中屋敷、越中島《えっちゅうじま》から深川相川町あたりの葦原だ。川向こうの仙台堀も怪《あや》しげな屋根船をしばしば見かけますぜ。それにしても大川端はめずらしい。待てよ……」

と言った彦四郎が続けた。

「今度の一件は、みんなこちら岸でやられてませんかえ」

「彦四郎、船頭を辞めてうちにきねえ。言われてみりゃあ、たしかに川向こうの被害はねえな」

「宗五郎、届けがないだけかもしれねえぜ」

寺坂が口をはさんだ。

「そうですねえ……」

と考え込む宗五郎に、

「親分、船をどこに着けますかえ」

と彦四郎が聞いた。

「親仁《おやじ》橋際につけろ、市村座に面を出そう」

「宗五郎、目鼻がついたら声をかけてくれ」

と言い残した寺坂毅一郎と小者は南茅場町の大番屋で下船した。

彦四郎は日本橋川を小網《こあみ》町の岸へと横切り、思案橋下からの堀留に猪牙舟を入れた。

この堀留の二番目にかかるのが親仁橋だ。

出雲《いずも》の阿国《おくに》のかぶき踊りに始まる歌舞伎は元禄《げんろく》年間（一六八八〜一七〇四）に興行

の様式を確固なものとした、人気第一の芸能であった。さらに正徳《しょうとく》年間（一七一一～一六）には女形の芳沢《よしざわ》あやめが千両を超す給金役者になったのを始め、千両役者が続出した。そこで寛政の改革では役者の給金値下げの沙汰《さた》がお上から出たほど、芝居人気は沸騰していた。

金座裏の一行は河岸に上がった。堀留から丑寅《うしとら》（北東）に葺屋《ふきや》町、堺町と芝居町、俗にいう二丁町が広がっていた。

市村座は堀側の葺屋町にあって、幟《のぼり》が風にはためいている。演目は『伽羅先代萩《めいぼくせんだいはぎ》』、秋興行の真《ま》っ直中《ただなか》だ。

宗五郎は裏手に回り、楽屋口から舞台裏にある頭取部屋に向かった。

「おお、金座裏の親分さん」

宗五郎は座元の市村昇次郎《しょうじろう》とも馴染《なじ》み、うなずくと宗五郎だけが部屋に入った。貫六ら三人の手先は部屋の入り口に腰を屈《かが》めて控えた。

舞台からは鳴り物や台詞《せりふ》が聞こえ、頭取部屋の前のせまい廊下を役者衆が小走りに往来した。

「頭取、芝居の最中にすまねえ」

「なんの、それはこっちの台詞ですよ。歌之丈が能登屋の絵津様とえらいことをしでかしまして、お上の手をわずらわせます。同朋町の親分さんの手先の方に、散々叱《しか》られたとこでさ」

「歌之丈は今月の芝居に出てなかったのかえ」

「器用な役者でしてね。乳人《めのと》政岡《まさおか》に抜擢したばかり、代役を立てるのに難渋しましたぜ」

「となると歌之丈は昨日の芝居を終えて、絵津と密会したようだな。頭取は知らなかったのかえ」

「能登屋さんは古町《こまち》町人だ。絵津様と火遊びをするだなんて知っていれば、こんな真似はさせませんでしたよ」

「歌の仲のいい朋輩《ほうばい》はだれだね」

「女形の菊三《きくぞう》です。今時分は中二階の女部屋にいまさあ」

貫六がさっと立ち上がると中二階に向かった。亮吉が従い、常丸は親分のかたわらに残った。

幕府は当時、町家の三階建てを認めていない。市村座の内部は三層に分かれていたが、二階を中二階、三階を二階と称した。

貫六と亮吉が女形部屋の暖簾《のれん》を潜ると、菊三は白首に長襦袢《じゅばん》の格好で仲間と賭博《とばく》に興じていた。

「いけねえ、手入れだ」

　菊三は手先の顔を見て、泡を食ったように叫んだ。

「馬鹿《ばか》野郎、三文賭博を挙げてどうしようってんだ。菊の字、おめえに聞きたいのは歌之丈のことだ。ちょっと顔を貸せ」

　貫六が一喝すると仲間の前からしどけない格好の女形を階段に連れ出した。

「時間をとらせねえ、おめえが正直に喋《しゃべ》ればなあ。隠しごとすると大番屋にしょっ引くぞ」

「おお怖い、なんですねえ。聞きたいというのは」

「能登屋の絵津と歌之丈を結びつけたのはだれでえ」

「結びつけたも何も能登屋の出戻りがさ、芝居茶屋から歌之丈を呼び出したのでさあ。歌はいい金づるだってんで、喜んでましたぜ」

「二丁町じゃあ、知られた仲か」

「いえね、相手が相手だ。剣つく食らうといけねえってんで、歌は隠したつもりでしょうよ。でも仲間内では承知のことだ」

「おめえはどこで二人が逢引きしていたか、知っていたか」

「能登屋の寮と思っていたがね、屋根船のちょんの間《ま》とはけちくさいねえ」

「知らなかったのだな」

「一応、名代《なだい》の役者と能登屋の娘の逢引きですぜ。歌も船でなんて言えませんや」

「そのことを知っていた者はいねえか」

「そうですねえ……」

と考えた菊三は答えた。

「歌の道楽は博奕《ばくち》だ。いえ、三文博奕じゃねえ。川向こうの旗本屋敷で開かれる賭場《とば》の常連でしてね、あいつは熱くなるとなんでも喋りやがる癖《くせ》がある。ひょっとしたら盆ござの前で自慢したかもしれねえな」

「旗本屋敷はどこだえ」

「いえ、それは……」

「知っているんだろ。この際だ、吐きねえ」

「おれが喋ったって言わねえでくだせえよ。百六十石の井出《いで》鐘次郎《しょうじろう》って御家人の屋敷だ。御船蔵の裏あたりですぜ」

貫六と亮吉が一階に下りると宗五郎と常丸が楽屋口に立っていた。

船に戻る道すがら、下駄屋の貫六が聞き出したことを親分に報告した。

「歌之丈が賭場で自慢げにくっちゃべったってことはありそうだ。下っ引きの源太《げんた》を今晩、うちに呼べ」

貫六が畏《かしこ》まってうけた。

猪牙舟に戻った宗五郎が言った。

「彦、龍閑橋まで着けてくれ」

「へえ、綱定の河岸でいいんですかえ」

「おお、おめえをな、今晩から借りうけるのさ。旦那とおふじさんに断らずばなるまい」

と宗五郎は言い出した。

三

その夜、亮吉は宗五郎親分の供で能登屋の通夜に行った。もちろん奥に通されたわけではなく、店の戸口で待っていた。

役者買いの最中に殺された状況が状況だ。通夜の客も能登屋の旦那の壮右衛門に伏し目がちに挨拶すると、さっさと引き上げる。

宗五郎は大番屋から戻った絵津の亡骸《なきがら》に焼香すると、壮右衛門と奥座敷で対面した。

「壮右衛門、なんとも言葉のかけようがねえ」

「宗五郎、気持ちを察してくれ。恥知らずもいいとこだ」

二人だけになれば、幼馴染みの付き合いが蘇《よみがえ》る。

「まあ、そう言いなさんな。絵津さんにも鬱々《うつうつ》としたものがあったのだろうよ」

「たった一人の血がつながった妹だ。殺した人間を捕らえてくれ」

「壮右衛門、なんとしても金座裏がお縄にする」

「たのむ」

と古町町人の権威もかなぐりすてて壮右衛門は頭を下げた。

「絵津さんがいかほど金を持ち出したか、分かるかえ」

「死んだお袋が嫁に行くときにかなりの金を持たせている。坂本町に出戻ってきたときもそっくり持っていたはずだ。はっきりはしねえが五百両は下るまい」

「残金を調べたか」

壮右衛門は苦々しくうなずき、吐き捨てた。

「ほとんど残ってない。この半年余りのうちに使い果たしたと思える」

「歌之丈ていどの役者買いにしては金使いが荒いな。絵津さんは賭場に出入りした形跡はないか」

「賭場だって」

壮右衛門がぽかんとした顔をした。

「歌之丈の道楽は博奕だ。川向こうの御家人屋敷で開かれる賭場に出入りしていたようだ」

「まさかそこまで身を持ちくずしてはいるまい」

壮右衛門はふと不安げな顔に変え、言い足した。

「根津にうちの寮があるのを知っているね。絵津がこのところ何度か、泊まりに行っている」

「調べてみよう」

「金座裏、古町町人の沽券《こけん》にかかわる調べだけはしないでくれないか」

「調べに古町だ、新参だという区別はつけられねえ」

壮右衛門が愕然《がくぜん》と幼馴染みを見返した。

「宗五郎、絵津が放蕩《ほうとう》に走ったのは、おまえさんにも関わりがあるんだぜ」

「どういうことだ、壮右衛門」

宗五郎は幼馴染みの顔を睨《にら》んだ。

「絵津は小さな頃からおまえが好きだった。だが、おまえにはおみつさんがいた。その傷心を絵津は胸に抱いて嫁に行ったんだ、うまくいくはずもあるまい」

「無理は言いっこなしだ、壮右衛門」

そう言った宗五郎は、語を継いだ。

「おれも仏の恥をえぐり出す真似だけはしたくねえ。胸にしまっておかなきゃあならねえものは心得ているつもりだ、壮右衛門」

「たのむ、金座裏」


通夜から宗五郎と亮吉が戻ると、下っ引きの源太《げんた》が旦那然とした身なりで待っていた。

源太は、

「江州《ごうしゅう》伊吹山のふもと柏原本家亀屋左京のもぐさ……」

と小僧にもぐさを担がせて、自分は懐手で鷹揚《おうよう》に売り歩くもぐさ売りだ。商いの範囲は京橋近辺から溜池、四谷あたりの屋敷町だ。深川には面が知られてない。懐はいつも空《から》っ風が吹いていたが、恰幅《かっぷく》がいいので旦那の源太と仲間うちには呼ばれていた。

「親分、お呼びだそうで」

「下駄屋から子細は聞いたな」

「へえ、深川の賭場に潜り込むんで」

「おめえには下駄貫をつける。なんとかな、市村歌之丈と関わりのありそうな貧乏御家人か浪人者のあたりをつけてこい。絵津もひょっとしたら、賭場に顔を見せているかもしれねえ、心得ていろ」

「へえ」

と畏まった源太は、聞いた。

「こりゃ、二本差しの仕事ですかえ」

「大川端だけが手際がいい、凶器も違う。それに彦四郎の話じゃあ、大川端なんぞに屋根船を着ける粋人はいねえそうだ。どうして奴らが大川端に目をつけたか、気にいらねえ」

「合点承知だ。早速これからもぐりこみましょう」

と頭を下げて両手を差し出した。

「旦那面してても銭はねえか」

「親分、もぐさは何文商売だ、懐はいつもからっ尻《けつ》さ」

宗五郎は長火鉢の引き出しから十両出すと言った。

「博奕に勝ち負けをいうのは野暮《やぼ》だが、御用の金ということを忘れるな。下駄貫、源太は腕っぷしはからっきしだ。何かあったらせいぜい助けてやれ」

畏まった旦那の源太と下駄屋の貫六が金座裏から消え、居間に親分と亮吉だけが残った。

「親分、しほちゃんは大丈夫ですかねえ」

「しほが心配か、一晩目から姿を見せもしめえが面を出してみるか」

「へえ、お供します」

五つ半（午後九時）過ぎ、金流しの十手を懐に忍ばせた宗五郎と亮吉の背をおみつが切り火で見送った。

「左吉《さきち》、御用の邪魔《じゃま》になるんじゃないよ」

と龍閑橋の綱定の女将《おかみ》おふじの手に艫《とも》を押されて猪牙舟は堀に出た。

金座裏の宗五郎と亮吉を乗せた船の船頭は彦四郎の先輩にあたる左吉じいさんだ。

猪牙舟は御堀から日本橋川を一気に下り、大川に出ると永代橋を潜って三河吉田《みかわよしだ》藩、下総古河《しもうさこが》藩、田安中納言《たやすちゅうなごん》様の中屋敷、下屋敷の連なる川岸を上流へ漕《こ》ぎ上がり、本流に黒い影を見せる中州の間に猪牙舟を入れた。

「じいさん、待っててくんな」

「あいよ」

宗五郎と亮吉は身軽に舳先《へさき》から中州に跳び、枯れた葦原に延びる細い道を辿《たど》った。

密会する男女を襲う三人組に宗五郎は罠《わな》を仕掛けることにした。

番頭と女中を演じるのは八百亀《やおかめ》としほだ。

船頭は綱定の彦四郎だが屋根船の屋号は、浅草の江戸一と書き換えてあった。江戸一も不貞の男女を乗せることで知られた船宿だ。それに浅草から柳原土手に陸奥磐城《むついわき》平《たいら》藩三万石の上屋敷前の中州に近頃、金持ちの旦那が若い女を誘い出すそうだという噂を流してあった。

葦原の向こうにぼんやりと明かりが見えた。葦原に小さな入り江が開け、流れの向こうには陸奥磐城平藩秋元但馬守《あきもとたじまのかみ》様の上屋敷の甍《いらか》がかすかに望めた。

宗五郎も亮吉も気配を消して明かりに向かった。

「親分」

常丸の声が流木の陰からした。

「どんな具合だ」

「先ほどまで別の屋根船がいましてね。こう千客万来じゃ、三人組も出にくかろうぜ」

「万に一つの富籤《とみくじ》と思って辛抱することだ」

その夜、八百亀としほの屋根船は九つ（午前零時）過ぎまで網を張った。が、異変は起こらなかった。屋根船、捕方を乗せた猪牙舟、釣船はそれぞれ別々に中州を離れた。

翌朝、金座裏の朝餉《あさげ》の席で、

「親分、しほちゃんは別にしてよ、八百亀の兄いじゃあ出る者も出ねえぜ。兄いは年じゅう、江戸の町を走り回っているからよ、顔なんぞは真っ黒だ」

と浅蜊《あさり》の味噌汁を啜《すす》った亮吉が隣室の長火鉢の前で煙管《キセル》をくゆらす親分に大声を上げた。八百亀は通いの手先で朝めしの席にはいない。

「亮吉、おめえが八百亀に代わろうって算段か」

常丸が茶化した。

「常兄い、おれじゃ貫禄がなさ過ぎだ。銭もっている面じゃねえもの」

「ほう、心得ているじゃねえか」

二人の会話を聞いた宗五郎が、

「とは言うものの、うちの手先に分限者《ぶげんしゃ》面はいねえぜ」

と口をはさむ。

給仕をするしほもおみつも苦笑いした。

「いるさ、親分がいるじゃねえか」

亮吉が遠慮なく言い放った。

「その手も考えないじゃねえがもう一件がな、気になって名乗りを上げなかったのさ」

宗五郎の貫禄《かんろく》なら、どこかの旦那に化けられないこともない。だが、宗五郎には能登屋の絵津と市村歌之丈殺しの事件との兼ね合いもあって、こちらに専念できなかった。

「しほ、当分八百亀の日焼け面で辛抱しねえ」

親分の一言でしほと八百亀の役者続行が決まった。

亮吉たちが町廻りに出たあと、いつものように宗五郎、おみつ、しほの三人で朝食の膳を囲んだ。

「親分さん、豊島屋に出るまえに長屋に寄ってこようと思うのです、よろしいですか」

「昼間のことだ。何もねえとは思うが長居は無用だぜ」

しほは着替えを少しばかり取りに行こうと考えていた。それに川越藩の田崎九郎太からの頼みを長屋で考えたいと思っていた。

「親分」

と居間に上がってきたのは下駄屋の貫六だ。

「おお、待っていたぜ。首尾はどうだ」

「そう最初の晩からうまくはいかねえさ」

しほが貫六にお茶を出すと、ずずずっと音をさせて飲んだ手先は言った。

「能登屋の出戻りは歌之丈と一緒にさ、井出の賭場に顔を見せていましたぜ。それも二度ほどだ」

「やっぱりなあ」

絵津は自分から蛇穴に手を突っ込んでいた。

「賭場に集まる連中は歌之丈の金主が能登屋の妹かと合点したようです」

「その周辺で金遣いの荒くなった御家人はいねえか」

「賭場の客筋は商家の旦那、御家人、渡世人と混じっていやすがね、少なくとも昨晩のかぎりじゃあ、目ぼしい野郎は見当たらねえ」

「旦那の源太はどうしてる」

「まあ、金座裏の出入りを見られたくねえんでね、今晩もこちらに顔を出さずにおれが送り迎えする手筈《てはず》です」

「まあ、腰すえて網を張ろうか」

「もぐさの野郎、十両のうち五両ばかりすったそうで。親分、あの金は諦《あきら》めねえ」

「下駄貫、ほどほどに付き合えと源太に釘を刺しておいてくれ」

貫六はもう一つ、仕掛けた罠の首尾を聞くと町廻りに出掛けていった。


しほは竹の子長屋の部屋の戸という戸を開けて風を通した。するとうめが、

「お姉ちゃん」

と顔をのぞかせた。うめは野菜のぼて振り嶋八とはつの一人娘だ。

「うめちゃん、元気そうね」

「あそぼ……」

と遊びをせがむうめにあとで顔を出すからと言い聞かせた。

「そうだ、いいものがうめちゃんにあるの」

しほはおみつが、

「貰《もら》い物の桜餅《さくらもち》だけどさ、長屋の人に食べてもらいな」

と持たせてくれた隅田川堤長命寺《ちょうめいじ》の桜餅の包みをうめに渡した。

金座裏には始終出入りの商家や旗本屋敷からの付け届けがあった。桜餅も日本橋の

呉服屋の主が宗五郎に内緒の始末を頼みにきて、置いていったものだ。

「ありがとう、おねえちゃん」

うめが包みを抱いて姿を消した。

着替えを葛籠《つづら》から取り出して風呂敷に包み、部屋の真ん中に座ってみた。

今一度、両親が残したものをなぞっていく。

葛籠の中の衣類、部屋の隅に畳まれた夜具、碁盤と碁石と定石本の束、布にくるまれた大小、壁に掛けられた薬袋、小さな長火鉢、水瓶……どこも調べたところばかりだ。

しほは気を取り直して、葛籠から調べ直した。が、両親が格別に残したものは白装束くらいしか見当たらない。それだって何度も調べていた。

「しほちゃん、一区切りついたんならお茶が入ったよ」

と、はつの声が薄い壁の向こうから聞こえた。

「今いくわ」

しほは戸締まりをすると着替えの包みを提《さ》げ、ふと思いついて房野の残した絵の束を胸に抱えた。

はつは下谷の鳳《おおとり》神社で酉《とり》の市で売られる熊手の飾りの絵付けの内職をしている。

はつの周りには足の踏み場もないくらい作り物の小判や梅や松飾りが散乱していた。

しほは上がりかまちに腰を下ろすと縁《ふち》の欠けた茶碗で茶を頂いた。

「おとなりがいないと寂しいもんだよ。しほちゃん、いつ戻ってくるんだい」

「いつになるかなあ」

「親分さんはまだ駄目だと言っておいでかえ」

「そうなの」

「また物騒な悪党が現われるとなると心配だしねえ」

しほとはつは茶を飲みながら、世間話を交わした。

そろそろ豊島屋に出る刻限だと立ちかけたしほの胸にうめが飛びついてきた。その足に茶碗があたって、わずかに残っていたお茶がこぼれ、房野の絵の束にかかった。

「うめ！」

はつが怒鳴り声を上げ、しほは懐《ふところ》から手ぬぐいを出すと濡《ぬ》れた絵の束を拭《ふ》いた。

怒られたうめが泣き出した。

「おばさん、うめちゃんを叱らないで。なんともないんだから」

泣きやんだうめとはつに、

「もう少し留守にします」

と挨拶を残して、しほは竹の子長屋を出た。

磐城平藩の上屋敷そばの中州の葦原に彦四郎の屋根船が通い出して五日目の夜、金座裏の手先たちは辛抱強く三人組が罠にかかるのを待った。

夜半過ぎに小雨が降ってきて、もう引き上げの刻限と彦四郎が船に戻ろうとしたとき、無灯火の猪牙舟がすいっと葦原に忍び寄ってきた。

立ち上がりかけた彦四郎の太い腰の帯を亮吉が摑《つか》んで、その場に引きすえた。

「現われたのかえ」

「喋るんじゃねえ、彦」

亮吉に制せられて彦四郎が座り込んだとき、猪牙舟が屋根船に細い船体をあてるようにぶつかって止まった。

その瞬間、三人の影が一人は舳先《へさき》、一人は艫《とも》に飛び移り、残りの一人は船腹の障子戸を蹴破《けやぶ》ると体をくの字に折って飛び込んでいった。手に手に匕首《あいくち》が光っている。

その途端、切れのいい啖呵《たんか》が飛んだ。

「飛んで火のいる虫たあ、おめえらのことだ。金座裏の宗五郎が明かり点して待ちくたびれていたぜ」

「やばい！　罠だ、兄い」

「金座裏だろうと一人じゃ何もできめえ。こっちは三人だ、突き殺せ」

障子戸から飛びこんだ兄貴分が手にしていた匕首を宗五郎に突き出した。

しほを背にかばった宗五郎が金流しの十手で匕首を持つ手を鋭くはたいた。

「畜生《ちくしょう》！」

匕首を落とした兄貴分が、

「構うことはねえ、殺《や》っちまえ！」

と仲間二人に叫んだとき、

「御用だ！」

「北町定廻同心寺坂毅一郎様のお出張りだ！」

八百亀の声が響いて、二隻の猪牙舟と釣船が葦原の中から姿を現わした。釣船の舳先には、この二晩張り込みに加わっていた寺坂毅一郎が屹立《きりっ》し、猪牙舟には、常丸、亮吉らが捕物道具の刺股《さすまた》、突棒《つくぼう》、袖搦《そでがら》みを手に屋根船にせまった。

船頭の彦四郎もしほの危難とばかりに必死で漕いで迫った。

「いけねえ、手入れだ！」

「逃げるぜ、兄い」

宗五郎に殺到しようとした二人が、兄貴分を残して屋根船から自分たちの乗ってきた猪牙舟に飛び乗った。その舳先と横腹に捕方を乗せた船がぶつかり、一人は突き出された刺股と突棒に転がされ、もう一人は水の中に逃れようと飛び込んだ。

「逃すな！」

釣船から八百亀が叫んだとき、竿を手にした彦四郎が水中から浮かんできた男の頭を発止《はっし》とばかりに殴りつけた。なにしろ大男で大力の彦四郎の一撃だ。

「痛てえや、やめてくれ！」

片手で頭を覆った男が悲鳴を上げ、彦四郎が船を寄せると首っ玉を摑み、まるで大根でも抜くように水中から引き上げた。

「彦、手柄だ！」

屋根船から膝《ひざ》の下に兄貴分を組み敷いた宗五郎が彦四郎の活躍を褒めて、密会の男女ばかりを襲い続けた三人組はあっさりとお縄になった。

しほはただただ金座裏の手先たちと彦四郎の活躍ぶりを呆然《ぼうぜん》と見ていた。

「しほちゃん、大丈夫かえ」

親分がつかまえた兄貴分の体に捕縄《ほじょう》をかけた亮吉が声をかけてくれて、しほはようやくうんうんとうなずいた。

「金座裏、これで筆頭与力《ひっとうよりき》の新堂宇左衛門様に叱られなくて済む」

寺坂毅一郎の高笑いが中州に響いて捕物は終わった。


翌日の夜、豊島屋はどこか浮き浮きしていた。

その輪の中心は彦四郎だ。常連の客たちから、

「彦四郎、三人組を手取りにしたってねえ」

「金座裏の親分も顔負けっていうじゃあねえか」

などと冷やかされ、

「違う違う。おりゃ、水に逃げた一人の頭を竿で殴っただけだ」

と大きな体を小さくしていた。

亮吉がすっ飛んできたのは五つ（午後八時）の刻限だ。

「寺坂の旦那のお調べで三人組の正体が分かったぜ。兄貴分は渡り中間《ちゅうげん》の時蔵《ときぞう》、もう一人は荷船の船頭をしていた春次《はるじ》に三吉《さんきち》だ。春次はよ、商売がら大川沿いはもちろん江戸じゅうの堀を知っているだろう。この季節、どこに密会者を乗せた屋根船が舫《もや》われるかご存じってわけだ。金に困った時蔵らと計って、不貞の男女ばかりを襲い、金品を強奪してきた。そのうえ伊勢屋の主と女中のつわ、水月の船頭谷七郎と三人も殺

しているからな、獄門は免《まぬか》れめえって話だぜ」

「大川端も時蔵らの仕業かい」

「別口だ」

「ともあれこれで一件落着。船頭の谷七郎のせいで水月さんもとんだ災難だったな」

豊島屋の清蔵が龍閑橋のほうを見た。

「旦那、災難なものか。やっちゃあいけねえことを放《ほう》っていたんだ。それに谷七郎は、荷船の船頭、春次と顔見知りでよ、伊勢屋の旦那に口止め料をと、船に戻ったのが運の尽きだったのさ」


直参《じきさん》旗本ながら百六十石の井出鐘次郎は、御目見《おめみえ》以下の下級武士だ。長年、無役を続け役料も入ってこない、家計はいつも火の車だ。

そんな窮状に目をつけたのが本所の人入れ稼業の弁天の吉三《きちざ》だ。渡り中間や小者を旗本屋敷などに手配するのが本業の吉三は、

「井出の殿様、屋敷を貸してくれねえかね。月に十両は差し上げますぜ」

と申し出た。

月十両、年間で百二十両は三百石から四百石取りの実収入に値する。

井出はそれが博奕場に使われると分かっていながら吉三に屋敷を貸した。拝領屋敷は二百六十坪ほどあり、母屋は吉三に明け渡して、井出の家族は下男たちの長屋に入って暮らしている。

その夜、賭場は一段と白熱していた。

本両替町《ほんりょうがえちょう》の両替商常陸屋《ひたちや》の若旦那与之助《よのすけ》と日本橋の魚問屋魚勢《うおせい》の主人久七《きゅうしち》が賭場に顔を見せ、競い合うように煽《あお》ったからだ。段々と賭札が大きくなり、旦那の源太は、茣蓙《ござ》の前から下がって見物に回った。

「丁半、揃いました」

竜神の入れ墨の背を真っ赤に染めた吉三の壺《つぼ》振りが壺を虚空に舞わせて盆茣蓙に伏せた。

賭場じゅうから物音が消え、固唾《かたず》を飲む音だけが聞こえた。

壺振りの手があざやかに翻《ひるがえ》って、壺が上げられた。

「一一《ぴんぴん》の丁！」

歓声と落胆の吐息が交錯した。

賭札の山が魚勢の久七の前に、ざあっと運ばれた。一度の勝負で百両以上の儲《もう》けを得ていた。

源太が魚問屋のつきに乗ったものかどうか思案していると、盆茣蓙の前にすいっと座った神官がいた。湯島天神の禰宜《ねぎ》をつとめるという荒木《あらき》厚胤《あつたね》だ。歳は四十前か。湯島天神は目黒不動、谷中《やなか》天王寺と並ぶ富籤《とみくじ》興行の勧進元、そのせいで荒木の懐も豊かだと賭場では噂されていた。

源太とは初めてだったが、中盆《なかぼん》とも顔見知りの様子だ。

その荒木は先ほどから盆茣蓙の前を退いて、勝負の流れを観察していた。

荒木は両替商の若旦那与之助に乗って半の目に張り続けた。だが、負け続けてまた盆茣蓙の前から退いた。負けは三、四十両だろう。

今夜は常陸屋と魚勢の勝ち負けが派手で、このくらいの負けは負けのうちに入らなかった。

源太は自分に向けられた視線を感じた。鷹揚《おうよう》な構えで盆茣蓙の周辺を見回した。すると衣装を大店の主人風に変えた宗五郎が盆茣蓙の端にいるのが見えた。

(親分のお出ましだぜ……)

源太がその様子を見ていると、宗五郎がふいに立った。

しばらく間をおいて井出の屋敷を出ると、要津寺《ようしんじ》の山門前に宗五郎が立っていた。

「すまねえ、親分の出張りの前に片をつけたかったが、これってめぼしい御家人がいなくてな」

　言い訳をする源太が山門の背後を見ると下駄屋の貫六ばかりか八百亀以下、金座裏の手先が勢揃いしていた。

「源太、賭場が沸いているじゃねえか」

「なにしろ常陸屋と魚勢が張り合ったからね。いつもの客は入れねえよ」

「どこの神官だい」

「目をつけなすったか。湯島天神の禰宜さ、名前は荒木厚胤といって賭場にはちょくちょく出入りしているようだ。なにしろ富籤の上がりで懐が温かいんだ」

「突く日には湯島湧くほど人が出る、というからな。さぞや湯島の禰宜なら懐も潤《うるお》っていようが、こちとらにはちと厄介だ」

　天神様は当然寺社の支配下にあり、富籤興行の盛んな湯島ともなると密接な結び付きを持っていた。

「八百亀、常陸屋の若旦那、魚勢の主、それに荒木禰宜と三人に手配りして尾《つ》けてみろ。目ぼしい魚が引っ掛からないんじゃあ雑魚《ざこ》でもあたるしかあるまい。なんでもいいから、明日の夕刻までに調べ上げておれのところまで報告するんだ」

　宗五郎が腹を括《くく》ったように命じた。

へえ、と応じた八百亀が手先を三組に分けた。

「おれはどうしよう」

旦那の源太が親分にお伺いを立てた。

「おめえはせっかくだ、もう少し賭場で網を張っていろ。そうだ、能登屋の絵津が最後に顔出しした日に三人のうちのだれかがいたかどうか調べてくれ」

「今晩じゅうにもなんとかしやしょう」

「懐はどうだ」

「すまねえ、二両と残ってねえよ」

宗五郎は切餅《きりもち》（二十五両）を渡した。

「こいつは豪儀だ」

「能登屋の壮右衛門が陣中見舞いにと届けてきた金だ。絵津を殺した相手の目星をつけねえと源太、てめえは古町町人の壮右衛門に江戸払いになるぜ」

「分かった。なんとか目と耳をかっぽじってみよう」

ふいに宗五郎が源太の体を押すと暗がりに押し込んだ。

振り向くと井出の潜り戸が開いて、禰宜の荒木厚胤が姿を見せたところだ。下駄屋が亮吉を従え、闇に消えた。

四

翌日の昼下がり、金座裏に最初に戻ってきたのは日本橋魚勢の久七の調べに当たった常丸と稲荷《いなり》の正太《しょうた》の二人組だ。

「親分、魚勢はさ、河岸でも稼ぎ頭だ。久七が賭場で百や二百の金を負けてもびくともしないぜ。それに妾もいてさ、屋根船の密会者の女を襲うほどの余力はないと思うがね。もう少し調べますかえ」

「ご苦労だったな。おれも魚勢の暮らしぶりを知らねえわけじゃねえ。あやつは関わりあるまいよ」

宗五郎はそれ以上の調べを止めた。

七つ半（午後五時）過ぎ、八百亀らが顔を宗五郎の前に現わした。

「与之助ですがね。常陸屋からは勘当寸前、近頃じゃ賭場に通う金もままならねえ様子でね。野郎なら、屋根船でも襲いかねないが腕がからっきしだ。刃物を握ったこともねえと思いますよ」

「昨晩の金はどこで都合をつけたえ」

「大旦那に内緒で母親が与之助にやったんじゃねえかと下女が言ってますがね」

「まあ博奕狂いの若旦那の腕じゃ、あの仕事はできまい」

「あとは湯島天神の神官ですかえ」

「あっちも確証のあってのことじゃねえ。どこぞに見落としがあったか」

宗五郎が煙草盆を引き据えて考えに落ちた。

旦那の源太が顔を出したのは手先たちが台所で夕飯を食い終えた時分だ。

「親分、能登屋の絵津さんと歌之丈が派手に負けた夜に隣で駒札張っていたのは禰宜の荒木だぜ。その晩は、魚屋も常陸屋も面は出してないそうだ」

「ほう、湯島天神の禰宜様がな……」

これから賭場に向かうという源太が金座裏から消えた半刻《はんとき》（一時間）後、亮吉が汗みどろで金座裏に飛び込んできた。

「親分、あやつ、湯島天神の禰宜でも神官でもねえ、荒木厚胤の偽者だ」

「なんだと」

急に金座裏が色めき立った。

湯島天神は文和《ぶんわ》四年（一三五五）古松に勧請《かんじょう》したものを太田道灌が再興したものだ。

「荒木厚胤様はたしかに湯島の禰宜だが、御年《おんとし》七十五の老人ですぜ。野郎はさ、湯島切通町の長屋に住む小池主計《こいけかずえ》という野州浪人だ。数年前、長患《ながわずら》いの女房に死なれてからぐれたようなんで。毎月、十六日の富籤興行の日にはさ、羽織袴《はかま》で壇上に立ってよ、富籤の木札を突く役を天神様から請け負って、なにがしかの鳥目《ちょうもく》をもらっている貧乏浪人だ」

「浪人者をなぜ富籤の突き役なんぞにしたのだ」

「それがさ、女房が患ったときに毎日天神様にお参りしているのを荒木神官が見ていてね、何かの助けにと突き役を振り当てたんだそうです。ところが小池は鹿島一刀流の免許持ちで槍術《そうじゅつ》も大膳太夫盛忠《だいぜんだゆうもりただ》直系の名人、突きん棒の扱いがいいってんで、今やそれが見物の一つになっているんです。野郎も毎月十六日は本身の槍で当たり札を突くんだそうです」

「貧乏浪人が博奕場で三十両も四十両も負けて平気ってのは、おかしいな。下駄貫は湯島裏に残ったか」

「へい、兄《あに》さんはすっぽんみてえに食らいつくと言ってますぜ」

「八百亀、常丸、亮吉を案内に立てて、湯島に応援に行け。明日の朝はおれも出張る」

亮吉のもたらした手応《てごた》えに金座裏に張り詰めた空気が漲《みなぎ》った。

「親分、茶漬けでいいや、一杯食う間をくれめいか」

「めしくらい存分に食っていけ。それに下駄貫ににぎり飯も用意していけ」

「亮吉、膳が出てるよ。下駄貫のにぎり飯を作ってるよ」

台所からおみつの声がした。

「姐《あね》さん、ありがてえ、腹ぺこだ」

亮吉が台所にすっ飛んで消えた。


翌日、金座裏の宗五郎は八丁堀の役宅に寺坂毅一郎を訪ね、下駄貫と亮吉が探り出してきた野州浪人小池主計のことを報告した。

「槍の名人の大膳太夫の直系が富籤の突き役か、おもしれえな。おれも行こう」

縮緬《ちりめん》の着物に短羽織、裏白の紺足袋《こんたび》に雪駄をつっかけた寺坂と宗五郎は御新造《ごしんぞ》の伊《い》代《よ》に見送られて役宅を出た。

町廻りが役目の二人のことだ。八丁堀から湯島天神まで四半刻《しはんとき》（三十分）ほどで辿り着いた。

まずは湯島天神の境内に立ち寄り、二人は本殿に神妙に手を合わせた。

顔を上げると境内のあちこちには三日後の富籤の知らせが張ってある。

「お役目ご苦労に存じます」

と挨拶をくれた掃除の老爺《ろうや》に会釈を返した二人は、北口から切通町に下りた。するとと昨夜から張っていた八百亀がふいに顔を見せた。

八百亀は坂下の長屋を顎《あご》で指した。どうやらそこが小池主計のねぐらのようだ。

三人は黙したまま坂上に進み、根生院の境内に入って本堂の階段まで歩いた。

「寺坂の旦那、ご苦労に存じます」

と改めて同心に挨拶した八百亀は、腰をかがめた。

「このあたりで聞き込みをしたんですがね、上さんが亡くなるまでは貧乏神すら住みつかねえ極貧の暮らしだったそうで、酒屋にも米屋も店賃も滞り放しだった。ところが数か月後にはきれいさっぱりと溜まった借金を返済しているんですよ。近頃じゃあ、酒の匂いをさせているのは当たり前、時には吉原やら品川までのして泊まってくることもあるようなんで。昨晩もね、根津まで下りて切見世に上がってケコロを買いやがった。銭には不自由してねえ様子だぜ」

「金回りがよくなったわけはなんだ」

宗五郎が聞いた。

「当人は、道場の代稽古で金を稼いでいると吹聴しているようですが、どこの道場か分かっていません」

「富籤の突き役の日当はいくらだ」

「羽織賃として三百文です」

「そんな見当だろうな」

根生院に亮吉が駆け込んできた。

「どうやら出掛ける算段のようですぜ」

八百亀が、

「手筈《てはず》どおりにいくぜ」

と尾行態勢を確かめた。

寺坂と宗五郎は切通しを見通せる根生院の境内の植え込みの陰で待機した。

長屋の木戸口を出た小池主計は、ちらりと油断のない双眸《そうぼう》で坂の上下を見た。今日は仙台平《せんだいひら》の羽織袴の侍姿だ。腰の大小もぴたりと決まっている。

「かなりの遣い手だな」

寺坂がつぶやきを漏らした。

「親分はどうしなさる」

「金座裏に戻っていよう」

「絵津殺しかどうかしらねえが、うさん臭いのは確かだ。八百亀、油断するな」

「へえっ」

と畏《かしこ》まった老練の手先が尾行の指揮をとるために根生院から消えた。


その夜、鎌倉河岸の豊島屋に思いがけない客があった。

従兄弟《いとこ》の園村辰一郎がしほを訪ねてきたのだ。

「志穂どの、仕事先まで押しかけて相すまぬ。川越にそなたのことを飛脚便で知らせたのだ」

豊島屋の主の清蔵が気配を察して、

「店先じゃなんだ。しほちゃん、奥を使っていいんだぜ」

と言い出した。

そのとき、馬方や船頭が酒を飲む店に不釣り合いな武家の女が堪《こら》えきれない様子で入ってきた。

しほはその顔を見たとき、亡き母の面影を重ねていた。

「そなたが志穂か、早希の娘か」

すでに辰一郎の母親幾の瞼《まぶた》は濡れていた。

「私はそなたの母の姉です」

しほは黙ってうなずいた。

清蔵が、

「奥方様、お侍さん、座敷を使ってくださいな」

と三人を豊島屋の座敷に招じ上げた。慌てて内儀さんのとせが座布団を用意したり、茶を運んだりと、初めての伯母《おば》と姪《めい》の対面の場を整えた。

「しほ、園村様のおっ母さんが川越から飛んでこられたそうだな」

親分の宗五郎が手先たちの給仕をするしほに言い出した。湯島に出掛けて遅く戻った宗五郎は、昨晩はしほと顔を合わせてなかった。

「どんな気持ちだ。ふいに従兄弟や伯母上が現われた気分はよ」

「なんだか狐《きつね》につままれたようで」

「おまえさん、川越の奥方様のお顔は亡くなったおっ母さんとそっくり、瓜《うり》二つだぞうだよ」

おみつがしみじみと言う。

「武家の奥方が川越から江戸まで飛んでこられるたあ、並のことじゃねえ。しほ、積もる話をしたか」

「あまり時間がなくて……」

「今日の夜には浅草河岸から川越行きの船に乗られるんですって。竹の子長屋で今日の昼に会う約束をしたってんですけどね。うちを使ってもらっちゃあ、どうだろうね」

宗五郎はしほを見た。

「豊島屋でも家で食事でもしながらと申されました。親分さん、お上さん、私の一家は、長屋暮らしを長いことしてきたのです。両親が住んだ長屋ではありませんが、母の暮らしが少しでも偲《しの》ばれる長屋で伯母と話をしてみたいのです」

うん、とうなずいた宗五郎は、

「しほの納得のいくやり方でやりねえ」

と承知した。

寺坂毅一郎がふいに居間に入ってきた。

「金座裏、湯島の偽禰宜はどうしたえ」

「昨晩は動きませんや。留守するんなら、長屋に入り込んでみようと考えたんですがね」

「少々荒っぽいがうさん臭いことはたしかだ。仕方あるまい」

「今晩にも出掛けてくれるといいんですがねえ」

「ここ三年ばかりのな、未解決の事件を調べてみた。市村歌之丈と絵津のように船で密会しているとこを襲われた類罪だ」

「ありましたかえ」

「あった、三件だ。金座裏の縄張りうちじゃねえが、鐘ヶ淵で浅草の香具師《やし》と妾がやられた一件をはじめ、半年から一年おきに三つ起こっている。どれもが死因は槍の穂先のようなもので一突き、女が犯されている」

「槍の穂先を使っての犯行ってのが味噌だ。旦那、こりゃあ、四つはつながりますぜ」

「なんとしても五件目は阻止しねえと北町の沽券《こけん》に関わる」

「うちも能登屋の壮右衛門からやいのやいの言われてましてねえ。一日も早く決着つけねえと呪《のろ》い殺されそうだ」

「金座裏、野郎を誘い出す手を考えねえ」

と寺坂がけしかけた。

しほは竹の子長屋に出向くとせまい部屋の掃除を済ませ、金座裏から持ち帰った両親の位牌を文机《ふづくえ》に飾った。そんな最中、豊島屋と金座裏から心尽くしの酒と肴《さかな》が届けられた。

川越藩御番頭六百石の奥方園村幾と御小姓役辰一郎の二人が長屋を訪れ、二人は位牌に香花《こうげ》を手向けてくれた。

あとは血のつながった者同士、酒と肴を楽しみながら思い出話を繰り広げた。

その半日、幾としほの女たちは泣いたり、笑ったりして時を過ごした。

「母上、そろそろお暇《いとま》する刻限にございます」

武家の奥方が国許を離れるなど徳川親藩の川越だから大目に見られたことだ。だが、そうそう留守はできなかった。

「志穂、いつの日か、そなたを川越に迎える日もこよう。その折りは先祖の墓にみなで参りましょうぞ」

幾は村上田之助と久保田早希の墓に参れなかったことを悔やみながら、辰一郎に伴われて浅草の花川戸河岸へと去っていった。

しほは虚脱したように両親の位牌の前に座って、亡き両親と無言の会話をし続けた。

湯島天神裏の切通しでは金座裏の手先たちが八百亀の指図に従い、散らばった。

その日の昼下がり、小池主計の長屋に落とし文が投げ込まれた。

井出鐘次郎の拝領屋敷で開かれる賭場の胴元の弁天の吉三からだ。文には客筋が揃い、大勝負になりそうだからお誘いをと金釘《かなくぎ》流の字で書かれてあった。

五つ（午後八時）過ぎ、小池が長屋を出た。

賭場に通う神官姿だ。

それから半刻（一時間）後、八百亀、下駄屋の貫六、常丸、亮吉らは小池主計の長屋に忍びこんだ。

三和土《たたき》には流しと竈《かまど》があり、六畳と八畳間が縦に並んでいた。八畳間の奥はせまいながら庭があって、その先は根生院の石垣に遮られていた。

八百亀の手筈どおりに亮吉らは三和土、六畳間、八畳間、それに裏庭組と分かれて極秘の作業に入った。部屋は男の一人暮らしとは思えないようできれいに片付けられていた。

槍の名手との評判どおりに長柄の槍が八畳間に飾られてあった。穂先は外された様子も血のりもない。それに大小はどこを探してもなかった。探索一刻（二時間）、床下から壺に入った小判が百七十両余りと小粒が出てきた。それに男ものの革財布と女ものの紙入れが五つも出てきた。

「八百亀の兄《あに》い……」

床下に潜り込んでいた亮吉が根太《ねだ》の下に隠されていた油紙の包みを発見した。

上げた畳から顔を覗《のぞ》かせた亮吉が油紙を解くと槍の穂先が出てきた。

「まだ乾いた血のりがこびりついているぜ」

「よし、これで証拠は揃った。野郎の帰りを待ってしょっ引くだけだ」

八百亀が汗みどろの顔に興奮を漂わせたとき、

「待つことはない」

と三和土から声がした。八百亀らが振り向くと、侍姿に戻った小池主計が腰高障子を開けて入ってきた。

「このところ身辺に不浄役人の手先がうろついていると思っていたら、案の定だ」

「気がつかれたか」

八百亀が懐から十手を出しながら、弟分たちに目くばりした。

「井出の屋敷から博奕の誘いなどあったためしはない。それにおれは神官の荒木厚胤で通してきたのだ。長屋に付け文を投げ込むとは、いかにも岡っ引きの考えそうなことだ」

小池は室内の戦いに備えて脇差を抜くと三和土に入ってきた。

「ぬかるなよ」

八百亀が亮吉たちに声をかけた。ふいを衝《つ》かれた分、八百亀らは動揺していた。それに剣の達人を相手に十手しか得物はない。

亮吉は床下にしゃがむと湿った土を手で掬《すく》い、畳に這《は》い上がった。

小池は下駄屋の貫六が抱えた壺を見ると、

「三下、壺を寄越せ」

とじりじりと六畳間で片手だけで十手を構える下駄貫に迫った。

「ぬかすな！」

亮吉が手にした土を小池の顔に投げた。わずかに顔を横に振って避けたのと、

「野郎！」

と竈の前から常丸が十手を揮《ふる》って小池の懐に飛びこんだのが同時だった。

が、小池の動きは捕物に慣れた八百亀らの予測をはるかに超えたものだった。

半身に位置を変えると脇差で常丸の小股を掬い上げた。

「ぎえっ！」

常丸は足に激痛を感じながら、もんどりうって三和土に倒れこんだ。

六畳間に飛び上がった小池は脇差を下駄屋に突き出し、尻餅をついたその手から壺

を奪いとった。

「死にたくなくば道をあけえ」

小池主計は血走った双眸《そうぼう》で八百亀らを一睨《ひとにら》みすると、開け放たれた腰高障子から長屋の路地に走り出ようとした。

「小池主計、年貢の納めどきだ！　金座裏の宗五郎が逃さねえ」

一尺六寸、金流しの長十手を構えた宗五郎が戸口に立ったのはそのときだ。

「くそっ！」

突然小池は脇差を振り回すと八畳間に抜け、裏庭に飛び下りると切通しに向かった。

「逃がすな！」

「湯島天神に入れるな」

湯島天神は寺社奉行の差配地だ。富籤興行の突き役が境内に逃げ込めば、町方は追跡して捕縛するわけにはいかない。

小池は湯島天神の裏口の石段に走っていた。

金座裏の宗五郎が一歩遅れて小池に追いすがった。

小池のすぐ前に北口の石段が見えた。

「待ちやがれ！」

宗五郎の声が小池の背に飛んだ。

小池主計は石段に飛び上がろうとしてその影を見た。

石段の真ん中に北町定廻同心寺坂毅一郎が着流し襷《たすき》に尻端折《しりはしより》、頭にきりりと白鉢巻きで立っていた。

「小池主計、おとなしく縛《ばく》につけぇ」

小池はちらりと後ろを見た。

背には長十手を構えた金座裏の宗五郎と手先たちが控えていた。

「くそっ！」

「御用だ！」

と囲んだ手先に小池が小判、小粒の入った壺を投げた。

切通しに落ちた壺が割れて小判が散らばった。

小池は脇差を左手にして宗五郎へ、右手で大刀を抜き放つと寺坂に突き出した。

寺坂毅一郎も刀を抜くとじわりと石段を下りた。さらに一段……小池が寺坂に突進すると見せかけて宗五郎へ斬りかかった。金流しの十手で脇差を受けた宗五郎は十手で脇差をからめ、足をかけて倒そうとした。だが、小池はそのかたわらを猛然とすり抜けて、手先の輪に飛びこみ、右手の剣を車輪に回した。

下駄屋の貫六が必死で飛び下がろうとしたが、その脇腹を切っ先が斬り割って、地べたに這わせた。さらに行く手を塞《ふさ》ぐ亮吉らを斬り伏せ、根生院へ逃げこもうと計った。その背に宗五郎が体当たりして倒した。が、脇差を振り回して手先を牽制《けんせい》した小池は、飛び起きると片膝《かたひざ》をつき、剣を構え直した。

その前に寺坂毅一郎が立った。

「鹿島一刀流の遣い手と聞いたが、剣の道を誤ったな」

寺坂は正眼《せいがん》に構え、両手に剣と脇差を構えた小池は、脇差を中段に大刀を脇に引きつけた。

「参る」

寺坂がずいっと一歩進んだ。

小池の脇差を持つ左手首がひねられ、寺坂に向かって脇差が飛んだ。

「しゃらくせえ！」

宗五郎の手から金流しの十手が飛んで虚空で脇差に絡《から》まり、石垣にたたき付けられて落ちた。

寺坂の裂帛《れっぱく》の気合いが走って、小池の肩口を袈裟《けさ》に襲った。

小池は右手の剣に左手を添えながら、寺坂の胴を鋭く抜いた。が、手を添えた分、対応が遅れた。

「え、鋭《えい》っ！」

寺坂毅一郎の袈裟斬りが肩に食い込み、小池主計は片膝ついた姿勢のままに押しつぶされるように切通しに突っ伏した。

次の夜、豊島屋は読売を手にした客で賑《にぎ》わった。

〈北町定廻同心寺坂毅一郎、金座裏の親分、大手柄。湯島天神裏切通しの深夜の決闘、密会者襲撃の下手人捕縛……〉

寺坂同心は武家を捕縛したというので奉行の小田切土佐守様から丹波守吉道《たんばのかみよしみち》一振りを頂戴、金座裏の宗五郎にもご褒美が出るという話だった。

金座裏では下駄屋の貫六と常丸が怪我《けが》を負い、寺坂同心に斬られた小池主計とともに小石川の養生所に運ばれて治療を受けていた。

しほは下駄貫と常丸の傷がさほどの深手ではなく、命に別条はないことを知っていた。だが寺坂に肩口を袈裟に斬られた小池主計は瀕死《ひんし》の重傷を負って医師たちが三十針にわたって縫合手術をしていた。

「ああ、喉がからからだ」

と亮吉が汗みどろになって豊島屋に顔を出したのは待ち受けていた客の大半が帰ったあとのことだった。

「亮吉さん、二人の怪我はどう」

しほが下駄貫と常丸の容体を気にした。

「兄いたちは心配ねえ、下駄屋なんぞは酒が飲みてえといって養生所の先生に怒られていらあ」

「ああ、よかった。で、小池ってお侍はどうなの」

「先ほど亡くなったよ」

「まあ、そうなの」

「死んだほうが幸せかもしれねえぜ。調べのことは詳《くわ》しく話せねえが市村歌之丈と能登屋の絵津様、ほかに三件の強盗と殺しを自白したんだ。長屋に残されていた財布は殺した相手の持ち物だ。おれっちは一日じゅう、駆け回って調べてきたんだ」

「ご苦労だったな」

清蔵が茶碗酒を突き出し、亮吉が奪うように摑むと喉を鳴らして飲んだ。

「小池って浪人は上野安中《こうずけあんなか》藩三万石の元家臣だったそうな、上司の奥方だった御内儀《おかみ》と手に手を取り合って江戸に出てきた。その御内儀が亡くなっておかしくなったんだ……」

亮吉の独演会は当分続きそうな気配だ。

しほは苦しい息の下から告白した小池主計と本名を隠して生きた父の生涯を重ね合わせて、胸の内が苦しくなった。そっとその場を外すと豊島屋の外に出て、すっかり葉を落とした老桜を救いを求めるように見た。

第六話　火付泥棒

一

その朝、金座《きんざ》裏《うら》はいつものんびりとした空気が漂っていた。

その日の昼下がりには下駄屋の貫六《かんろく》と常丸《つねまる》が小《こ》石川《いしかわ》養生所から戻ってくる。

昨晩から金座裏の二階に潜《もぐ》りこんでいた亮吉《りょうきち》は親分の宗五郎《そうごろう》に、

「亮吉、おみつと一緒に小石川まで迎えに行ってこい」

と命じられた。

へえ、と承《うけたまわ》って三杯目の茶碗をしほに差し出したとき、玄関先に人が立った様子だ。

「亮吉さん、自分でよそって」

と言い残したしほは玄関に行った。すると旅仕度の園村辰一郎《そのむらしんいちろう》が立っていた。

「辰一郎様、そのお姿は……」

しほは辰一郎の様子に川越藩《かわごえ》に異変があったと悟った。

すぐに宗五郎の居間に辰一郎が通された。

「川越へお戻りですかえ」

宗五郎も聞いた。

「はい、田崎《たざき》様の命で密《ひそ》かに川越へ戻ります」

「何かありましたか」

「昨晩、国許《くにもと》から根島《ねじま》家老の側近、御奏者番《おそうしゃばん》の尾藤竹山《びとうちくざん》様が江戸に出てまいられまして、江戸屋敷の根島派首魁《しゅかい》、留守居役《るすいやく》来嶋正右衛門《くるしましょうえもん》の役宅に入られました。われら反根島派の動きを牽制《けんせい》して差し遣わされたものと推測されます。そこで田崎様らの指示で、私が川越へ潜入し、川越の改革派と連絡をとることになったのです」

「そうでしたかえ」

「宗五郎どの、十日うちには来年の出入り商人を決める入札《いれふだ》が開かれます。根島様としては入札を前に旧悪を暴《あば》かれたくない一心で、江戸のわれらの締め付けを決断されたものと思えます」

宗五郎は腕組して、

「なんとか園村様方のお役に立ちたいものだが……」

と呟《つぶや》いた。

辰一郎がうなずくと、

「志穂どの、叔母上《おば》が残したものが見つかれば、田崎様の許《もと》へ届けてくれ、頼む」

と一縷《いちる》の望みをしほに託したかのようなまなざしを向けた。それが辰一郎の朝の訪問の用事のようだ。

「なんとしても……」

と答えたしほだが、もはや探すべきあてもない。

「辰一郎様、危険な旅にございますか」

「根島派も必死であろうからな」

「十分にお気をつけられて」

「うん、最後には直恒《なおつね》様への直訴も覚悟しておる」

若い園村辰一郎は悲壮な決意をその顔に漲《みなぎ》らせて、金座裏をあとに陸路川越に向かった。

「入札まで十日か……」

宗五郎が長火鉢の前で考えこんだ。

江戸の町に北風が吹き込むようになって火付泥棒が流行《はや》りだした。手口は荒っぽいものだ。商家や長屋などの軒下に油をしませた炭俵などを積んで火を放ち、燃え上がるのを待つ。火事に住民が騒ぎだし、道具などを持ち出したり、火事見物に家を空けたりする最中に家に押し入って金銭を盗んでいくのだ。

一件目は通塩町《とおりしおちょう》の旅籠《はたご》裏から出火だ。旅籠に泊まっていた客や番頭らが避難したものかどうか火事に注視して思案していた最中に、客間を荒らして三十一両余りを盗んでいった。

町奉行所も火盗改《かとうあらため》も必死で火付泥棒を追った。が、火付泥棒は今晩は芝で、翌晩には上野寛永寺《かんえいじ》下の下谷へと稼ぎ場所を変えるという風《ふう》に江戸じゅうを自在に動き回って捕方を混乱させた。

金座裏の縄張りうちでも一件発生した。

本船町《ほんふなちょう》の長屋に火が放たれたが発見が早く、火消したちが素早く消火にあたり、宗五郎らが家から出ないように呼びかけたので被害を未然に食い止めた。だが、いつまた火付泥棒が縄張り内に戻ってくるかもしれないので、亮吉たちは夜廻りに精を出して、豊島屋《としまや》に顔を出す暇もない。

園村辰一郎が江戸を発《た》って三日目の夜も豊島屋には亮吉ばかりか彦四郎《ひこしろう》の姿もなか

った。

「火付のせいかね、客も来ない」

江戸でも名代《なだい》の酒問屋の主《あるじ》でありながら、客の顔に接しているのが生きがいという清蔵《せいぞう》が嘆いた。すると言葉に誘われたように松坂屋《まつざかや》の手代《てだい》の政次《せいじ》が顔を見せた。どうやら掛け取りの帰りらしい。

「政次さん、久しぶり」

「旦那《だんな》もしほちゃんも元気がないね」

「客がこう来ないんじゃな」

清蔵がぼやき、しほに命じた。

「どうせ残るんだ、政次に田楽をご馳走《ちそう》してやりな」

「亮吉さんは火付泥棒の見廻りで忙しいけど、彦四郎さんはそろそろ現われてもいい刻限だけどなあ」

そう言い残したしほは台所に走り、急いで味噌《みそ》だれも香ばしい豆腐田楽《でんがく》を皿に盛り、お茶と一緒に政次に運んでいった。

「旦那、ありがとう、実は腹っぺこなんだ。板橋の得意先に行った帰りなんです」

政次が田楽にかぶりつくと、思い出したように顔を上げた。

「しほちゃんの伯母《おば》さんと従兄弟《いとこ》が来たんだって」

「そうなの。政次さんが川越で調べてきてくれた波紋が段々と広がって、なんだか怖いくらい」

「川越からすっ飛んでくるなんてやっぱり身内だね、どんな気分だい」

「お父つあんが亡くなったとき、これからは独りで生きていかなきゃあって覚悟したでしょ。それがなんだかぐらぐらと揺れて、落ち着かないの」

「お武家の親類があるなんてわるくないぜ」

「そうかな」

「そうさ、おれたちみたいな、鎌倉河岸《かまくらがし》裏の長屋生まれにはできない相談さ。なんだかしほちゃんが遠くに行くようでさびしいけどな」

政次が悲しげな顔をした。

「政次さん、馬鹿《ばか》なことは言わないで。しほはしほ、鎌倉河岸の娘に変わりはないわ」

そんな二人の会話を聞いていた清蔵が、

「今晩は迎えはないかもしれないよ。しほ、政次がお店《たな》に帰るときに金座裏まで送っていってもらいな」

と言ってくれた。早仕舞《じま》いにしようと清蔵は考えたようだ。

しほは帳場に行って前掛けを外すと、帰り仕度を整えた。

政次は田楽を食い終わってお茶を飲んでいた。

「旦那さん、お言葉に甘えてお先に」

「ああ、ご苦労さん」

清蔵の声に見送られたしほと政次は、龍閑橋《りゅうかんばし》を渡り、本《ほん》銀《しろがね》町《ちょう》の通りへ曲がると堀端を下っていった。対岸には船宿綱定《つなさだ》の明かりがこぼれていた。こちら側の船宿水月《すいげつ》は、

「不埒《ふらち》な件あり……」

との奉行所のお達しに暖簾《のれん》を下げることを二月ほど命じられていた。常習的に屋根船を男女の密会の場に貸し与えていた科《とが》によってだ。そのせいで堀端の道は暗く寂しかった。その上、堀から吹き上げる風が身を切るように冷たい。

寒風を遮《さえぎ》って数人の影が二人の行く手を塞《ふさ》いだ。

「村上田《むらかみた》之《の》助《すけ》の娘、志穂だな」

しほが一度聞いた声だ。

二人は闇を透かした。武士が五、六名、その背後に乗り物まで用意されていた。

しほを拐《かど》わかす気かと政次はしほを背にかばった。

「川越藩留守居役用人光村金太郎《みつむらきんたろう》様にございますね、夜盗の真似《まね》は御身分にさわります」

しほが言い放った。すると宗十郎頭巾《そうじゅうろうずきん》に面体《めんてい》を隠した小柄な武家が、

「なんと、そなたの身分も知られているのか」

と狼狽《ろうばい》の声を上げた。どうやら年配の声だ。

「二人とも捕らえよ」

と光村が部下に命じたのと、政次が叫んだのが同時だった。

「しほちゃん、豊島屋に走って戻るんだ」

「政次さん、いやよ」

「行け、行くんだ！」

悲痛な声が堀端に流れた。

しほは迷った。

光村の命に刀を抜き連れた侍たちが二人を囲もうとした。

政次は手早く羽織を脱ぐと左手に巻いた。

「邪魔立《じゃまだ》てするな」

　正面の侍が叫びざまに抜き打ってきた。政次が羽織を巻いた腕で刀を受け流し、懐《ふところ》に飛び込むと相手の腰に組みついた。

「しほちゃん、逃げるんだ！」

　しほは咄嗟《とっさ》に叫んでいた。

「火付、火付にございます！」

　木枯らしに乗った声は、猪牙《ちょき》舟を出して鎌倉河岸一帯を見廻っていた金座裏の宗五郎らの耳に届いた。

　船頭の彦四郎が櫓《ろ》に力を入れた。東中之橋から一気に二丁（約二百十八メートル）余りを漕《こ》ぎ上がったとき、河岸で揉《も》み合う男女の姿が目に入った。

「親分、しほちゃんが襲われてるぜ！」

　彦四郎が土手に猪牙舟の舳《へ》先《さき》をぶつける前に亮吉が飛び下り、宗五郎らが続いて河岸に這《は》い上がった。

　そのとき、しほは二人の侍に両腕をとられて、乗り物に引きずっていかれようとしていた。

　政次は侍の腰にかじりついたままぐるぐる回りながら、

「しほちゃん、逃げろ、逃げるんだ！」

と叫び続けていた。

「お待ちなせえ。千代田の城近くでだんびら振り回して、町民を拐わかそうなんて無体は、この金座裏が許せねえ！」

宗五郎の一喝に相手方の動きが止まった。

「町方役人が口をはさむでない。吟味《ぎんみ》の筋である」

御奏者番の尾藤が威厳を示して叫び返した。

「ほう、吟味ね。おめえさん方、川越藩の名に傷がつきますぜ」

「なにっ、そなたらまでもが……」

「おめえさんが川越から泡食って出てきた御奏者番の尾藤竹山ってこともな。いいかえ、この所行が大目付に知れたら、おめえさん方の殿様が腹を切っても追いつかねえんだぜ」

「尾藤様、この場は」

光村金太郎が慌《あわ》てて尾藤を制し、刀を振り回していた藩士たちに、

「引け、引くのじゃ」

と命じると空の乗物を囲んで御堀の方角に走り去った。

「しほ、大丈夫か」

「わたしよりも政次さんが……」

　地べたに尻餅《しりもち》をついた政次には亮吉が付き添って、

「怪我《けが》は大したことはねえ、血がにじんでいるくらいだ」

　と叫び返した。

「一歩間違えやあ、政次の命はねえところだぜ。相手がへぼでよかったぜ。それにしても刀を振り回す侍の腰にしがみつくなんぞは大した度胸だぜ」

「いえ、必死で」

「必死にしちゃあ、落ち着いたもんだ」

　宗五郎は剣を振り回す侍相手に立ち回りをした政次の機転と度胸に驚かされた。

「しほが一人でおれっちに戻るんじゃねえかと亮吉が心配するんでな、見廻りの道筋を変えたのが幸いした。今晩の手柄は政次と亮吉だ」

　金座裏の宗五郎の一言で騒ぎは鎮《しず》まった。


　翌朝、金座裏はいつにもまして賑《にぎ》やかだった。小石川の養生所から退院した常丸が怪我した足を投げ出した格好で膳についていたし、その上、亮吉までもが二階に泊まったからだ。

「姐《あね》さん、親分の姿が見えねえな」

亮吉がめしを頬張《ほおば》りながらおみつに聞いた。

「親分かえ、よそ様の奉公人に手傷をさ、負わせたんだ。松坂屋の旦那に詫《わ》びに行かれたんだよ」

しほはびっくりした。

政次はしほをかばって怪我をしたのだ。

昨晩は亮吉が付き添って松坂屋まで送っていっていた。

「なんだ、そんなことか」

「お内儀《かみ》さん、わたしのことで親分さんに……」

「しほちゃん、おまえが気にすることもないんだよ。これは御用の筋だ。それに親分には松坂屋さんの大旦那にお目にかからなければならない用事もあってね」

江戸開闢《かいびゃく》以来、金座裏で御用を務める宗五郎と古町《こまち》町人の松坂屋は先祖代々の付き合いだ。

「おれとしてはよ、川越の一件が片付いてくれるのはちょっぴり寂しい気もするぜ」

「亮吉、てめえはしほちゃんの給仕で朝めしが食えなくなることを心配してるのか」

常丸に冷やかされても亮吉は平然としたものだ。

「そりゃ常兄いだって同じ気持ちだろうが。金座裏はよ、女っけがなくて寂しいや」

「亮吉、私《わたし》ゃあ、女でないって言うんだね」

おみつが亮吉を睨《にら》んだ。

「いやさ、姐さんは別だ」

「亮吉は私を般若《はんにゃ》か鬼のように思っているらしい。おまえが小遣いを貸してくれって頭下げたって知らないからね」

「姐さん、勘弁してくんな。姐さんはよ、金座裏の弁天様だ」

「取ってつけたようにべらべらと吐《ぬ》かしやがって」

しほは好き放題を言いながらも、お互いを信頼し合っている金座裏の活気が大好きだった。

亮吉もむじな長屋に残したおっ母さんの許に戻らなきゃと思いながらも、二階に泊まるのは朝餉《あさげ》の会話があるからだ。

「園村様はどうしたろうね」

おみつが遠くを眺めるようなまなざしで呟《つぶや》くのをしおに、男たちの朝めしは終わった。

松坂屋は日本橋を起点に出発した東海道と平松町の交差する通二丁目の南東の角地に間口二十間四方、本瓦葺《かわらぶ》き、土蔵造りの黒漆喰《しっくい》仕上げの堂々たる店構えだ。

すでに住み込みの奉公人たちは大番頭の差配でその日の商いの仕度に入っていた。

金座裏の宗五郎は手入れの行き届いた中庭の見える松坂屋の隠居松六《しょうろく》の座敷で、当の松六と十代目主人の由左衛門《よしざえもん》の二人に対面していた。

松坂屋も金座裏も徳川様の江戸移封とほとんど同時にこの町に根を下ろした町人だ。親代々百数十年の付き合いになる。

「金座裏、手代政次の怪我におまえさんが詫びに来ることもない。かえってこちらが恐縮する」

十代目の由左衛門が宗五郎に顔を向けた。由左衛門は宗五郎よりも六つ上の四十三歳、働き盛りだ。

「ご隠居様にも謝ったところさ、なにしろうちに預かっている娘をうちに送り届けようとして襲われたんだからな。こちらに非がある。大事な奉公人に怪我をさせたうえ、お仕着せの羽織を台無しにさせてしまった。ご隠居様、由左衛門さん、申し訳ない」

隠居が手をひらひらさせて答えた。

「先ほども言ったが、念にはおよびません」

「それにさ、掛け取りの帰りに豊島屋さんに顔出ししたのはうちの手代のほうだ。危ない目に遭うように自分で仕向けている。掛け取りの帰りは真《ま》っ直《す》ぐに店に戻るように番頭から注意させたところだよ、金座裏」

「そこだ」

と宗五郎が言い出した。

「今朝はご隠居様と由左衛門さんに折り入って相談があってきた」

「金座裏にあらたまられるとお父つあん、怖いね」

由左衛門が松六と顔を見合わせた。松六は、

「私には金座裏の話が推測つきそうだ」

と困った顔をした。

「ご隠居様には分かりますか」

「おまえさんは政次を貰《もら》いうけにみえたんじゃないかい」

「さすがにご隠居だ」

「なんですって、手代を貰いうけに……」

由左衛門が二人の顔を交互に見た。

「ご隠居、由左衛門さん、お店に長年奉公してきた手代を貰いうけるなんぞは、法外

の話だ。それは分かったうえでの談判だ。まあ、おれの話を聞いちゃあくれめえか」

由左衛門が小さな溜《た》め息をつき、うなずいた。

「まずお尋《たず》ねしてえ。手代政次はどんな奉公人ですね」

「十九になったばかりで手代に抜擢《ばってき》された男だ。商いの勘もいいし、客あたりもいい。どんな屋敷に出入りさせてもまず間違いがない。いや、評判がすこぶるいいんだ、金座裏」

「何年か後には松坂への里上がりをして番頭になれる人物とおっしゃるんで」

松坂屋の本店は伊勢の松坂にある。江戸店で最初の年季を勤め上げた手代は松坂に里上がりして、さらに幹部への道を歩むことになる。

由左衛門がそれには答えず、

「ただ政次には欠点がある」

と言い出した。うなずいた宗五郎が聞いた。

「どんな点で」

「うちのようなお店で手代から番頭を務め上げ、暖簾《のれん》分けまで出世する奉公人は何十人に一人だ。政次が二十年の辛抱ができれば、一角《ひとかど》の商人になれますよ。それには江戸育ちということを忘れ、幼馴染《おさななじ》みとの交わりを絶って辛抱一筋に奉公しなきゃならない。政次にはまだこのへんが欠けている」

「由左衛門さん、おれもそう見た。政次には江戸の町や朋輩《ほうばい》との関わりを絶てるかってね」

「金座裏、おまえさんは政次をどうしなさる気だ。手先にして十手を振り回させようというのか」

　隠居の松六が話を進めた。

「ご隠居、手先なら十分にいる。口はばったいが親父《おやじ》とおれが育てたんだ。どれもが手先としてなかなかの人物だ。だがな、金座裏を継ぐ者がいねえ」

「なんと宗五郎さん、おまえは政次を金流しの跡継ぎにと言われるか」

　由左衛門が驚き、松六が合点した。

「やはりねえ。そんなことじゃないかと見当はつけていたよ。で、この話、政次は知ってのことか」

「ご隠居、由左衛門さん、この宗五郎一人の一存だ。おみつにも漏らしてねえ。まずはお二人に相談してと朝早くから面を出したってわけだ」

「金座裏に子がいないことを古町町人はみな心配している。だがね、うちの政次に目をつけなさるとは驚きだ」

松六が言い、由左衛門が聞いた。

「政次はおまえさんの跡継ぎになれる人間なのか」

「金流しの十手を渡すにはきびしい修業が待ちうけている。これは商人だろうと御用聞きだろうと同じことだ。由左衛門さん、政次はどんなときにも大局を見てとれるし細かいことも見落とさない。また人を統率する力も備わっている」

「商人にとっても大事なことだ」

そう答えた由左衛門が、

「お父つあん、どうしたもので」

と先代に伺《うかが》いを立てた。

「金座裏、政次は松坂屋にとっても大事な奉公人だ。いくらおまえさんが貰いうけたいと言い出したところでそうそう簡単に首は縦に振れない」

松六はきびしい顔で言い、

「金座裏の名跡を守ることも古町町人の務めだ。どうだろうね、この話、この三人の胸のうちだけに仕舞ってさ、政次の成長を当分見守れないものかね」

と続けた。

「ご隠居、由左衛門さん、分かってもらえましたか」

宗五郎が畳に頭を擦りつけ、由左衛門が、

「金座裏はえらい難題を持ちこんできたよ」

と苦笑いした。

二

しほは朝餉の洗いものを終えると金座裏で与えられた六畳間に入り、久しぶりに絵の道具を取り出してみた。まだ豊島屋に出かけるには一刻《いっとき》（二時間）ほど早い。

部屋には火鉢がおかれ、薬罐《やかん》が湯気を上げていた。

（何を描こうか）

そんなことを考えていると母が残した絵草紙の束が目に入った。

母は克明に描写する筆遣いで、しほは絵を見るのがこわいほど達者だった。

先日、竹の子長屋に戻ったときにうめがこぼした茶殻が絵草紙の表に付着しているのが見えた。何気なく手にしたしほは茶に濡《ぬ》れた端っこが変色しているのに気づいた。

（どうしたものか）

表紙をめくると雪をかぶった枯蓮《かれはす》の絵が見えた。凍ったような水面に凛然《りんぜん》と孤高を保つ蓮の光景は、亡き母の生き方そのものと思えた。

（これほどの絵を描けるまで、どれほどの時を重ねればいいのか）

しほは暗澹《あんたん》とした気持ちになった。

表紙を綴《と》じようとして絵の下からかすかに浮かぶ文字を見つけた。

（なんだろう）

母は二枚の絵を裏同士貼《は》り合わせて一枚とし、それを重ねてお手製の絵草紙を造っていた。

しほはうめが茶をこぼしたせいで浮き上がった字を見て、

（まさか……）

と思った。

しほは絵草紙の束を綴じたこよりをほどくと、枯蓮と寒竹を貼り合わせた綴《つづ》りを薬罐の湯気の上にかざした。すると二枚を張り合わせた糊《のり》が湿りけが帯びて、枯蓮と寒竹は、剝《は》がれ、書き付けが出てきた。

「お内儀さん！」

しほはそれを手におみつの許に走った。座敷には松坂屋から戻った宗五郎が長火鉢の前に座ったところだ。

「親分さん、これがこれが……」

しほの差し出す書き付けを奪いとり、目を落とした宗五郎が叫んだ。

「こいつだぜ、どこから出てきた」

しほは絵草紙の間に封じ込められていたことを告げた。すると宗五郎がしほの部屋に走り、絵草紙を丹念に調べ始めた。

「しほ、おっ母さんはこの他にも隠されたようだ」

宗五郎ら三人は手分けして絵草紙を剝がした。

すると絵草紙の間から都合十二枚の書き付けが現われた。それは六枚が安永《あんえい》八年の十一月、川越城下氷川神社の社殿で城代家老根島伝兵衛《でんべえ》が豪商の檜本屋《ひもとや》甚左衛門《じんざえもん》に渡した入札《いれふだ》の本物の書き付けと書き直された偽ものであった。この真偽二つの書き付けを照らし合わせれば、根島と檜本屋がどのような偽装をしようとしていたか、一目瞭《いちもくりよう》然《ぜん》に確かめられる。そして残りの書き付けは久保田《くぼた》早希《さき》がそのときの模様を克明に記した、いわば供述書であった。

「しほ、この二つがあれば、田崎様や辰一郎様方の苦労が実を結ぶかもしれないぜ」

そう言った宗五郎は、

「寺坂の旦那と同道してな、田崎様に会う。この証拠を一刻も早く川越に届ければ、今年の入札《いれふだ》の不正を阻止できるかもしれねえからな」

と外出の仕度を整えた。そして虚脱したしほを、

「しほ、手柄だったな」

と褒《ほ》めた。

「辰一郎様たちの役に立つのでしょうか」

「立つともよ、立たせなければ、川越藩十五万石に長年巣くう獅子《しし》身中《しんちゅう》の虫は退治できないよ」

その日、しほは落ち着かない一日を過ごした。

木枯らしが吹く夕刻になって彦四郎が顔を見せた。

「亮吉さんたちは今晩も夜回りなの」

「うん、今日はさ、夜通し歩くそうだ」

彦四郎だけが酒をちびちび飲んでいると亮吉が、

「ああ、腹が減った」

と顔を出した。

「夜廻りはいいの」

「うん、八百亀《やおかめ》の兄いの使いだ。しほちゃん、親分は田崎九郎太《くろうた》様に同道なされて川

越に発たれたぜ。しほちゃんに無断で悪いが、おっ母さんの描き残した絵草紙を川越まで預かっていくとさ。どうやらあっちも大詰めだな」

「親分が直々《じきじき》に……」

「うん、火付泥棒の横行する最中、江戸を空けるのはと渋られたようだが、田崎様と寺坂の旦那に説得されてな、早駕籠《はやかご》で川越へ突っ走っていなさる」

しほは園村辰一郎のためにも心強い味方だと喜んだ。


寛政《かんせい》九年（一七九七）の一番最初の富士見酒は、いつもの年より遅れて十一月半ばに江戸に到着して、荷揚げされた。

富士見酒ははるばると上方《かみがた》から富士を横目に樽廻船《たるかいせん》に揺られてきた新酒のことだ。江戸にも地酒がないことはない。が、なんといっても下《くだ》り酒、灘《なだ》、伏見《ふしみ》のものに軍配が上がった。

この季節、酒問屋が軒を並べる新川新堀一帯は酒の荷揚げに殺気立った。

鎌倉河岸の豊島屋でも、木枯らしが江戸の町に吹く十一月は荷船の酒樽が次々に上がってきて蔵に運びこまれ、河岸一帯に新酒の香りがぷーんと漂った。

これら富士見酒は正月用の酒だ。

豊島屋と長年の取り引きのある大名や旗本大身の家では、用人が馬を引いた小者《こもの》を伴い、正月用の富士見酒を買いに来た。

その夜、見廻りの合間に寺坂毅一郎が豊島屋に顔を出した。八百亀ら、宗五郎の手先が同行していた。

「おお、これは寺坂様」

清蔵が店に入ってきた寺坂同心の顔を見て、飛んできた。

「豊島屋、御奉行の小田切《おだぎり》様に富士見酒の礼を申してくれと言付《ことづ》かってな」

豊島屋ではその年の富士見酒が届くと将軍家に献上すると同時に、関わりの深い南北町奉行所に一樽ずつ届ける仕来たりであった。

「今年の新酒はことのほかに出来がようございましてな」

しほは寺坂に茶碗を供した。中身は新酒だ。

「おお、これは」

「香りがようございましょう」

清蔵は八百亀らにも寒さしのぎの新酒を出した。

「この宇治は味が格別だぜ」

「火付泥棒はまだ出没いたしておりますか」

「昨晩は南品川宿がやられた。同一の者の仕業とは言い切れんが年の瀬になると火付が多くなる。豊島屋も気をつけろよ」

「はい、将軍様の足下で火を出したんじゃ申し訳ありませんや。このところ二名ばかり不寝番を立たせておりますよ」

「腹も温まったところで見廻りに帰らずばなるまい」

「明晩もお待ちしておりますよ」

寺坂同心に従って外に出た亮吉が小走りに戻ってきて、

「しほちゃん、迎えに来るから独りで帰らないでくれよ。親分の留守に怪我でもさせたら、大事だ」

とわざわざ念を押しに来た。

「ありがとう、亮吉さんこそ気をつけてね」

「あいよ」

独楽鼠《こまねずみ》のような身軽さで亮吉が寒風の中に出ていくと、店の中にも一陣の木枯らしが入ってきた。

「いよいよ師走《しわす》だな」

清蔵が嘆息した。

その夜、彦四郎は山谷堀の今戸橋際に猪牙舟をつないで客の戻りを待っていた。日本橋の紙問屋伊勢万の番頭が浅草近辺の寺領に納めた紙の掛け取りに回るのに昼過ぎから付き合っていた。

腹は空《す》いてきたし、ちらちらと白いものが空から舞ってきた。

彦四郎が猪牙舟を止めた河岸には何艘《そう》かの船が舳先《へさき》を並べていたが、その一艘に犬が乗っていて土手を人が通るたびにきゃんきゃん鳴いてうるさい。

古びた猪牙舟を寝泊まりできるように改造した屋根船には何本も竹竿《たけざお》が積んである。どうやら水道の穴あけ屋らしい。堀端に船を止めて近くの長屋長屋を回り、神田上水から流れくる木樋《きどい》の詰まりを掃除する商いをしているのだろう。暮らしの道具が船いっぱいに積んである。

「寒いわけだぜ」

雪の降り出した山谷堀沿いの日本堤《にほんづつみ》を上ると遊女三千人の新吉原に行きつく。先ほどまで猪牙舟や駕籠で駆けつけた客たちも四つ(午後十時)が過ぎて、ぱったりと途絶えた。もはや大門が閉まる刻限だ。

彦四郎は土手に上がって二八《にはち》そば屋でも通らないかとあたりをきょろきょろ見回し

たがあいにく明かり一つ見えなかった。すると鼻歌まじりに編笠《あみがさ》をかぶり、懐手《ふところで》をした小太りの男が日本堤を下ってきた。昼間から郭《くるわ》遊びして、どこぞで飲みなおしてきた顔つきだ。

大きな体をすぼめる彦四郎のかたわらを通り過ぎるとき、笠の下から酒の匂《にお》いが漂ってきた。そして絹ものをのっぺりと着た男は福々しい顔にもかかわらず、その目付きは尖《とが》っていた。それが雪明かりに一瞬浮かび上がった。

（どこぞでいつも見ている顔だぜ）

彦四郎はそんなことを思いながら、なおもそば屋の明かりを探した。が、無情にも四つの鐘が腹に響いて鳴るばかりだ。

犬がけたたましく鳴き始めた。先程の警戒の鳴き声とは異なり、喜色にあふれている。

水道の穴あけ屋が戻ってきやがったか。

そんなことを思いながら猪牙舟に戻った。すると穴あけ屋の猪牙舟ではあか犬が尻尾《しっぽ》をちぎれんばかりに振って主を迎えている。その主はと見ると寒夜に褌《ふんどし》一丁になって着替えているではないか。なんと土手を鼻歌で戻ってきた男だ。

彦四郎が見ているとも知らず、絹ものを脱ぎ捨てた男は継ぎのあたった作業着に着替え、頬被《ほおかぶ》りをした。舫《もや》い綱を外し、竿を差した。そして、雪の大川を下っていった。

(穴あけ屋め、女郎にもてようってんで大店《おおだな》の旦那に化けてやがったな)

伊勢万の番頭の吉兵衛《きちべえ》がこれもほろ酔いで船に戻ってきたのは四つ半(午後十一時)前だ。

「待たせたね、おお、寒む」

と首をすくめて胴の間に座った吉兵衛の膝《ひざ》に用意のどてらを乗せた彦四郎は竿を握った。大川の右岸を雪をついて漕ぎ下る。すると川面《かわも》に半鐘の音が響いてきた。

「番頭さん、火付泥棒ですかねえ」

彦四郎が声をかけたが吉兵衛はどてらを体に巻きつけてこっくりこっくりと眠りこんでいた。御米蔵の首尾の松を過ぎたあたりで火の手が上がるのが見えた。浅草下半右衛門町あたりらしい。

(大きくならなきゃいいが……)

そんなことを考えながら下っていくと河岸から犬の鳴き声がした。見ると先程の水道の穴あけ屋のぼろ船が河岸に接岸して、あか犬が河岸に向かって吠《ほ》え立てていた。

次の夜、寺坂毅一郎の夜廻りの一行が豊島屋に立ち寄り、茶碗酒を啜《すす》っていると、彦四郎が大きな体に寒さをまとわりつかせて入ってきた。そして豊島屋の店と調理場の鴨居《かもい》の上にある神棚をちらりと見た。

「あの顔だぜ」

とつぶやいた。

「彦、一稼ぎ終わったか」

亮吉が隅のほうから声をかけた。

「ああ、今日は早仕舞いだ。なにしろ昨日はよ、今戸橋の下で待ちくたびれたぜ。客は戻ってこねえ、雪は降り出す、腹は減る。龍閑橋に戻ったのは九つ（午前零時）過ぎだぜ」

「吉原に客を送ったか」

「伊勢万の番頭さんの掛け取りだ」

「野暮《やぼ》な仕事じゃあ、祝儀も出めえ」

「野暮といやあ、粋な水道の穴あけ屋もいるぜ」

と、昨晩見た光景を亮吉に説明した。

「穴あけ屋が吉原に旦那面して女郎買いか。うらやましいなあ」

「でもよ、穴あけ屋ってのは金になるのかえ」

「そりゃ塵《ちり》も積もれば山だ。こつこつ稼ぎを溜めて遊びに行く穴あけ屋もいらあ」

「いや、あいつは遊びなれているぜ」

「彦四郎」

と声をかけたのは茶碗酒を飲み干した寺坂毅一郎だ。

「その男と何刻ごろ出会った」

「へえ、かれこれ四つ、浅草寺の鐘が鳴った頃合《ころあい》ですよ」

「で、そやつの船は大川を下っていったんだな」

「へえ。その帰りに下半右衛門町の河岸で舫われているのを見ましたぜ、馬鹿犬が鳴いていましたっけ」

「頃合は四つ半時分か」

「へえ」

寺坂と彦四郎の会話に八百亀らが立ち上がってきた。

「なんでえ、おれはなにも……」

「彦の間抜け、昨晩は下半右衛門町の隣町、瓦町《かわらちょう》の米屋が焼かれたんだよ」

亮吉が怒鳴った。

「するとあやつは火付泥棒か」

彦四郎が寺坂の顔を見た。

「そうとは言い切れぬ。だがな、彦四郎の見立てどおりに吉原通いが慣れているとすると解《げ》せねえ。金の出所はどこだ」

「彦、おめえはそいつの顔を見たんだな」

「編笠の下の顔をちらりとな」

亮吉の問いに彦四郎が答え、言った。

「どこかで見た面とそんときよ、思ったもんだ」

「知り合いか」

「ああ、毎日のように見てらあ」

彦四郎は神棚に置かれた木彫りの布袋《ほてい》様を見た。

「布袋様みたいな面だ」

「布袋様だって」

「亮吉、おれを睨《にら》んだ目付きは鋭かったぜ」

「しほ、彦四郎のいう人相を描いてくれまいか」

寺坂がしほに頼んだ。

清蔵が帳場から硯《すずり》と筆と紙を持ってきて、しほはみんなの注視の中に布袋様の輪郭を描き始めた。

「しほちゃん、野郎はおれと擦れ違うときに顔を伏せて見たんだ。そのときよ、下ぶくれの感じが布袋様に見えたんだ。白目が大きくてよ、きつい視線なんだ」

何度も描き直した。その都度、彦四郎はまどろっこしそうに注文をつけた。

四半刻《しはんとき》（三十分）後、彦四郎が、

「これだ、この顔だぜ」

というものが出来上がった。それは布袋様の福々しい顔とは異なり、どこか世をすねた目付きの風貌《ふうぼう》だった。

「八百亀、亮吉、吉原に飛べ。こやつの金遣いがどうか、なんでも調べ上げてこい」

彦四郎が立ち上がると、

「おれが送っていこう」

と二人に言い出した。

次の朝、金座裏には寺坂毅一郎の顔があった。

八百亀をはじめ手先、下っ引き全員が寺坂同心の周りに顔を揃えた。その真ん中にしほの描いた人相描きがおかれてあった。

「こやつの正体が知れた……」

と言う寺坂の声に緊張があった。

八百亀が寺坂に代わった。

「吉原じゃあ、油問屋相模屋仁左衛門《さがみやにざえもん》を名乗っている。馴染みの局女郎《つぼねじよろう》にゃあ、布袋様と呼ばれていたそうだ。彦四郎の観察もまんざらじゃなかったわけだ。ともかく金を持った布袋様は三日にあげず玉屋の紅花《べにばな》のところに通ってくるそうだ」

「兄い、ということは明後日《あさって》にも吉原に戻ってくるってことか」

怪我から復帰した下駄屋の貫六が聞いた。

「そういうことだ。だがな、寺坂様もこの二日を無駄にしたくないとおっしゃっておられる。新たな火付だけは止めなきゃあならねえ」

寺坂が八百亀の説明にうなずき、言った。

「こやつが火付泥棒と決めつけるにゃあ、まだ早い。だが、うさん臭いことはたしかだ。穴あけ屋の稼ぎで三日にあげず吉原通いなど、とてもできねえ相談だ」

火付泥棒はこれまで未遂を入れて十二件の仕事をしていた。焼け落ちた店、屋敷は四十五棟、被害の金は二百六十両は超えていた。

一日も早く捕縛せねばならない下手人《げしゅにん》だった。

「しほに今、こやつの顔を描き足してもらっている。ぼろ船が止まる河岸があるはずだ、なんとしても野郎のねぐらを探してこい」

八百亀らがへい、と承知した。寺坂はさらに、

「常丸、亮吉、おめえらはこれまで火付に遭った店や屋敷を回って、火付に遭った晩、近くの堀にあか犬を乗せたぼろ船が止まってなかったかどうか調べあげろ」

と常丸と亮吉に別の命を下した。

寺坂がふと黙り込んだ。

「待てよ、野郎は紅花を抱いた夜に火付を繰り返してるんじゃないか。八百亀、もう一度、紅花に会って野郎が登楼した日を聞き出してこい」

「それと火付の夜を付き合わせるんですね、合点だ」

そこへしほが顔を出した。

「これでどうでしょうか、寺坂様」

しほが手に馴染んだ筆で描いた絵には、編笠をかぶった布袋様の顔が活写されていた。

「上出来だ、しほ」

しほの描いた絵を持った常丸らが次々に江戸の町へと飛び出していった。

この夜、寺坂同心が夜廻りの途中に豊島屋に顔を覗《のぞ》かせた。同行する手先のなかに亮吉の姿はなかった。

「布袋様の船は見つかったの」

しほの問いに八百亀が疲れた顔を横に振った。

「江戸は大川、江戸川と大河が流れてよ、その間を縦横無尽に堀や運河が張り巡らされているんだ、隠れる場所はいくらでもあるからな」

「そうね」

「昼は探索、夜は夜廻り、寝る暇もないね」

清蔵が小女《こおんな》たちに茶碗酒と田楽を山盛りにして運ばせてきた。

「いつもすまねぇ」

寺坂毅一郎が礼を言った。

「うちができることはこのくらいですよ、寺坂様」

清蔵が言ったとき、常丸と亮吉が猟犬のように豊島屋に飛び込んできた。

「やっぱりここだ」

亮吉が言い、常丸が、

「布袋のぼろ船はどこの火事場でも止まっていやした。いつもは見かけねえ船が止まってましょう。それにあか犬が吠えるんだ、覚えている人間が結構いましたぜ」

　と言い添えた。

「これでどうやら穴あけ屋が火付泥棒と考えていいようだな。野郎は紅花を抱いた直後に火付を繰り返しているんだ」

　八百亀が紅花の記憶を辿《たど》った布袋の登楼の夜と火付のあった夜が一致したのだ。

「寺坂様、どうなさいます」

　八百亀がしほの人相描きを江戸じゅうに貼り出すかどうか聞いた。そうなれば江戸じゅうの町方役人が穴あけ屋を追うことになる。

「彦四郎がもってきた話だ。うちの手柄にしてえな」

　亮吉が正直な気持ちを吐いた。

「だれがお縄にしようと一刻も早くつかまえるにこしたことはない」

　寺坂が亮吉をたしなめた。

「だがな、こやつの尖った目付きが気に入らねえ。人相描きが江戸じゅうに貼られたと知ったら、ぼろ船で川伝いに高飛びするぜ」

「厄介ですね」

八百亀が相槌《あいづち》を打つ。

「野郎が局女郎の紅花に約束した日は明晩だ。明日の昼過ぎから今戸橋に張り込もうじゃないか。今晩、野郎が火付をやらねえことを祈るばかりだ」

寺坂毅一郎の言葉に八百亀らが大きくうなずいた。

三

田崎九郎太と金座裏の宗五郎は、川越城下の青竜山養寿院《ようじゆいん》の僧房の一室に潜んで、訪問者が来るのを待っていた。

寺領三千余坪の養寿院は寛元《かんげん》二年（一二四四）、当時の領主河肥経重《かわごえつねしげ》が円慶を開祖として建立を許したのが始まりとされる。江戸時代には徳川家から朱印十石を許されていた。

田崎家の菩提寺《ぼだいじ》が養寿院ということもあり、住職の基厳《きげん》にたのんで寺内の僧房に隠れ家を求めたのだ。

五つ半（午後九時）過ぎ、庭に人の気配がした。

田崎が刀を引き寄せると、座敷から廊下へにじり寄った。

「田崎様」

園村辰一郎の声だ。

雨戸を開いて闇を透かした田崎が、

「根島派に気付かれなかったか」

と質《ただ》した。

「城下じゅうに家老派の見張りが立っておりますが、なんとか掻《か》い潜《くぐ》ってきました」

園村を先頭に五人の若者がどかどかと座敷に上がってきた。どの顔も緊張に強張《こわば》っていた。

「おお、金座裏の親分も」

辰一郎がうれしそうな声を上げ、同志たちに宗五郎を紹介した。

「園村様もご無事の様子、なによりです」

「あちらこちらとまるでこそ泥のように逃げ回っております」

江戸詰めの園村辰一郎は江戸藩邸に無断で川越入りしていた。

「親分が田崎様とご一緒ということはまさか……」

辰一郎が期待をこめて宗五郎の顔を見た。

田崎が書き付けを出すと五人の同志の真ん中に置いた。

「これは」

「しほの母親が絵草紙の絵と絵の間に封じ込めていたんですよ」

宗五郎は江戸から持参した絵草紙を出して、隠していた場所を見せた。

無言のまま辰一郎が書き付けを手にして読むと仲間たちに回した。

「田崎様、宗五郎どの、根島派が入札《いれふだ》を牛耳《ぎゅうじ》るやり口は昔も今も変わりませんぞ。横紙破りの伝兵衛様以来、根島派は、城下の商人を牛耳る豪商の一人と結託して、入札に細工を加えるのです……」

入札は城中の重役と商人の肝煎《きもい》りが料亭に集まって行われた。

畳替えを例にとると城下六軒の畳屋から城中の総畳替えの見積もりが命じられ、肝煎りが六軒の見積もり値を預かって料亭に姿を見せる。だが、高値を差し値した畳屋に仕事が落ちることはない。二番手か三番手に見積もりした根島派の畳屋が指名され、一番手の見積もり額と落札された額の差額が城代家老の根島伝兵衛らの懐に入ることになる、と辰一郎が説明した。

「ちょっと待ってくださいよ。高値をつけた畳屋から文句が出ないので」

「談合はすべて公にはされませぬ、どこの畳屋がいくらで見積もりしたかなどは表に出ません。談合の際の祐筆《ゆうひっ》佐竹桃次郎《たけももじろう》は根島の分家の娘婿、佐竹が殿に上げる入札の決定書を作成するのですから、なんとでもなります。もし入札に漏れた畳屋から文句が出ようものなら、たちまち根島派の脅しがいきます、だれもが入札の不正を察していても大きな声では言えないのです」

「とするとしほの母親、久保田早希が長年隠し持っていた書き付け一通は本来落ちるべき商人、業者の名と見積もり額の書き付け、二通目は根島派の祐筆が不正に直した落札価格と業者の名ということになりますかえ」

辰一郎がうなずき、田崎が代わった。

「安永《あんえい》八年の事件以来、根島家ではしばらくおとなしくされておられました。ですが、当代の根島様が国許の実権を掌握された天明《てんめい》二年（一七八二）頃より横紙破りの伝兵衛様のやり口を真似《まね》て、檜本屋甚左衛門に代わった両替商の武州屋《ぶしゅうや》嶺蔵《みねぞう》を取り立て、入札の専断を許ってきたのです」

「今や川越の国許では根島派が藩政のすべてを握っておるといって過言ではございません」

「田崎様をはじめ、藩改革派の方々はお若《わこ》うござんすね。根島様に対抗すべき人材はおられないんで」

「次席家老の内藤新五兵衛《ないとうしんごべえ》様はかつて横紙破りの伝兵衛の対抗馬と言われたお方です。ですが、麒麟《きりん》も老いて駄馬に落ちぶれておられる」

辰一郎の言葉に田崎が首を振った。

「いや、辰一郎、われらはなんとしても内藤様を動かさなければ勝ち目はない。それと御目付の静谷頼母《たのも》どのの存在が鍵じゃ」

と田崎は一座の中の若者の一人を見た。まだ十八、九歳であろう。

静谷の名に宗五郎は覚えがあった。政次が喜多院で会った侍だ。

「田崎様、それがし、一命に代えても父を説得いたしまする」

うなずいた田崎が宗五郎に、

「辰一郎と同じく小姓組の静谷理一郎《りいちろう》です」

と御目付の嫡男《ちゃくなん》であることを紹介し、

「よし、おぬしに任す」

と理一郎に言った。

「おれはな、内藤様にあたる。入札までになんとしても内藤様を味方につける」

一座の視線が田崎に向かった。

「田崎様、ご一統様、直恒様はどんなお方にございますな」

宗五郎が聞いた。

田崎が小さな吐息を漏らした。が、すぐには口を開かなかった。

「親分、直恒様は明和《めいわ》五年（一七六八）、七歳にして家督を継がれた。老練な城代家老を相手する日々がどんなものか、親分には想像もつこう。ここに根島派が台頭した因がある。しかし、成人なされた直恒様は、浅間山大噴火の折りも天明の飢饉《ききん》が続く最中にも藩政立て直しのために必死で務められたのじゃ。だがな、城代家老の根島の前には残念ながら、お力が足りない」

宗五郎はしばし沈黙した後、言い出した。

「田崎様、差し出がましくはございますが、この一件、直恒様にご理解を仰《あお》ぐしかほかに手立てはございません。内藤様も御目付の静谷様も直恒様のご支持があってこその職権発揮にございますよ」

一座に重い沈黙が漂った。

「……それは分かっておる。しかし江戸詰めのわれらがおそばに近づくのは容易ではない」

田崎の言葉に辰一郎が何か言いかけ、いったん口を閉ざした。が、思い余ったように言った。

「金座裏の親分が言われることはもっともです。藩政の真実を直恒様に知っていただくしか、藩政を改革する途《みち》はございませせぬ」

「分かっておる。しかし、どうやって」

「入札の日は明後日でございましたな。根島派の面々は談合の料亭に集まるのではありませぬか」

「その夜に殿のおそばにか。だれが殿にお会いする」

「私めが」

園村辰一郎が覚悟を決めたように言った。城内部には何人か呼応する同志がいると辰一郎は言い足した。

「命を捨てる覚悟がいるぞ」

田崎が念を押した。

「もとよりのこと」

「ならばもう一人そなたにつける、辰一郎」

そう言った田崎が宗五郎に視線を向けた。


入札が行われる夜、武州川越城下に身を切るような木枯らしが吹いた。

金座裏の宗五郎は辰一郎に案内されて新河岸川から船で城に接近した。

川越城は扇谷上杉持朝《おうぎがやつうえすぎもちとも》の命により、太田道真《どうしん》、道灌《どうかん》父子が長禄《ちょうろく》元年（一四五七）

に築いた平山城が基になっていた。

江戸時代に入っては城主がしばしば代わり、幕府重臣や譜代大名など八家が交替して、江戸の北西の守りを固める役を果たした。

直恒の小姓を務めていた辰一郎は、暗闇の中、小船を巧《たく》みに操ると、石垣の間に設けられた船着場に近付いた。

「親分、ここからは徒歩《かち》で参ります」

船を舫《もや》った辰一郎は船着場から延びた石段を上がった。すると鉤《かぎ》の手に曲がったところに門が行く手を塞《ふさ》いでいた。

辰一郎は梟《ふくろう》の鳴き声を発した。するとと潜り戸がわずかに開いた。

城中の同志が待ち受けていたのだ。が、それは一切沈黙の中に行われた。

宗五郎はくねくねと曲がる川越城の内部を右に左に曲がって本丸御殿の庭に入った。

辰一郎はしばらく息を整えながら、根島派の見張りの動きを観察していたが、

「行きまする」

と緊張に満ちた潜み声を宗五郎にかけた。

辰一郎はさすがにおそば近くに仕えていただけに屋敷も庭も熟知していた。庭石や樹木を伝い、直恒の寝所のある御殿に接近すると、再び梟の鳴き声を上げた。すると

雨戸がうすく開けられた。

小姓のようだ。

二人は小姓に促されて御殿の廊下に入り込んだ。

「親分、それがしの弟にございます」

と辰一郎が次弟の龍次郎《たつじろう》を紹介した。

宗五郎は目顔で挨拶《あいさつ》した。

龍次郎が先頭に立った。すると廊下の向こうに明かりが漏れてきた。

「龍次郎か」

明かりの部屋から声がかけられた。

「さようにございます」

「何用か」

「江戸より火急《かきゅう》の使いが参っております」

「火急の使いとな、だれじゃ」

「園村辰一郎にございます」

「なにっ、辰一郎とな、入れ」

障子戸が引かれ、直恒はまだ書物に目を通していたようで、かたわらの火鉢に手をかざしていた。

　辰一郎が藩主に平伏すると座敷ににじり寄った。

　宗五郎は廊下に残った。

「連れがあるのか」

「はい」

「入れよ」

　直恒の言葉に宗五郎も入室した。

「江戸城に御目見を許された古町《こまち》町人の一人、代々お上の御用を務めてきた金座裏の
「町人のようじゃな」

宗五郎どのにございます」

　辰一郎の言葉に直恒が関心を抱いたように宗五郎を見て、問うた。

「後藤家に押し入った夜盗を手取りにした者の子孫か」

「恐れ入ります」

「辰一郎、町方の宗五郎を伴い、夜分の訪問、子細があろうな」

「われら、死を覚悟して殿の御前にまかり出ましてございます」

「話せ。ことと次第によってはその方《ほう》ら、警護の者に引き渡す」

と宣言した。

「殿、安永八年の事件を覚えておられましょうや」

「城代家老の根島が急死するなど何かと騒ぎのあった暮れであったな。余が十八のときのことじゃ、覚えておる」

「根島様の急死の他に檜本屋甚左衛門が氷川神社で斬殺《ざんさつ》され、納戸役の村上田之助が久保田修理太夫様の三女早希と川越を出奔なされた……」

「早希は根島家に嫁ぐ娘であったな」

「はい、そのために修理太夫どのは割腹されて久保田家は断絶と相《あい》なりました」

直恒がうなずいた。

「これらの事件はすべて関わりがございます……」

辰一郎は安永八年に氷川神社の境内から消えた入札《いれふだ》の記録と房野として死んだ早希がその夜に目撃した出来事を克明に綴った書き付けを直恒に差し出した。

直恒は行灯《あんどん》の明かりで何度も熟読した。顔を上げたとき、視線は宗五郎に向けられていた。

「宗五郎、そなたが川越まで来たにはわけがあるのか」

「ございます」

と答えた宗五郎は続けた。

「村上田之助様と久保田早希様の遺《のこ》した娘が江戸に生きておると知られた根島伝兵衛様一派の手の者が先頃、娘の長屋に押し入りましてございます」

「なんと……」

「また殿様がご覧になった書き付けを奪うために娘を拐《かど》わかそうとまでなされた。その折り、指揮を取られたのが御奏者番尾藤竹山様、江戸留守居役用人光村金太郎どの、光村どのはもちろん主の来嶋正右衛門様の命を受けてのこと……この一件、北町奉行所も承知のことにございます」

「た、たしかなことか」

さすがに直恒の顔色が変わった。

「はい、私めが駆けつけなければ、娘は川越藩邸に連れ込まれたはずにございます。直恒様、江戸の町民としてけなげに生きる娘に危害を加える所行、奉行所の御用を務める私めには見逃しのできないことにございます。まして大目付様にこの一件が漏れたとなると直恒様にもご迷惑がかかりましょう」

重い吐息が直恒の口から漏れた。

「辰一郎、宗五郎、余にどうせよと申すのじゃ」

それでも直恒は抵抗した。

「これは十八年前の話ではございませぬ。江戸の町において根島派の川越藩士がかってな振る舞いをなし、今宵《こよい》もまた殿の手にある書き付けと同じ不正が繰り返されようとしているのでございますぞ」

「……………」

「殿、辰一郎の一命に代えましてもこのこと嘘偽《うそいつわ》りはございませぬ。なんとしても根島派を一掃しなければ、川越十五万石の藩政立て直しは成し遂げられませぬ。殿、ご決断を……」

辰一郎が悲憤とともに川越藩で繰り返されてきた不正と根島派の専断を糾弾《きゅうだん》するように迫った。

「辰一郎、当代の根島伝兵衛が不正を働いているという証拠はあるか」

「それは……」

「証拠もなくそちたちは長年相務めてきた忠臣を余にさばけと申すか」

「恐れながら申し上げます。直恒様が必死で藩政改革をと努めてきたにもかかわらず、成果が見られないのはどうしてでございますか。根島一派が藩政を専断してきたからにございますぞ、われらが見逃してきたからでございます」

「辰一郎、それが証拠か」

直恒の顔が哀しげに曇《くも》った。

「殿様」

と宗五郎が呼びかけた。

「百聞は一見にしかずと申します。十八年前の夜と同じことが繰り返される現場を直恒様ご自身のお目で確かめられる、それ以上の証拠はございますまい」

「宗五郎、そちは……」

「へい、わっしらが城中に忍んできたのなら、殿様が氷川神社の社殿まで夜の散歩に出られねえことはないでしょう」

「親分！」

辰一郎の悲鳴が上がった。

「辰一郎様、二十年以上にわたって川越を食いものにしてきた大鼠《おおねずみ》の退治には、松平大和守直恒様直々のご出馬がなきゃあ、収まりませんや」

直恒が困惑の顔で宗五郎の顔を見ると、

「さすがに金座を護《まも》る古町町人よのう、肚《はら》が据《す》わっておるわ」

と言い、笑い出した。

「辰一郎、案内せえ」

「はっ」

と平伏する辰一郎に、

「そなたらの申すこと些《いささ》かの間違いあらば、辰一郎、龍次郎、そなたらが腹を切っただけでは済まぬぞ」

と言い放った。

「もとより園村家断絶も覚悟の上にございます」

「よかろう」

直恒が火鉢のそばから立ち上がった。


金座裏では八百亀らが必死で大川沿いや堀端沿いに船を出し、走り回ってぼろ船に乗った火付泥棒の行方を追っていた。

確かに犬を乗せたぼろ船があちこちの運河などで見掛けられていた。が、どこがその停泊地か、発見できなかった。

江戸に集散する物資の運送路として水路は縦横に張りめぐらされていたし、十数人ほどの手先や下っ引きが必死になって駆け回っても、その一部をあたったに過ぎなかった。

残る手立ては吉原の妓楼玉屋に揚がるところを待ち伏せするしかない。

この昼下がり、寺坂毅一郎は八百亀ら手先七人を引き連れて、今戸橋そばに赴《おもむ》いた。

船頭は彦四郎だ。

手配りをして、手先たちが持ち場に散る前に寺坂が念を押した。

「いいかえ、布袋の野郎を見つけたって、その場で取り押さえるんじゃねえぜ。お白洲で火付など知りませんとがんばりゃあ、それで終わりだ。なんとしても布袋が火付をする現場まで網を絞って、そこでとっつかまえるのだ」

「へい」

承知した八百亀らが持ち場に散り、下っ引きの旦那の源太が吉原の玉屋に乗り込んだ。火付と掏摸《すり》は現場を押さえるのが捕物の鉄則だ。

寺坂毅一郎は火付の発生は布袋が女郎を買った夜であることに望みを託していた。

四

その夜、水道の穴あけ屋は今戸橋際にぼろ船を着けなかった。

旦那の源太の知らせでは玉屋に布袋は姿を見せなかったという。

寺坂毅一郎らはその夜、江戸の町で火の手が上がらないことを祈って時を過ごした。

翌日、江戸の町にこの冬、二度目の雪が舞った。

薄暗くなりかけた七つ（午後四時）の頃合、白波が立ち、雪が舞う大川から犬の鳴き声が響いてきた。

「野郎、来やがったぜ」

八百亀が橋下から川面を透かし見た。

布袋はぼろ船を大川土手に接岸すると、不細工な小屋に入った。次に現われたときには、粋な羽織姿で蛇《じゃ》の目《め》の傘を手にした大店の旦那、油問屋の相模屋仁左衛門に変身していた。

土手から日本堤に上がった布袋は、今戸橋際で通りかかった駕籠を止め、乗り込んだ。

「相棒、景気よくいくぜ」

先棒が声をかけ、日本堤に降る雪を蹴《け》散《ち》らすように駕籠は遠ざかる。それを下駄屋の貫六、亮吉らが追った。

寺坂毅一郎らは竹屋の渡しの番小屋で交替に暖をとりながら、布袋の帰りを待った。

亮吉が雪まみれになって番小屋に飛び込んできた。

「野郎、玉屋を出ましたぜ。下駄貫の兄いがあとを尾《つ》けてきます」

「ご苦労。八百亀、手筈《てはず》どおりにせよ」

寺坂の下知が飛び、宗五郎の手先たちは二艘《そう》の猪牙舟に分乗して待機した。

布袋が日本堤を駕籠で戻ってきたのは五つ半（午後九時）の頃合、土手には二寸ばかり雪が積もってあたりは白い世界に変わっていた。

ぼろ船からあか犬が吠え立てた。

「戻ったぜ、げんの字」

と犬に声をかけた布袋は小屋に入り、一文字笠《いちもんじがさ》を被《かぶ》り、縞《しま》の袷《あわせ》に綿入れを重ね、首には手ぬぐいを巻きつけて股引《ももひき》に草鞋《わらじ》がけという身軽な格好だ。

布袋はぎらりとした視線をあたりに這わせると舫《もや》いを解いて、ぼろ船を大川に出した。一丁ばかり遅れて彦四郎が船頭の猪牙舟がそのあとを追う。さらに半丁あとにもう一艘の、八百亀らが乗った猪牙舟が追跡した。

竹屋の渡しはとっくに終わっていた。

ぼろ船は大川の右岸と中州の間をかなりの速さで下っていく。腰の入った櫓《ろ》の扱いだ。

「あやつ、素人《しろうと》じゃありませんぜ」

負けじと櫓を握る彦四郎が言う。

「船頭上がりか」

「いえ、川船の船頭じゃありませんね、海で鍛えた漕《こ》ぎ方だ」

寺坂の問いに彦四郎が答える。

「糞寒《くそ》いぜ」

胴の間の亮吉が首をすくめた。

ぼろ船は吾妻橋を潜り、流れの中央へと出た。

「どこへ行く気かなあ」

と彦四郎が呟《つぶや》く。

布袋の漕ぐぼろ船からは時折り犬の鳴き声が川面を伝って響いてきた。

御厩河岸の渡しを過ぎて、ぼろ船は左岸の本所へと移っていた。さらに両国橋を潜ったぼろ船は大川と江戸川をつなぐ堀、竪川へと入っていった。

「きついな」

彦四郎が呟く。幅のせまい運河で布袋に気付かれずに尾行するのは至難のことだ。

「寺坂様、少し間をとりますぜ」

「逃がすんじゃないぞ」

彦四郎の猪牙舟が竪川へと曲がったとき、ぼろ船は一ッ目之橋を通り過ぎて、深川松井町と本所相生町の間をゆっくりと進んでいた。

八百亀の猪牙舟が彦四郎の船のすぐ背後に迫り、一ッ目之橋のかたわらで常丸と稲荷の正太が河岸に飛び上がり、堀端を陸路で追った。

ぼろ船は三ッ目之橋を過ぎたあたりで船足を緩《ゆる》め、横川と竪川が交差する河岸では船を停める場所を探すような動きに変わっていた。

寺坂が彦四郎に接岸するように無言で指示を出した。

堀に張り出した船付場を見つけると亮吉が飛んだ。

彦四郎は再び櫓に手をやったが動かさなかった。

ぼろ船が横川を渡ったすぐそばにある新辻橋の下で止まったからだ。

石垣の下に船を寄せてぼろ船の様子を見守った。

犬が鳴いて、ぼろ船も舫われた気配だ。

「火付をやる気だぜ」

寺坂が囁《ささや》き、猪牙舟の緊張が高まった。

ぼろ船から布袋が岸に上がった。手に何かを提げていた。

「ぬかるなよ」

寺坂の声に猪牙舟に残っていた下駄貫ともう一人の手先が石垣を這《は》い登って岸に上がった。

そのとき、亮吉は天水桶《てんすいおけ》の陰から霏々《ひひ》と降る雪の中、新辻橋を渡って本所入江町の方に曲がる布袋を見ていた。姿が消えても亮吉はしばらく動かなかった。狡猾《ずる》そうな布袋が戻ってくるかもしれないと考えたからだ。だが、その気配はない。亮吉は雪を蹴立てて走った。辻で走りを止め、家の壁に張りつくと顔だけを覗かせて入江町に向けた。

横川河岸に時鐘のやぐらが見えた。その下に常丸が潜んでいたが布袋の姿は消えていた。だが、常丸は迷ったように河岸から西に走る通りに視線をやっていた。そちらに布袋は消えたということだろう。

亮吉が姿を見せると常丸が見ていた通りに向かえと手で命じ、自分はさらに一本北の通りに走った。このあたりは堀沿いに町家がうすく延びて、奥は旗本屋敷や御家人の家が連なっていた。

亮吉は命じられた通りに顔を突き出すと、布袋が土塀の角を北へ曲がって消えようとしていた。通りに積もる雪の上には布袋の足跡がくっきりと残っている。間をおいて辻に走った。旗本屋敷の土塀の下には幅一間（約一・八メートル）の溝が流れていた。

路地をのぞいた。

布袋の姿はなかった。

雪の上の足跡は路地を十間ほど入ったところでふいに消えていた。

(布袋の野郎、どこに雲隠れしやがったか)

一丁も先の路地に常丸が姿を見せてきょろきょろした。

亮吉は足跡の消えた地点まで走った。

布袋の最後の足跡はどこかへ飛び上がった風に乱れていた。

右手は入江町の時鐘の番小屋だ。だが、番太は寝込んだか深閑《しんかん》としていた。雪の積もってない門前まで飛んで、どこに移動したか。

「どこに消えやがった」

常丸の声が背にした。

「分からねえ」

「番太を叩き起こすかえ」

「野郎が火付をやらねえ恐れがある」

常丸と亮吉は今一度布袋の最後の足跡を確かめた。

「分かった」

と常丸が叫んだ。

「野郎、溝に跳んだんだ」

旗本屋敷の土塀の下を流れる溝に跳び下り、足跡を消して移動していた。

「くそっ！」

二人の手先は、溝沿いに北へと走った。土塀が切れて御家人の屋敷に変わった。前方に下駄貫らの姿が見えた。常丸が布袋が溝の中を這い回っていることを告げた。

溝は旗本屋敷を囲むように縦横に延びていた。

（どこにもぐりやがったか）

常丸らは必死に布袋の姿を追い求めた。

ふいに火の手が上がったのは入江町の隣町、長崎町あたりだ。

「やりやがったぜ」

現場を押さえなければと常丸も亮吉も走った。

「火事だ！」

だれが叫んだか、警告の声が雪の夜空に響いた。人が通りに出てきて騒ぎになれば布袋の思う壺だ。仕事もしやすくなれば逃げやすくもなる。

亮吉と常丸が火の上がった現場に走ると、下駄貫が商家の軒下に積まれた炭俵の火を足で消していた。あたりには油の臭《にお》いが充満している。

「野郎を追え！」

下駄貫の命で二人は溝沿いに走った。溝は縦横に交差していた。

常丸はまっすぐ進み、亮吉は左に曲がって本所長岡町から三笠町へ走った。この一角は旗本屋敷の間に長岡町と三笠町が突き出していた。

亮吉は白い雪道にふいに出現した足跡を見た。

溝から這い上がった布袋は三笠町一丁目を二つに分かつ路地に消えていた。

亮吉は猟犬のように足跡を追った。路地の中央で足跡がまた消えていた。

商家と商家のせまい隙間《すきま》をのぞくと暗がりでうごめく影があった。

油の臭いがした。手にした火縄がゆらいで油を振りかけた炭俵に火がついた。

亮吉は懐から呼び子を吹き鳴らすと叫んだ。

「火付泥棒、金座裏の手先、亮吉が手取りにしてくれる！」

隙間に走り込むと布袋は火の手を上げた炭俵を跳びこえて、向かいの路地に逃げようとした。だが、布袋は小太りだ。肩があたってなかなか進めない。独楽鼠《こまねずみ》の亮吉は機敏な上に小柄な体、たちまち追いすがると腰に組みついた。

「野郎、逃がすものか」

せまい隙間で二人は揉み合いになった。布袋は大力で亮吉を撥《は》ねのけようとした。

火の手が商家の板壁に燃え移った。

亮吉の背が熱い。

布袋が這いずって逃げる。その前方に影が立って、

「神妙にせえ、北町定廻同心寺坂毅一郎の出張りじゃ」

と一喝すると肩口を十手で打った。亮吉を振り切って逃げようとした布袋の体から
急に力が抜けた。

「亮吉、手柄じゃ。引き出して縄をかけえ」

寺坂の声が亮吉の耳に心地よく響いた。

翌日の夜の豊島屋は金座裏の手先たちが大いに盛り上がっていた。
八百亀も下駄貫も常丸も祝い酒に酔っていた。
それはそうだろう。江戸じゅうの町方と火盗改が血眼《ちまなこ》で追う火付泥棒を寺坂毅一郎
の指揮で金座裏の手先たちがつかまえたのだから鼻高々であった。
水道の穴あけ屋は房州銚子《ぼうしゅうちょうし》の漁師上がりの虎三《とらぞう》と、寺坂の調べに吐いたそうな。

十年前に江戸に出て水道の穴あけ屋稼業で江戸じゅうを歩き回っていた。だが、生来の人嫌い、廃船寸前の猪牙舟を船宿から貰い受け、自分で手を加えて寝泊まりできるように改造した。

一年も前、穴あけに行った麻布《あざぶ》網代《あみしろ》町で偶然にも火事に遭遇、火の元の味噌屋の荷物運びを手伝おうとして、帳場の机に置かれた小判に目を留めた。その八両の金が火付泥棒を考えつかせたという。

「しほちゃん、おれがさ、野郎の腰に組みついたときよ、布袋の体から油の臭いがぷーんとしてよ」

「亮吉、その話は三度目だぜ」

と彦四郎が茶々を入れた。

ふいに豊島屋の店内に寒風が吹き流れた。

「あれ、親分だ」

旅仕度の宗五郎が寺坂毅一郎と入ってきた。

「八百亀、手柄だってな。寺坂の旦那から話は聞いたぜ」

「お帰りなせえ、川越の一件はどうですえ」

「寺坂の旦那に報告申し上げたところだ」

清蔵が寺坂と宗五郎の席を作った。

「宗五郎がこれほど無鉄砲とは思わなかったぜ」

と寺坂が園村辰一郎の案内で川越城に忍び込み、藩主の松平大和守直恒に面会したところから、大和守を城外に連れ出した無謀を話した。

「……川越の松平様といえば家康様の直系のお血筋、御家門の家柄だぜ。ただの大名とは違う、そんなお方を寒夜に連れ出したというんだから、まかり間違えば園村様がいくつ腹を斬っても足りないぜ」

「親分、足が二本揃っていなさるかえ」

亮吉が宗五郎の足元を見た。

「師走が近けえというのに幽霊が出るものか」

「で、親分は殿様を氷川神社にお連れしたんですかえ」

「さすがだね、七つから十五万石の藩主に座っておられるのは伊達《だて》じゃない。悠然としたものだ。こちとらは根島伝兵衛と両替商の武州屋が入札の後、氷川様に来ねえとなると首が飛ぶんだ。筑波《つくば》下ろしにがたがた震えていたぜ……」

一刻《いっとき》（二時間）近くも吹きっさらしの社殿前に直恒を待たせることになった園村辰

一郎も宗五郎も気が気ではなかった。もはや藩主の不在が発覚して大騒ぎが起こっているると想像された。

四つ半（午後十一時）、もはやこれまでかと二人は覚悟した。

そのとき、鳥居の向こうに駕籠が止まり、一つの影がゆらゆらと氷川神社の社殿に向かって歩いてきた。どうやら酒に酔っている様子だ。

「おのれ、伝兵衛め」

と建物の陰から出ようとする直恒の袖《そで》にすがって宗五郎が止め、

「今しばらくのご辛抱を」

と辰一郎が諫《いさ》めた。

城代家老の根島は社殿で足を止め、大きな音で柏手《かしわで》を打った。

「ご家老様、ご苦労に存じます」

いつの間にか武州屋嶺蔵が闇から姿を見せて、

「つつがなく今年の入札《いれふだ》も終わりましたな」

「武州屋、肝煎《きもい》りを束ねたそなたの懐《ふところ》にはいくら入るな」

「ご家老ほどには稼げませぬ」

二人は笑い合うと根島が懐の書き付けを渡し、武州屋はそれに応《こた》えて、

「これはほんの前祝いにございます」

　と袱紗《ふくさ》包みを根島伝兵衛の手に渡した。

「……そのときさ、つかつかと直恒様が二人の前に出ていかれて、これは何の真似《まね》じゃあと叱咤《しった》された。いやはや二人の驚きぶりを皆に見せたかったたね。その声に家老の家来どもが社殿に駆けつけてきた。ところが、藩公の直恒様が仁王立ちになって睨《にら》んでおられるのだ。家来どもが米搗《こめつ》きばったみたいに平伏しやがった。芝居なら、ちょんと柝《き》が入るとこだぜ」

「親分はどうしてたんで」

　亮吉が目を輝かして聞く。

「おれと辰一郎様はさ、関羽《かんう》か張飛《ちょうひ》のように直恒様の背後に控えていたと思いねえ」

「金座裏の親分ならさぞ絵になったろうな」

　清蔵が嘆息した。

「豊島屋の旦那、おまえさんまで冷やかすのは止《や》めてくんな」

　宗五郎は苦笑いすると言った。

「騒ぎに城から御目付の静谷様が手勢を率いて駆けつけてこられる……えらい騒ぎ

だ」

「根島家老の一派はどうなったんで」

「すぐに御目付の手に押さえられて目付屋敷に連れていかれた。疾風迅雷《しっぷうじんらい》とはあのことかね、直恒様が指揮なされてどぶ鼠の捕縛が一晩じゅう続いた。おれはそれを見届けて川越から江戸に戻ってきたんだ。長いこと藩政を専断してきた根島様の旧悪はこれからの調べで明らかになろうよ」

「辰一郎様らはどうなさっておられますか」

しほが聞いた。

「今度の一件は若い藩士たちの手柄だ、張り切って走り回っていなさったぜ。親父どのたちはただただ息子らの後を追っかけて、残り仕事に翻弄《ほんろう》されていなさったっけ」

「何かお咎《とが》めをうけることはないのですね」

「あるものか。これからの川越の藩政は田崎様や辰一郎様らが中心になって改革が行われることは確かだ」

「よかった」

胸をなで下ろすしほに宗五郎が改めて言葉をかけた。

「しほ、おまえに伝言がある」

「はい」

「松平大和守直恒様からだ」

「川越のお殿様がこのわたしに……」

「そなたが久保田の家を再興するというのなら、叶《かな》えて遣わすというお言葉があった」

「なんと……」

「しほちゃん」

席のあちこちから悲鳴と驚嘆の声が交錯して飛んだ。

しほに視線が集まった。

「親分さん、わたしにはもったいないお言葉です」

しほは鎌倉河岸に葉を落として立つ老桜を、なぜか胸に思い描いた。そして老桜に代わって十八歳の早希の旅姿が浮かび上がった。早希はすべてを捨てて村上田之助との純愛を貫こうとしたのだ。それが騒ぎに巻き込まれ……それがしほの母親だった。

ならば答えは決まっていた。

「わたしは鎌倉河岸で物心ついたんです。これからも町娘としてこの町で生きたいと思います」

宗五郎がふーうと吐息をついた。

「おめえはそう答えると思ったぜ」

そしてしほに空の杯を差し出すと言った。

「旅から戻った宗五郎に一杯酌してくれめえか。三百六十石をあっさり投げ出した娘なんて、そういねえからな」

「はい」

しほが答えて宗五郎の杯を酒で満たした。

「いや、おれもよ、しほちゃんが川越に行くといったらどうしようかと思ったぜ。しほちゃん、ついでだ、おれにも一杯……」

「亮吉の野郎、調子に乗りやがって」

豊島屋に笑い声が一段と高く響いた。

解説

細谷正充

佐伯泰英の人気シリーズ「鎌倉河岸捕物控」の第一弾『橘花の仇』の新装版が、ここにお目見えした。従来の同書よりも活字を大きくし、作品が読みやすくなった。さらに作品関連の地図と登場人物の紹介も付されている。シリーズ未読の人はもちろん、既読の人でもつい買いたくなる、お徳用な一冊だ。

そもそも本書『橘花の仇』が刊行されたのは、二〇〇一年三月のことである。まだ角川春樹事務所に時代小説文庫はなく、ハルキ文庫の一冊として出版された。最初からのファンならば、青から白へと変わるグラデーションの背表紙を覚えていることだろう。ついでに付け加えるならば、時代小説文庫が創刊されたのは、同年六月である。このときの創刊ラインナップに、シリーズ第二弾『政次、奔る』が入っている。以後、シリーズを重ねるにつれ、作品の人気はどんどん高まり、二〇〇六年九月には第十弾『埋みの棘』と同時に『「鎌倉河岸捕物控」読本』まで刊行された。いかに読者から強い支持を受けているか、分かろうというものだ。

さて、いささか手前味噌《てまえみそ》になるが『「鎌倉河岸捕物控」読本』で私は、シリーズの

「全作品解説」を執筆している。そこから本書の内容を解説した部分を引用したい。

江戸鎌倉河岸。古町町人が多く暮らす、歴史のある町である。古町町人とは、芝口から筋違見附《すじかいみつけ》の間の町屋に、徳川幕府が開かれたときから住んでいる町人のことだ。その鎌倉河岸の長屋で成長した、三人の幼馴染《おさななじ》みがいた。日本橋にある老舗《しにせ》呉服問屋「松坂屋」の手代の政次。金座長官の後藤家と太いパイプを持つ岡っ引・金座裏の宗五郎の下で、手先をしている亮吉。船宿「綱定」の船頭の彦四郎。友垣の絆《きずな》で結ばれた彼らは、鎌倉河岸の酒問屋「豊島屋」の看板娘・しほを張り合うライバルでもあった。だが、そのしほの父親が殺されてしまった。犯人の御家人はすぐに判明するが、事件の状況と、要所にばら撒《ま》かれた鼻薬により、無罪同然の扱いになってしまう。しかも御家人は、しほの身を狙《ねら》っていたのだ。これに怒ったしほたちは、政次の描いた絵図で、仇討《あだう》ちを実行。見事に成功するが、すべてを見抜いていた宗五郎に大目玉を喰《く》らった。

なんとか一件落着した事件だが、これが切っ掛けになり、しほは自分の両親が川越藩の人間だったことを知った。どうやら両親には、大きな秘密があり、それに川越藩の内紛が絡んでいるらしい。カップル強盗・年頃の娘の神隠し・板の間荒らし……、続発する事件を追いながら、しほの身を案じる宗五郎だが、彼女が襲われたことで激怒。しほが発見した、重要な書付を握りしめ、川越藩に乗り込んだ。

すでに幾つかの時代シリーズを手がけていた佐伯泰英の新シリーズ「鎌倉河岸捕物控」は、作者初の捕物帖《とりものちょう》であった。しかもメインの主人公は、鎌倉河岸で生き生きと躍動する三人の若者だ。ちなみに二〇〇六年現在、純然たる町人を主人公にした作品は、このシリーズだけである。捕物帖のスタイルで、若者たちの青春グラフティーを活写したところに、このシリーズの大きな特徴があるといえよう。

また、若者たちの後ろにデンと控えている、大人たちの姿も読みどころ。古町町人であり、将軍公認の金流しの十手を持つ、岡っ引の九代目宗五郎。世の中の酸いも甘いも嚙《か》み分けた、彼が後ろにいるからこそ、若者たちが弾《はじ》けることができるのだ。いや、宗五郎だけではなく、豊島屋の主人の清蔵や、松坂屋の隠居・松六など、みんなが大人の魅力を放っているのだ。しっかりした大人たちと、潑剌《はつらつ》とした若者たちが、和気藹々《あいあい》と暮らす鎌倉河岸は、まるで地域社会のユートピア。この土地こそが、シリーズの本当の主人公かもしれない。

この文章で本書の魅力は、ほとんど書き尽くしていると思うが、さらに幾つかの事柄に触れておくことにしよう。ひとつは岡っ引の宗五郎の設定だ。そもそも宗五郎の先祖は、徳川家康の命《めい》により、後藤庄三郎が江戸に招聘《しょうへい》されたとき、一緒に出てきた者のひとりであった。以後、代々の後藤庄三郎が御金改役として、金座で小判の鋳造をしていたのは、周知の事実であろう。その後藤家の雇人だった先祖が、なぜ金座勤めを辞め、金座裏に家を構える岡っ引になったのかは、今となっては誰にも分からない。ただ、後藤家との関係は続いており、二代目宗五郎が手首を切り落とされながら、金座に押し入った賊を捕縛したことで、その縁はさらに深いものとなった。この働きに感謝した後藤家は、金流しの十手を贈り、代々の宗五郎に受け継がれている。後に三代将軍家光からも公認された、特別な十手であり、その持ち主の宗五郎も特別な岡っ引といっていい。

いや、それにしても、こんな面白い設定を、よく考えるものである。『「鎌倉河岸捕物控」読本』の中のインタビューで、

「全くの創作です。十手というものは、階級差とか身分差によって房《ふさ》というのは違うらしいんだけど、やっぱり何かいわくがあったほうがいいかなと。そのほうが個性が際立《きわだ》つのかな、なんて思ったりしたのが『金流しの十手』の創作でした。また、金流

しの十手を許される背景として金座裏に家を構えさせて、お上の御用を務めてきたという設定ですよね。宗五郎は町人とは言い条、結局家康の関東入国までさかのぼれるぐらいの町人の一人ですよね。幕府と密につながる意味からはただの町人では決してない」

「古地図を見ていて金座というのが城の近くにあったから、そうか、金座裏に、なんぞ曰《いわ》くのある御用聞きを住まわせてもいいじゃないかと考えていた」

と、発言している。すべて作者の創作だというから、恐れ入るしかない。しかも本書で早くも、特別な存在であることを利用して、宗五郎にとんでもない行動を取らせるのだ。一連の騒動を治めるため、川越藩に乗り込んだ宗五郎は、なんと藩主の松平直恒を引っ張り出すのである。「さすがに金座を護《まも》る古町町人よのう、肚《はら》が据わっておるわ」と直恒にいわしめる、大胆不敵な言動。設定の妙と、それを十全に生かす展開に、ページを繰る手が止められない。

また、シリーズ化の布石を打っている部分も注目に価する。宗五郎が、松坂屋の隠居の松六と、主人の由左衛門に、政次を貰《もら》い受けたいと話すところだ。今後のシリーズの方向性を予感させる、重要な場面である。

角川春樹事務所から出ている『異風者』一冊を除き、佐伯時代小説はすべてシリーズ物である。しかしこれは結果論だ。ミステリー・冒険小説から時代小説に転向した作者は、背水の陣で新たなジャンルに挑戦。『密命　見参！　寒月霞斬り』『瑠璃の寺』（文庫化の際『悲愁の剣』と改題）を立て続けに出版したが、どちらもシリーズ化など考えていなかった。それが作品の人気に伴い、シリーズへと発展していったのである。したがって物語が一冊完結になっていて、続きを書くときには、いろいろな苦労があったらしい。

これに対して本書は、先の場面からも察せられるように、最初からシリーズ化が意識されている。シリーズ物を求める読者の期待に気づいた作者は、この「鎌倉河岸捕物控」で、明確な自覚を持って、その腕前を存分に披露したのである。

この他にも、江戸で続発するさまざまな事件、金座裏と並ぶ鎌倉河岸のシンボルともいうべき「豊島屋」の愉快で温かな雰囲気など、見どころ読みどころは盛りだくさんだ。絶大な人気を誇るシリーズの出発点を、あらためて楽しみたいのである。

夢中になって物語を読み、大きな満足と共に本を閉じる。だが、その後に、ひとつだけ非常に悔しい想いが残ってしまう。それは「どうして自分はこの物語の登場人物ではないのだ！」ということだ。政次や宗五郎に成り代わりたいなんて、贅沢《ぜいたく》はいわない。「豊島屋」で事件の話を、ワクワクしながら聞く、酔っ払いの客Aでいいのだ。若者たちは元気よく、大人たちは背筋を伸ばしている。悪党は罰せられ、正義は貫かれる。なによりも町の人々が、気持ちよく生きている。そんな世界の住人になれたら、さぞや毎日が楽しいはずだ。

当然ながら本書はフィクションであり、私たちにできることは、その世界を読むことだけである。読書という行為を通じて、ほんの一時だけ、憧《あこが》れの世界に浸るのである。その時間の、なんと嬉《うれ》しいことか。読了してしまったときの、なんと切ないことか。

ああ、ひとつの佐伯作品を読み終えると、すぐさま次の作品を読みたくなる理由は、そこにあるのだろう。佐伯泰英の世界に、いつまでも居たくて、ひたすら作品を、読み続けてしまうのである。

（ほそや・まさみつ／文芸評論家）

本書は、二〇〇一年三月に刊行された同書を
改訂の上、新装版として刊行したものです。

時代小説文庫
さ 8-19

橘花《きっか》の仇《あだ》 鎌倉《かまくら》河岸《がし》捕物控《とりものひかえ》〈一《いち》の巻《まき》〉（新装版）

著者　佐伯泰英《さえきやすひで》
2001年3月18日第一刷発行
2008年5月18日新装版第一刷発行

発行者　大杉明彦

発行所　株式会社 角川春樹事務所
〒101-0051 東京都千代田区神田神保町3-27 二葉第1ビル

電話　03(3263)5247［編集］　03(3263)5881［営業］

印刷・製本　中央精版印刷株式会社

フォーマット・デザイン＆シンボルマーク　芦澤泰偉

ISBN978-4-7584-3337-2 C0193

http://www.kadokawaharuki.co.jp/［営業］
fanmail@kadokawaharuki.co.jp［編集］ ご意見・ご感想をお寄せください。

時代小説文庫

佐伯泰英
異風者《いひゅもん》
書き下ろし

異風者《いひゅもん》――九州人吉《ひとよし》では、妥協を許さぬ反骨の士をこう呼ぶ。人吉藩の下級武士・彦根源二郎は〝異風〟を貫き、剣ひとつで藩内に地位を築いていく。折しも藩は、守旧派と改革派の間に政争が生じていた。守旧派一掃のため江戸へ向かう御側用人・実吉作左ヱ門警護の任についた源二郎だったが、それは長い苦難の始まりでもあった……。幕末から維新を生き抜いた一人の武士の、執念に彩られた人生を描く書き下ろし時代長篇。

佐伯泰英
悲愁の剣 長崎絵師通吏辰次郎

長崎代官の季次《すえつぐ》家が抜け荷の罪で没落――。季次家を主家と仰ぎ、今は海外放浪の身にある南蛮絵師・通吏辰次郎《とおりしんじろう》はその報せに接し、急ぎ帰国するが当主・茂智、茂之父子や、茂之の妻であり辰次郎の初恋の人でもあった瑠璃《るり》は、何者かに惨殺されていた。お家再興のため、茂之の遺児・茂嘉を伴って江戸へと赴いた辰次郎に次々と襲いかかる刺客の影！　一連の事件に隠された真相とは……。運命に翻弄される者たちの奏でる哀歌を描く傑作時代長篇。

（解説・細谷正充）

時代小説文庫

佐伯泰英

橘《きっ》花《か》の仇

鎌倉河岸捕物控

書き下ろし

江戸鎌倉河岸にある酒問屋の看板娘・しほ。ある日武州浪人であり唯一の肉親である父が斬殺されるという事件が起きる。相手の御家人は特にお構いなしとなった上、事件の原因となった橘の鉢を売り物に商売を始めると聞いたしほの胸に無念の炎が宿るのだった……。しほを慕う政次、亮吉、彦四郎や、金座裏の岡っ引き宗五郎親分との人情味あふれる交流を通じて、江戸の町に繰り広げられる事件の数々を描く連作時代長篇。

佐伯泰英

政次、奔《はし》る

鎌倉河岸捕物控

書き下ろし

江戸松坂屋の隠居松六《しょうろく》は、手代政次を従えた年始回りの帰途、剣客に襲われる。襲撃時、松六が漏らした「あの日から十四年……亡霊が未《いま》だ現われる」という言葉に、かつて幕閣を揺るがせた若年寄田沼《たぬま》意知《おきとも》暗殺事件の影を見た金座裏の宗五郎《そうごろう》親分は、現在と過去を結ぶ謎の解明に乗り出した。一方、負傷した松六への責任を感じた政次も、ひとり行動を開始するのだが——。鎌倉河岸を舞台とした事件の数々を通じて描く、好評シリーズ第二弾。

時代小説文庫

佐伯泰英

古町《こまち》殺し

鎌倉河岸捕物控

書き下ろし

徳川家康・秀忠に付き従って江戸に移住してきた開幕以来の江戸町民、いわゆる古町町人が、幕府より招かれる「御能拝見」を前にして立て続けに殺された。自らも古町町人である金座裏の宗五郎をも襲う刺客の影！　将軍家御目見得格の彼らばかりが狙われるのは一体なぜなのか？　将軍家斉も臨席する御能拝見に合わせるかのごとき不穏な企みが見え隠れするのだが……。鎌倉河岸捕物控シリーズ第五弾。

佐伯泰英

引札屋おもん

鎌倉河岸捕物控

書き下ろし

「山なれば富士、白酒なれば豊島屋」とうたわれる江戸の老舗酒問屋の主・清蔵。店の宣伝に使う引札を新たにあつらえるべく立ち寄った引札屋で出会った女主人・おもんに心惹かれた清蔵はやがて……。鎌倉河岸を舞台に今日もまた、さまざまな人間模様が繰り広げられる——。金座裏の宗五郎親分のもと、政次、亮吉たち若き手先が江戸をところせましと駆け抜ける！　大好評書き下ろしシリーズ第六弾。

時代小説文庫

佐伯泰英
下駄貫の死
鎌倉河岸捕物控

書き下ろし

松坂屋の隠居・松六夫婦たちが湯治旅で上州伊香保へ出立することになった。一行の見送りに戸田川の渡しへ向かった金座裏の宗五郎と手先の政次・亮吉らだったが、そこで暴漢たちに追われた女が刺し殺されるという事件に遭遇する……。金座裏の十代目を政次に継がせようという動きの中、功を焦った手先の下駄貫を凶刃が襲う！　悲しみに包まれた鎌倉河岸に振るわれる、宗五郎の怒りの十手——新展開を見せはじめる好評シリーズ第七弾。

佐伯泰英
銀のなえし
鎌倉河岸捕物控

書き下ろし

〝銀のなえし〟——ある事件の解決と、政次の金座裏との養子縁組を祝って贈られた捕物用の武器だ。宗五郎の金流しの十手とともに江戸の新名物となる、と周囲が騒ぐのをよそに冷静に自分の行く先を見つめる政次。そう、町にはびこる悪はあとを絶つことはないのだ。宗五郎親分のもと、亮吉・常丸、そして船頭の彦四郎らとともに、ここかしこに頻発する犯罪を今日も追い続ける政次たちの活躍を描く大好評シリーズ第八弾！

時代小説文庫

佐伯泰英
白虎の剣
長崎絵師通吏辰次郎

書き下ろし

陰謀によって没落した主家の仇を討った御用絵師・通吏辰次郎《とおりしんじろう》。主家の遺児・茂嘉とともに、江戸より故郷の長崎へ戻った彼は、オランダとの密貿易のために長崎会所から密命を受けたその日に、唐人屋敷内の黄巾党《こうきんとう》なる秘密結社から襲撃される。唐・オランダ・長崎……貿易の権益をめぐって暗躍する者たちと辰次郎との壮絶な死闘が今、始まる！　『悲愁の剣』に続くシリーズ第二弾、待望の書き下ろし。

（解説・細谷正充）

佐伯泰英
道場破り
鎌倉河岸捕物控

書き下ろし

赤坂田町の神谷道場に一人の訪問者があった。朝稽古中の金座裏の若親分・政次が応対にでると、そこには乳飲み子を背にした女武芸者の姿が……。永塚小夜と名乗る武芸者は道場破りを申し入れてきたのだ。木刀での勝負を受けた政次は、小夜を打ち破るも、赤子を連れた彼女の行動に疑念を抱いていた。やがて、江戸に不可解な道場破りが続くようになるが——。政次、亮吉、船頭の彦四郎らが今日も鎌倉河岸を奔る、書き下ろし好評シリーズ第九弾！

時代小説文庫

鳥羽 亮
剣客同心 鬼隼人

書き下ろし

日本橋の米問屋・島田屋が夜盗に襲われ、二千三百両の大金が奪われた。八丁堀の鬼と恐れられる隠密廻り同心・長月隼人《ながつきはやと》は、奉行より密命を受け、この夜盗の探索に乗り出した。手掛かりは、一家を斬殺した太刀筋のみで、探索は困難を極めた。そんな中、隼人は内与力の榎本より、旗本の綾部治左衛門《じざえもん》の周辺を洗うよう協力を求められる。だが、その直後、隼人に謎の剣の遣い手が襲いかかった――。著者渾身の書き下ろし時代長篇。

（解説・細谷正充）

鳥羽 亮
七人の刺客
剣客同心鬼隼人

書き下ろし

刃向かう悪人を容赦なく斬り捨てることから、八町掘の鬼と恐れられる隠密廻り同心・長月隼人。その隼人に南町奉行・筒井政憲より、江戸府内で起きた武士の連続斬殺事件探索の命が下った。斬られた武士はいずれも、ただならぬ太刀筋で、身体には火傷の跡があった。隼人は、犯人が己丑の大火の後に世間を騒がせた盗賊集団世〝世直し党〟と関わりがあると突き止めるが、先には恐るべき刺客たちが待ち受けていた……。書き下ろし時代長篇、大好評シリーズ第二弾。

（解説・細谷正充）